BUKOWSKI

BUKOWSKI

Hollywood

Tradução
Érika Nogueira Vieira

HarperCollins

Rio de Janeiro, 2023

Publicado mediante acordo com a Ecco, um selo da HarperCollins Publishers.
Título original: *Hollywood*

Publisher: *Samuel Coto*
Editora executiva: *Alice Mello*
Editora: *Lara Berruezo*
Editoras assistentes: *Anna Clara Gonçalves e Camila Carneiro*
Assistência editorial: *Yasmin Montebello*
Copidesque: *Thaís Lima*
Revisão: *Suelen Lopes*
Design de capa: *Flávia Castanheira*
Ilustração de capa: *Fabio Zimbres*
Diagramação: *Abreu's System*

Dados Internacionais de Catalogação na Publicação (CIP)
(Câmara Brasileira do Livro, SP, Brasil)

Bukowski, Charles 1920-1994
Hollywood / Charles Bukowski ; tradução Érika Nogueira Vieira. – 1. ed. – Rio de Janeiro : HarperCollins Brasil, 2023.

Título original: Hollywood.
ISBN 978-65-6005-065-5

1. Romance norte-americano I. Título.

23-168851 CDD-813

Índices para catálogo sistemático:
1. Romances : Literatura norte-americana 813

Aline Graziele Benitez – Bibliotecária – CRB-1/3129

Rua da Quitanda, 86, sala 601A – Centro
Rio de Janeiro, RJ – CEP 20091-005
Tel.: (21) 3175-1030
www.harpercollins.com.br

para Barbet Schroeder

Sumário

1

Uns dias depois, Pinchot me ligou. Disse que queria seguir com o roteiro. Será que podíamos ir lá encontrar com ele?

Então pedimos as direções e estávamos no Volks, seguindo para a Marina del Rey. Território desconhecido.

Estávamos no porto, passando de carro pelos barcos. A maioria era de veleiros, e as pessoas estavam de bobeira no convés. Usavam roupas especiais para velejar, bonés, óculos escuros. De algum modo, a maioria parecia ter escapado da labuta diária da vida. Nunca haviam sido pegos nessa labuta e jamais seriam. Essas eram as recompensas dos Escolhidos na terra da liberdade. De certa maneira, aquelas pessoas me pareciam tolas. E, claro, eu nem passava pela cabeça delas.

Viramos à direita, passando o cais, e seguimos por ruas planejadas em ordem alfabética, com nomes vistosos. Encontramos a rua, viramos à esquerda, encontramos o número, estacionamos na entrada da garagem. A areia chegava até ali, e o mar estava perto o bastante para ser visto e longe o bastante para não ser perigoso. A areia parecia mais limpa do que outras areias e a água mais azul e a brisa mais amena.

— O Jon está atrasado — disse ele para a janela panorâmica e para o oceano —, mas me falou pra te dizer que ele já está vindo e pra você, por favor, esperar.

— Tá certo, querido...

Sarah e eu nos sentamos com as nossas bebidas. Voltados para o rosto de coelho. Ele estava voltado para o mar. Parecia meditativo.

— Chinaski — disse ele —, li uma boa parte do seu trabalho. É um troço de louco. Você é muito bom...

— Obrigado. Mas a gente sabe quem é de fato o melhor. Você é o melhor.

— Ah — balbuciou ele, ainda voltado para o mar —, é muitíssima gentileza da sua parte reconhecer isso...

A porta se abriu e uma jovem de cabelo comprido e escuro entrou sem bater. Quando nos demos conta, ela estava estirada em cima do encosto do sofá, na horizontal, como uma gata.

— Eu sou a Popppy — disse ela —, com quatro pês.

Tive uma recaída.

— Eu sou o Scott e ela é a Zelda.

— Para com essa merda! — retrucou Sarah.

Falei nossos nomes verdadeiros.

Paul deu as costas para o mar.

— A Popppy é uma das financiadoras do seu roteiro.

— Eu não escrevi uma palavra — falei.

— *Mas vai...*

— Aqui, por favor? — Olhei para Sarah e ergui minha taça vazia.

Sarah era uma boa garota. Saiu com meu copo. Ela sabia que se eu entrasse lá ia me lançar nas garrafas, misturando, e a coisa ia começar a ficar feia.

Mais tarde, eu ficaria sabendo que o outro nome de Popppy era “A Princesa do Brasil”. E para começar ela tinha investido dez mil pratas. Não era muito. Mas pagava o aluguel e algumas das bebidas.

A Princesa olhou para mim de sua posição felina em cima do encosto do sofá.

— Li o que você escreve. Você é bem engraçado.

— Obrigado.

Então olhei para Paul.

— Ei, querido, ouviu isso? Eu sou engraçado!

— Você merece — disse ele — *certa* colocação...

Ele zuniu para a cozinha mais uma vez quando Sarah passou com nossas taças cheias de novo. Ela se sentou ao meu lado, e eu tomei um gole.

Então me ocorreu a ideia de que eu poderia simplesmente blefar em relação ao roteiro e ficar pela Marina del Rey por meses filando bebida. Antes que eu pudesse de fato degustar a ideia, a porta se abriu e lá estava Jon Pinchot.

— Ah, vocês vieram!

— Ih, é! — falei.

— Acho que tenho um financiador! Você só precisa escrever.

— Pode levar uns meses.

— Mas claro...

Então Paul estava de volta. Segurava uma bebida estranha e cor-de-rosa para a Princesa.

Pinchot zuniu para a cozinha atrás de uma para ele.

Foi a primeira de muitas reuniões que simplesmente se dissolveriam em bebedeiras das grossas, sobretudo da minha parte. Achei que era um reforço bem-vindo para minha autoestima, já que estava mesmo só interessado no poema e no conto. Escrever um roteiro me parecia uma coisa idiota, afinal de contas. Mas homens melhores do que eu já tinham sido engambelados a esse ato ridículo.

Jon Pinchot apareceu com sua bebida e se sentou.

Esticamos a noite. Conversamos sem parar, já não tinha certeza sobre o quê. Por fim, Sarah e eu tínhamos bebido demais para voltar dirigindo. Gentilmente nos ofereceram um quarto.

Foi naquele quarto, no escuro, enquanto servíamos um bom e derradeiro vinho tinto, que Sarah me perguntou:

— Você vai mesmo escrever um roteiro?

— Claro que não, porra — respondi.

2

A próxima ligação de Jon Pinchot veio três ou quatro dias depois. Ele conhecia Danny Server, o jovem diretor e produtor que tinha um estúdio de cinema em Venice. Danny ia nos deixar usar sua sala de projeção para assistirmos ao documentário de Pinchot, *A fera risonha,* sobre um governante negro que fazia as coisas do seu jeito com uma avidez sanguinolenta. Íamos nos encontrar primeiro na casa de Pinchot para umas bebidas. E então, voltamos outra vez para a via dos veleiros...

Jon atendeu a porta, e Sarah e eu entramos. Jon não estava sozinho. Havia um cara lá. Tinha uma cabeleira estranha: parecia ao mesmo tempo branca e loira. Seu rosto era rosado, pendendo para o vermelho. Os olhos eram de um azul redondo tresloucado, muito redondos, muito azuis. Ele tinha um olhar de garoto prestes a pregar uma peça terrível na escola. Aquele olhar, eu ficaria sabendo, nunca o abandonava. Era fácil gostar dele desde o início.

— Este é o François Racine — apresentou Jon. — Atuou em muitos dos meus filmes e em outros.

— E nos outros, me *pagam*... — Ele fez uma reverência. — Como você está?

Jon foi buscar bebidas.

— Por favor, me perdoem — disse François —, termino num instante.

Na mesa havia uma roleta pequena, elétrica, que começava a girar quando se apertava um botão. Havia pilhas de fichas e uma folha comprida cheia de contas. Havia também um tabuleiro de apostas. Ele dispôs suas fichas, apertou o botão e disse:

— É minha Dama com a Cabeça Girando. Estou apaixonado.

Jon apareceu com as bebidas.

— Quando o François não está jogando de fato, costuma estar treinando ou pelo menos pensando na coisa.

A roleta parou e François arrastou sua recompensa para junto de si.

— Eu estudei as permutações da roleta e entendi tudo — contou François —, então pouco importa onde ela para, eu adivinho e ganho.

— E o sistema dele funciona — completou Jon —, mas quando chega nos cassinos nem sempre continua com seu sistema.

— Muitas vezes o Desejo de Morte me vence — explicou François.

— O Hank joga — disse Sarah. — Ele aposta em cavalos. Sempre tá lá nos dias que tem páreo.

François olhou para mim.

— Ah, os cavalos! Você ganha?

— Gosto de pensar que ganho...

— Ah, vamos um dia juntos!

— Claro.

François voltou para sua roletinha e nos sentamos com nossas bebidas.

— Ele ganhou e perdeu centenas de milhares — comentou Jon. — Só quer ser ator quando está totalmente duro.

— Faz sentido — falei.

— Aliás — disse Jon —, conversei com Harold Pheasant, o produtor, e ele está bem interessado no roteiro. Está disposto a financiá-lo para virar um filme.

— Harold Pheasant! — exclamou Sarah. — Já ouvi falar dele. É um dos maiores produtores do ramo.

— Exato — disse Jon.

— Mas eu não *escrevi* um roteiro — retruquei.

— Não importa. Ele sabe como você escreve. Está disposto.

— Não parece plausível.

— Ele costuma trabalhar assim e não deixa de ganhar dinheiro.

Jon foi buscar a garrafa.

— Talvez você *devesse* escrever um roteiro — sugeriu Sarah.

— Olha só o que isso fez com F. Scott Fitzgerald.

— Você não é o Fitzgerald.

— Não, ele largou a bebida. Foi isso que o matou.

François ainda mexia com sua roletinha. Jon apareceu com a garrafa.

— Vamos tomar mais uma e depois é melhor a gente ir.

— Tá certo — falei.

— Escuta, você vem, François? — perguntou Jon.

— Ah, não, me perdoa, por favor, tenho que continuar examinando isso aqui...

3

A sala de projeção era boa. De um lado havia um bar razoavelmente grande, com barman. A sala vinha até com um projecionista. Danny Server não estava por lá.

Havia umas sete, oito pessoas no bar. Eu não conhecia nenhuma. Mudei para um vodca 7, e Sarah estava bebendo uma coisa roxa ou verde ou roxa e verde. Jon estava ajeitando o filme com o projecionista.

Havia um sujeito na ponta do balcão, me encarando. Ele não parava.

Por fim olhei para ele.

— O que é que você faz mesmo? — perguntei.

Ele parou um instante, tomou um gole, voltou a me olhar.

— Eu coro até na ponta do meu sapato de dizer isso, mas... faço filmes.

Eu descobriria que ele era Wenner Zergog, o renomado cineasta alemão.* Ele era meio pirado, tinha um parafuso a menos,

---

* Ao longo da obra, Bukowski satiriza diversas personalidades do cinema hollywoodiano, fazendo trocadilhos com seus nomes. Wenner Zergog provavelmente corresponde ao cineasta Werner Herzog (1942-), um dos precursores do Novo Cinema Alemão. [*N.E.*]

como dizem, sempre correndo riscos insanos com a própria vida e a dos outros.

— Você devia começar a mexer com alguma coisa que valha a pena — falei para ele.

— Eu sei — respondeu —, mas não sei fazer mais nada.

Então Jon apareceu.

— Vamos, já vai começar...

Sarah e eu o seguimos para sala de projeção. Alguns dos outros que estavam no bar também vieram, inclusive Wenner e sua acompanhante. Nos sentamos e Jon disse:

— Aquele no bar era o Wenner Zergog. Semana passada, ele e a esposa tiveram uma briga de revólver, eles descarregaram as armas um no outro, sem acertar nada...

— Espero que a pontaria dele nos filmes seja melhor...

— Ah, é, sim.

A sala ficou escura, e *A fera risonha* preencheu a tela.

Lido Mamin* era um homem grande, em tamanho e ambição, mas seu país era pobre e pequeno. Com os grandes países, ele jogava o jogo da esquerda e da direita, barganhando e contrabarganhando com as duas frentes por dinheiro e alimentos e armas. Mas, na verdade, *ele* era quem queria dar as cartas no mundo. Era uma porra de um desgraçado com um senso de humor estupendo. Ele se deu conta de que, basicamente, nenhuma vida valia nada, a não ser a dele. Qualquer pessoa minimamente suspeita em seu país logo era assassinada e desovada no rio. Havia tantos corpos boiando no rio que os crocodilos ficaram empanturrados e não aguentavam mais comer.

* Provável referência a Idi Amin Dada (1925-2003), ditador de Uganda entre os anos de 1971 e 1979. [N.E.]

Lido Mamin adorava a câmera. Pinchot fizera Mamin marcar uma reunião com o conselho para a filmagem. Seus subalternos estavam sentados diante dele tremendo enquanto Mamin fazia perguntas e dava declarações políticas. Ele sorria largo sem parar, mostrando os enormes dentes amarelados. Quando não estava matando alguém ou mandando matar alguém, estava fodendo. Tinha umas dez ou mais esposas e tantos filhos que não conseguia se lembrar de todos.

Às vezes, durante a reunião do conselho, ele parava de sorrir, seu rosto se tornava a Vontade Divina, ele podia fazer qualquer coisa, e era capaz de fazer. Conseguia sentir o medo de seus associados e se deliciava e usava esse medo.

A reunião do conselho terminou sem ninguém assassinado.

Então convocou uma reunião com todos os médicos do país. Ele os reuniu no hospital central, na enorme sala de cirurgia, e todos se acomodaram no auditório circular acima, e Mamin ficou no centro e falou com eles.

— Vocês são médicos, mas não são nada, a não ser que eu diga que vocês são alguma coisa. Acham que sabem determinadas coisas, mas isso é ilusão. Só têm formação em uma pequena área. Deixem que essa formação seja útil para o país e não para vocês mesmos. Vivemos num mundo em que apenas os últimos sobreviventes se provarão certos. Vou lhes dizer como usar seus instrumentos cirúrgicos e suas vidas. Por favor, não sejam tolos de contrariar meus desejos. Não quero ter de jogar sua educação e habilidades no lixo. Devem se lembrar sempre de que sabem apenas o que lhes foi ensinado. Eu sei *mais* do que é ensinado. Sempre farão o que eu sugerir, quero deixar isso *muito claro*. Entenderam?

Seguiu-se um silêncio.

— Por favor — continuou Mamin —, alguém deseja contrapor o que acabei de dizer?

Mais silêncio.

Mamin era um boneco, um boneco monstruoso, e de certa forma dava para gostar de seu estilo bruto e terrível — desde que se fechasse os olhos para os assassinatos e torturas de verdade.

Depois, para a câmera, Lido Mamin exibiu sua Aeronáutica. Mas ele não tinha uma Aeronáutica. Ainda não. Mas tinha os aviadores e os uniformes.

— Esta — disse Lido Mamin — é a nossa Força Aérea.

O primeiro aviador veio correndo por uma longa fileira de tábuas. Corria bem rápido. Então, quando chegou ao final da pista de tábuas, se lançou no ar e bateu os braços. Então pousou.

Depois o próximo aviador veio correndo. Repetiu o movimento.

Próximo aviador.

Próximo.

Devem ter sido uns catorze ou quinze aviadores. Cada um se lançou soltando um pequeno brado e em cada rosto havia riso e euforia. Era muito estranho depois que você entendia a sensação que passava: cada um estava rindo de como aquilo era ridículo, e no entanto cada um *acreditava* naquilo.

Após o último salto seguido de pouso, Mamin olhou para a câmera.

— Por mais bobo que pareça, esse é um exercício muito importante. Estamos prontos em espírito para o que não temos na realidade. Um dia teremos nossa Força Aérea. Nesse meio-tempo, não ficamos emburrados nas sombras da incredulidade. Muito obrigado.

Em seguida, havia algumas tomadas do interior das câmaras de tortura. Não havia pessoas nelas. Mas excremento, sim. Correntes. Sangue nas paredes.

— Aqui — indicou Lido Mamin — é onde os traidores e os mentirosos finalmente contam a verdade.

A cena final era de Mamin num jardim enorme com muitos guarda-costas, com todas as suas esposas e todos os seus filhos. As crianças não sorriam nem ficavam zanzando. Encaravam a câmera caladas, assim como os guarda-costas. Todas as esposas sorriam, algumas delas com bebês de colo. Lido Mamin sorriu, mostrando seus grandes dentes amarelados. Ele parecia muito agradável, talvez até adorável.

A tomada final era do rio de crocodilos balofos. Eles só boiavam, imensamente acima do peso e letárgicos, os olhos revirando um pouco com os corpos à deriva. *Finis.*

Era um documentário fascinante e fiquei feliz em dizer isso a Pinchot.

— Pois é — respondeu ele —, eu gosto de homens estranhos. É por isso que acabei indo atrás de você.

— Fico muito honrado — falei — de ser como Lido Mamin.

— É verdade — concordou, e depois saímos para voltar à casa dele.

4

Quando voltamos, François Racine estava debruçado sobre a pequena roleta girando, obstinado. Claramente tinha bebido uma bela dose de vinho. Seu rosto estava bem corado e tinha uma pilha alta de fichas na sua frente. Uma grande tora de cinzas estava prestes a cair da ponta de seu charuto. Caiu em cima da mesa.

— Ganhei um milhão, quatrocentos e cinquenta mil dólares...

A bolinha parou sobre um número. François recolheu as fichas.

— Já chega... não devo ser ganancioso.

Fomos para a sala da frente e nos sentamos. Jon foi atrás do vinho e das taças.

— O que você vai fazer com todo esse dinheiro que ganhou? — perguntou Sarah.

— Vou passar para a frente. Não é nada. A vida não serve de nada. O dinheiro não é nada.

— Dinheiro é como sexo — falei. — Parece muito mais importante quando você não tem...

— Você fala como um escritor — disse François.

Jon voltou. Abriu a primeira garrafa e serviu para todos.

— Você devia aparecer lá em Paris — convidou ele —, é bem-visto lá. Seu próprio país te trata como um marginal.

— Eles têm hipódromos por lá?

— Ah, têm! — disse François.

— Ele odeia viajar — comentou Sarah —, e tem hipódromos aqui.

— Nada como os de Paris — afirmou François. — Aparece lá em Paris. A gente vai pra um páreo juntos.

— Porra, tenho um roteiro pra escrever.

— A gente aposta nos cavalos e depois escreve.

— Deixa eu pensar no caso.

Jon acendeu um charuto. Então François achou um outro charuto e acendeu. Os charutos eram compridos e redondos e chiavam na ponta acesa.

— Deus que me livre — praguejou Sarah.

— François e eu fomos pra Las Vegas outra noite.

— Como é que se saíram? — perguntou Sarah.

François tomou uma golada de vinho, deu uma tragada no charuto, soltou uma imensa e mágica coluna de fumaça.

— Escuta. Escuta isso. Estou com cinco mil dólares de vantagem, sou eu que controlo o mundo, seguro o Destino como um isqueiro na mão. Eu sei Tudo. Eu sou Tudo. Ninguém me para. Os continentes tremem na base.

Então, Jon me dá um tapinha no ombro. Ele diz: "Vamos encontrar o Tab Jones". "Quem é esse Tab Jones?", pergunto. "Não encana", diz ele, "vamos encontrar ele..."

François esvaziou a taça de vinho. Jon voltou a enchê-la.

— Aí a gente vai pra essa outra sala. O tal do Tab Jones* está lá. Cantando. A camisa dele está aberta e os pelos pretos do peito de fora. Os pelos estão suados. Ele usa uma grande cruz de prata

* Provável referência a Tom Jones (1940-), cantor e ator galês. [N.E.]

em cima dos pelos suados. A boca é um buraco horrível faltando em uma panqueca. Ele está de calças apertadas e com um dildo. Agarra as próprias bolas e canta sobre tudo de bom que pode fazer pelas mulheres. Ele canta muito mal mesmo, estou falando, é *terrível*. Tudo que ele pode fazer pelas mulheres, mas ele é um farsante, o ele quer de verdade é estar com a língua enfiada no cu de um homem qualquer. Estou ouvindo e quase vomitando. E a gente pagou um bom dinheiro também. E quando você paga por um pesadelo, você é um idiota *de verdade*! Quem é esse tal de Tab Jones? Eles pagam milhares pra esse cara usar um dildo e agarrar as próprias bolas e deixar as luzes brilharem naquela cruz. Homens de bem morrem de fome nas ruas e lá está esse *i-di-o-ta*... sendo *adorado*! As mulheres estão *se esgoelando*! *Elas* acham que ele é pra valer! Aquele homem *do pau oco* que sonha em encher a boca de merda. "Jon", digo, "vamos nessa, por favor, a minha cabeça tá indo pro brejo, estou indignado e quase me vomitando todo!" "Espera", diz ele, "talvez ele melhore." Não melhora, piora, ele canta mais alto, a camisa abre mais, dá pra ver o umbigo. Uma mulher sentada do meu lado geme e enfia a mão dentro da calcinha. "Madame", chamo, "perdeu alguma coisa aí?" O umbigo parece um olho morto, está encardido. Até um pássaro ficaria indignado de largar a merda para trás ali. Aí esse tal Tab Jones vira e mostra o rabo pra gente. Eu posso ver um rabo a hora que eu quiser, em qualquer lugar, e eu nem quero, e lá a gente tem que pagar *dinheiro* pra ver aquela bunda gorda, flácida e horrorosa! Sabe, eu já passei por poucas e boas, já apanhei da polícia à toa, por exemplo. Bem, praticamente à toa. Mas olhando para aquela bunda ridícula eu me senti pior do que quando a polícia me dava aquela coça à toa. "Jon", falei, "a gente ter que ir embora agora senão isso vai dar cabo da minha vida!"

Jon sorriu.

— Aí a gente foi embora. Eu só queria ver o Tab Jones.

Agora François estava num verdadeiro furor. Pequenos pontinhos brancos se formavam nos cantos da sua boca. Gotículas de cuspe voavam enquanto ele falava. A ponta do charuto estava encharcada.

— Tab Jones! *Quem é esse Tab Jones?* O que *eu* lá tenho a ver com esse Tab Jones? Tab Jones é um idiota! Estou com cinco mil de vantagem e o que é que a gente faz? Vai ver o Tab Jones! Quem é esse Tab Jones? Eu não conheço nenhum Tab Jones. O nome do meu irmão não é Tab Jones! Nem o nome da minha mãe! Esse Tab Jones é um idiota!

— Então — disse Jon — a gente volta pra roleta.

— É — concorda François —, estou com cinco mil de vantagem e a gente viu o dildo morto cantar. Acabou com a minha concentração. Quem é esse Tab Jones? Já vi sujeitos melhores limpando merda de gaivota. Onde eu estou? A roleta gira e é estranha pra mim! É como se eu fosse um bebê jogado num barril de tarântulas! Que números são aqueles? Que cores são aquelas? A bolinha branca pula e se enterra no meu coração, me devorando de dentro para fora. Eu não tenho chance. Acabou com a minha concentração! Dildos passam um atrás do outro, e as idiotas gritam pedindo mais! Estou zonzo. Eu me lanço com uma onda de fichas. Eu vejo meu crânio já num caixão idiota. Quem é esse Tab Jones? Eu perco a cabeça. Não sei onde estou. Uma vez que acabam com a concentração, uma vez que você começa a cair, não tem volta. Sabendo que eu não tinha chance, joguei todas as fichas e perdi. Fiz todos os movimentos errados como se um inimigo tivesse tomado meu corpo e minha mente. Eu estava acabado. E por quê? *Porque a gente teve que ir ver Tab Jones?* Eu te pergunto, *quem é esse merda desse Tab Jones?*

François estava acabado, exausto. Seu charuto caiu da boca. Sarah o pegou e colocou num cinzeiro. François achou na mesma hora um novo charuto no bolso da camisa, tirou-o do tubo prateado, lambeu, cortou, rolou, enfiou na boca, se recompôs e acendeu com um belo de um floreio. Ele pegou a garrafa, serviu para todo mundo, se aprumou, sorriu.

— Merda, provavelmente eu teria perdido de qualquer jeito. Um jogador sem uma desculpa é um jogador que não pode seguir.

— Você fala como um escritor — comentei.

— Se eu conseguisse escrever como um, escreveria esse roteiro pra você.

— Obrigado.

— Quanto ele está te pagando?

Fiz um gesto com a mão: resposta nebulosa.

— Eu escrevo pra você e a gente divide meio a meio, tá bem?

— Tá bem.

— Não — disse Jon —, vai dar pra ver a diferença.

— Tá bem, então — disse François. — O Tab Jones vai escrever com o dildo dele.

Todo mundo concordou com isso, erguemos nossas taças para brindar. Era o começo de uma baita noite.

5

Eu estava encostado no balcão do Musso's. Sarah tinha ido ao banheiro. Eu gostava do balcão do Musso's, do balcão em si, mas não gostava do salão em que ele ficava. Era conhecido como "Salão Novo". O "Salão Antigo" ficava do outro lado e eu preferia comer lá. Era mais escuro e sossegado. Nos velhos tempos, eu costumava ir ao Salão Antigo para comer, mas nunca comia de verdade. Só olhava o cardápio e dizia para eles: "Ainda não", e ia pedindo bebidas. Algumas das mulheres que levei lá não tinham boa reputação e, enquanto a gente bebia sem parar, muitas vezes começavam discussões aos berros, repletas de palavrões e bebidas derramadas, além de pedidos de mais bebida. Eu costumava pagar o táxi para as mulheres e dizia para elas desaparecerem da minha frente e continuava bebendo sozinho. Duvido que elas usassem o dinheiro do táxi para pagar um táxi. Mas uma das coisas mais legais do Musso's era que quando eu aparecia de novo, depois de fazer merda, sempre era recebido com sorrisos afetuosos. Estranho demais.

Mas enfim, eu estava encostado no balcão e o Salão Novo estava cheio, principalmente de turistas, eles conversavam e viravam o pescoço e liberavam raios da morte. Pedi outra bebida e então senti um tapinha no ombro.

— Chinaski, como é que você está?

Eu me virei e olhei. Nunca sabia quem as pessoas eram. Eu era capaz de te conhecer na noite anterior e não me lembrar de você no outro dia. Se tirassem a minha mãe da cova, eu não ia saber dizer quem ela era.

— Tudo certo — falei. — Posso te pagar uma bebida?

— Não, obrigado. A gente não se conhece. Sou Harold Pheasant.

— Ah, tá. Jon me falou que você estava pensando em...

— É, quero financiar o seu roteiro. Li o seu trabalho. Você tem uma mão maravilhosa para diálogo. Li o seu trabalho: *bem* cinematográfico!

— Tem certeza de que não quer uma bebida?

— Não, tenho que voltar pra minha mesa.

— Tá. O que você tem feito nos últimos tempos, Pheasant?

— Acabei de produzir um filme sobre a vida de Mack Derouac*.

— É? Como chama?

— *A canção do coração*.

Tomei um gole.

— Ei, espera um minuto! Você está *de brincadeira*! Vai mesmo botar *A canção do coração* como nome?

— Ah, sim, esse vai ser o nome.

Ele estava sorrindo.

— Você não engana, Pheasant. É um verdadeiro fanfarrão! *A canção do coração!* Meu Deus do céu!

— Não — disse ele —, estou falando sério.

De repente, virou as costas e foi embora.

* * *

* Provável referência a Jack Kerouac (1922-1969), um dos líderes do movimento literário beat. O produtor no qual o personagem de Pheasant teria sido baseado, Edward Pressman (1943-2023), produziu um filme romântico com o título *Heart Beat* (1980), razão pela qual Chinaski caçoa dele. [*N.E.*]

Bem nessa hora, Sarah voltou. Ela me olhou.

— Do que você tá rindo?

— Deixa eu pedir uma bebida pra você e te conto.

Chamei o barman e também pedi outra para mim.

— Adivinha quem eu vi no Salão Antigo — disse ela.

— Quem?

— Jonathan Winters.

— Ah. Adivinha com quem eu falei enquanto você não tava aqui.

— Uma das suas ex-vagabundas.

— Não, não. Pior.

— Não tem nada pior do que elas.

— Falei com Harold Pheasant.

— O produtor?

— É, ele tá naquela mesa de canto.

— Ah, tô *vendo*!

— Não, não *olha*. Não acena. Toma a sua bebida. Eu vou beber a minha.

— Mas o que é que você tem?

— Sabe, ele era o produtor que ia produzir o roteiro que eu não escrevi.

— Sei.

— Enquanto você não estava aqui, ele veio falar comigo.

— Você já disse isso.

— Ele não quis nem uma bebida.

— Então você fez cagada e não tá nem bêbado.

— Espera. Ele queria falar de um filme que tinha acabado de produzir.

— Que cagada você fez?

— Eu não fiz cagada. *Ele* fez cagada.

— Claro. Conta.

Eu olhei no espelho. Eu gostava de mim, mas não gostava de mim no espelho. Minha aparência não era daquele jeito. Terminei minha bebida.

— Termina a sua bebida — pedi.

Ela terminou.

— Conta.

— É a segunda vez que você fala "conta".

— Mas que memória, e você não está nem bêbado ainda.

Fiz sinal para o barman se aproximar e pedi outra.

— Bem, o Pheasant apareceu e me contou desse filme que ele produziu. É sobre um escritor que não sabia escrever, mas que ficou famoso porque parecia um peão de rodeio.

— Quem?

— Mack Derouac.

— E isso te irritou?

— Não, isso não era importante. Estava tudo certo até ele me dizer o nome do filme.

— Que é?

— Por favor. Estou tentando apagar isso da minha mente. É absolutamente estúpido.

— Conta.

— Tá certo...

O espelho ainda estava lá.

— Conta, conta, conta.

— Tudo bem: *Aparas peludas pelos ares*.

— Eu gostei.

— Eu não. Falei isso pra ele. Ele foi embora. Perdemos nosso único financiador.

— É melhor você ir lá e se desculpar.

— Sem chance. Nome horrendo.

— Você só queria que o filme dele fosse sobre *você*.

— *É isso!* Vou escrever um roteiro sobre mim mesmo!

— Já pensou no nome?

— Já: *Pragas nas aparas peludas.*

— Vamos cair fora.

E assim, nós caímos.

6

Íamos nos encontrar com Jon Pinchot no saguão do Beverly Hills Cheshire às duas da tarde. Isso significava perder um dia no hipódromo, o que me irritou, mas Jon insistiu. Havia um sujeito lá que tinha talento para arrecadar dinheiro, para financiar filmes. Esse cara, Jean-Paul Sanrah, não tinha dinheiro, mas não importava: diziam que ele era capaz de bater uma punheta para uma estátua do parque e o dinheiro jorraria dos genitais. Excelente. Suíte nº 530. Parecia mais o fim do dia de serviço.

Além do mais, vadiando na Suíte nº 530 estava Jon-Luc Modard*, o diretor de cinema francês. Pinchot disse que ele gostava muito do que eu escrevia. Excelente.

A querida da Sarah estava junto para o caso de eu precisar de ajuda para voltar para casa. Além do mais, ela achava que poderia ter moças em início de carreira com umbigo de fora no nº 530.

Chegamos lá e Jon estava no saguão sentado em uma grande poltrona de couro, procurando gente esquisita e desvairada. Ele

---

* Provavelmente Jean-Luc Godard (1930-2022), um dos cineastas mais proeminentes no cinema contemporâneo, que liderou o movimento Nouvelle Vague, nos anos 1960, e inspirou diretores como Martin Scorsese, Quentin Tarantino, Wong Kar-wai, Pier Paolo Pasolini, entre outros. [*N.E.*]

nos viu e se levantou, estufando o peito. Jon era um sujeito grande, mas sempre gostava de parecer maior do que era.

Trocamos cumprimentos e seguimos Jon Pinchot até o elevador.

— Como está indo o roteiro?

— Está começando a amadurecer.

— É sobre o quê?

— Um bêbado. Um monte de bêbados.

A porta do elevador se abriu. Era uma beleza lá. Forrado de verde, material verde-escuro felpudo, e, se você olhasse para o verde, dava para ver pavões ali, muitos e muitos pavões. Eles também estavam no teto.

— Classudo — falei.

— Demais — disse Sarah.

Parou no quinto andar e saímos. O tapete era feito de mais verde felpudo com mais pavões. Estávamos andando em cima dos pavões. Então chegamos ao nº 530. Era uma porta preta grande e pesada, muito maior do que portas comuns, talvez duas vezes maior. Parecia mais o portão depois do fosso.

Jon bateu com uma aldrava de ferro em forma do busto de Balzac.

Nada.

Bateu de novo. Mais alto.

Esperamos.

Depois a porta se abriu devagar. Um homenzinho quase tão branco quanto papel abriu a porta.

— Henri-Leon! — cumprimentou Jon Pinchot.

— Jon! — disse Henry-Leon. Depois: — Entra, gente, por favor!

Entramos. Era espaçoso. E tudo era maior que o normal. Cadeiras grandes, mesas grandes. Paredes compridas. Pé-direito alto. Mas pairava um cheiro de mofo estranho. Toda a vastidão, e a impressão que se tinha era de um túmulo.

Fomos apresentados a todos.

O sujeito branco como papel era Henri-Leon Sanrah, irmão de Jean-Paul Sanrah, o que conseguia o dinheiro. E Jon-Luc Modard estava lá. Ficou muito quieto, não disse nada. Dava a impressão de que estava fazendo pose, sendo um gênio. Ele era pequeno, moreno, parecia ter se barbeado de qualquer jeito com um barbeador elétrico barato.

— Ah — disse Henri-Leon Sanrah para mim —, você trouxe sua filha! Ouvi falar da sua filha, a Reena!

— Não, não — corrigi —, esta é a Sarah. É minha mulher.

— Tem bebida na mesa. Muitos vinhos. E comida. Por favor, fiquem à vontade. Vou buscar o Jean-Paul — disse Henri.

Com isso Henri-Leon foi até a outra sala procurar Jean-Paul. E com isso, Jon-Luc Modard virou as costas e foi para um canto escuro, se instalou lá e ficou observando a gente. Seguimos para a mesa.

— Abre o tinto — falei para Pinchot. — Abre um monte de tintos.

Pinchot começou a mexer no saca-rolhas. Havia comida por toda parte em travessas de prata.

— Não come carne — disse Sarah. — Ou os bolos: açúcar demais.

Os deuses tinham mandado Sarah para me render mais dez anos de vida. Os deuses não paravam de me empurrar em direção à lâmina, e então, no último instante, erguiam minha cabeça do cadafalso. Muito estranhos, esses deuses. Agora eles estavam me empurrando para escrever um roteiro. Isso não me apetecia em nada. Claro, eu sabia que se escrevesse seria um bom roteiro. Não ótimo. Mas bom. Eu era danado com as palavras.

Pinchot serviu o vinho. Todos erguemos as taças.

— Hummm — disse Sarah.

— Francês — comentou Pinchot.

— Eu te perdoo — falei.

Enquanto bebíamos, eu conseguia ver a outra sala. A porta, como dizem, estava encostada. E Henri-Leon tentava despertar um grande corpo que jazia numa grande cama. O corpo não despertava.

Vi Henri-Leon enfiar a mão em uma tigela e apanhar um punhado de cubos de gelo. Duas mãozadas. Ele encostou os cubos de gelo nas laterais do rosto e na testa, fazendo pressão. Abriu a camisa e esfregou o gelo no peito.

O corpo ainda não despertava.

Então, de uma vez, se sentou e gritou:

— *Seu filho da puta, o que é que você fez? Vou ter que me descongelar!*

— Jean-Paul, Jean-Paul... você tem... visitas...

— *Visitas? Visitas? Eu preciso de visitas igual um cachorro precisa de pulgas! Vai lá e faz eles engolirem uns sapos! Mija neles! Taca fogo neles!*

— Jean-Paul, Jean-Paul... você tinha compromisso marcado... com Jon Pinchot e o roteirista dele...

— Tá bom... merda... já saio... vou bater uma punheta primeiro... Não, não, vou esperar... uma coisa para esperar com gosto...

Henri-Leon apareceu e falou conosco.

— Ele já vem. Está sob uma pressão enorme. Achou que a esposa estava abandonando ele. Hoje bem cedo, recebeu um telegrama de Paris. Agora ela mudou de ideia. Foi um golpe mortal, como grandes bois sendo dilacerados por um bando de cachorros loucos...

Não sabíamos o que dizer.

Então Jean-Paul saiu se arrastando. Ele estava de calças brancas com listras amarelas largas. Meias cor-de-rosa. Sem sapatos. Seu cabelo era castanho, todo cacheado, não precisava pentear. Mas o cabelo castanho estava sofrível. Como se estivesse sendo tingido e não conseguisse decidir qual cor assumir. Ele estava de regata e se coçando. Não parava de se coçar. Ao contrário do irmão, ele era grande e rosa... não, vermelho, de um vermelho que queimava e desaparecia, desaparecia num instante para o branco do irmão, então queimava, mais vermelho do que nunca.

Todos foram apresentados.

— Ah, ah, ah — disse ele.

Então:

— Cadê o Modard?

Ele deu uma olhada ao redor e viu Modard no canto.

— Se escondendo de novo, hein? Porra, quem me dera ele fizesse algo *novo*.

De repente, Jean-Paul deu as costas e correu de volta para o quarto, batendo a porta.

Modard deu uma tossidinha de seu canto e servimos mais um pouco de vinho. Estava mesmo tudo excelente. A vida era boa. Tudo o que você tinha que fazer no mundinho deles era ser um escritor ou um artista ou um bailarino e você podia simplesmente ficar sentado ou de pé por ali, inalando e exalando, bebendo vinho, fingindo que sabia seja lá o que fosse.

Então Jean-Paul voltou trombando porta afora. Achei que ele tinha machucado o ombro. Ele parou, colocou a mão no ombro, fez um gesto de que não fazia caso, se coçou e voltou a avançar. Começou a dar a volta na mesa num ritmo acelerado e constante, gritando:

— *Todo mundo tem cu, não tem? Tem alguém sem cu nesta sala? Se tiver, fala de uma vez, de uma vez, tá me ouvindo?*

Jon Pinchot afundou o cotovelo no meu flanco.

— Viu só, ele é um gênio, viu só?

Jean-Paul dava voltas no mesmo ritmo rápido, gritando:

— *Todo mundo tem essa racha no rego, certo? Lá embaixo, pro meio, não tem? A merda jorra de lá, não é? Ou pelo menos é o que a gente espera! Se tirarem a merda da gente, a gente morre! Pensa só quanta merda a gente caga na vida! A terra, agora mesmo, está absorvendo! Mas os mares e os rios estão engulhando a própria vida enquanto engolem a nossa merda! A gente é tudo imundo, imundo! Eu odeio todo mundo! Toda vez que limpo meu rabo, eu odeio todo mundo!*

Então, ele parou, parecia enxergar Pinchot.

— Você quer dinheiro, não quer?

Pinchot sorriu.

— Filho da puta, vou arranjar a porra do dinheiro para você — disse Jean-Paul.

— Obrigado. Acabei de falar pro Chinaski aqui que você é um gênio.

— Cala a boca!

Então Jean-Paul olhou para mim.

— A melhor coisa sobre o que você escreve é que excita os Institucionalizados. E os que deviam estar excitados. E esse número chega a muitos milhões. Se você conseguir continuar puro na sua estupidez, um dia é capaz de conseguir uma ligação do inferno.

— Jean-Paul, eu já consegui as duas coisas.

— Ah, é? Sei... Com quem?

— Ex-namoradas.

— *Você me enche o saco!* — gritou ele e começou a dar voltas na mesa de novo, se coçando ao mesmo tempo.

Então, depois de uma última grande volta, correu para o quarto, bateu a porta e sumiu.

— O meu irmão — explicou Henri-Leon — não está muito bem hoje. Está aborrecido.

Estendi a mão e enchi as taças.

Pinchot se inclinou até mim e sussurrou:

— Eles estão aqui nesta suíte tem dias, comendo e bebendo, não precisam pagar a conta...

— Jura?

— O Frances Ford Lopalla* é quem paga. Ele acha que o Jean-Paul é um gênio...

— Amor e Gênio são duas das palavras mais usadas na língua — comentei.

— Agora você tá começando a falar besteira — disse Sarah —, tá começando a ficar chumbado.

Com isso, Jon-Luc Modard saiu do seu canto. Ele veio até nós.

— Me dá a porra de um vinho — exigiu ele.

Eu enchi bastante. Jon-Luc virou de uma vez. Servi mais.

— Eu li os seus troços — disse ele. — O melhor é que é tudo tão simples. O seu caso é de sequela cerebral, não é?

— Pode ser. Eu perdi quase todo o sangue do corpo em 1957. Fiquei no porão de uma casa de caridade dois dias antes que um residente maluco com alguma consciência me encontrasse. Acho que é capaz de eu ter perdido um monte de coisas lá, mais mentais do que físicas.

— É uma das histórias preferidas dele — contou Sarah. — Eu amo ele, mas você não faz ideia de quantas vezes eu já tive que ouvir essa história.

— Eu também te amo, Sarah — falei —, mas por algum motivo, contar histórias velhas, de novo e de novo, parece fazer com que elas fiquem mais próximas do que deviam ter sido.

* Provável referência a Francis Ford Coppola (1939-), diretor e roteirista, responsável pela franquia *O poderoso chefão* (1972, 1974, 1990), o filme *Apocalypse Now* (1979), entre outros. [*N.E.*]

— Tá bom, Velhotinho, desculpa — respondeu Sarah.

— Escuta — disse Jon-Luc —, o que eu quero te pedir é pra você escrever o diálogo em inglês para as legendas do meu novo filme. Também tenho uma cena que quero tirar de um dos seus contos, o que o cara está ganhando um boquete debaixo da mesa de trabalho e continua tocando os negócios, atendendo o telefone e toda aquela droga. Fecha?

— Fecho — falei.

Então simplesmente juntamos as cadeiras e começamos a beber. E Jon-Luc começou a falar. Ele falava e falava, olhando só para mim. No começo, fiquei lisonjeado, mas depois de um tempo, nem isso.

Jon-Luc não parava mesmo de falar. Ele estava sendo sombrio e se fazendo de Gênio. Talvez ele fosse um Gênio. Eu não queria ficar amargo com isso. Mas tinham empurrado Gênios pra cima de mim a escola toda: Shakespeare, Tolstói, Ibsen, G. B. Shaw, Tchekov, todos aqueles chatolas. E pior, Mark Twain, Hawthorne, as irmãs Brontë, Dreiser, Sinclair Lewis, largavam tudo em cima de você como uma laje de cimento, e você queria se livrar e ir embora, eles eram como pais rígidos e estúpidos insistindo com regras e modos que fariam até os mortos se encolherem.

Jon-Luc não parava mesmo de falar. É tudo de que eu lembro. A não ser de vez em quando, da minha boa Sarah dizendo:

— Hank, você não devia beber tanto. Pega leve um pouco. Não quero você morto de manhã cedo.

Mas Jon-Luc não parava.

Eu já não entendia o que ele estava dizendo. Eu via os lábios se movendo. Ele não era desagradável, só estava ali. Precisava fazer a barba. E a gente estava num hotel estranho de Beverly Hills onde você andava sobre pavões. Um mundo mágico. Gostei porque nunca tinha visto nada igual. Era absurdo e perfeito e seguro.

Mais vinho servido e Jon-Luc seguia.

Caí no meu patético período de apagão. Era frequente com humanos, bons ou maus, meus sentidos simplesmente se desligarem, eles se cansam, eu me rendo. Eu sou educado. Eu assinto com a cabeça. Finjo entender porque não quero que ninguém fique melindrado. É essa a fraqueza que me causou mais problemas. Quando tento ser gentil com os outros, muitas vezes minha alma vai se desfiando numa espécie de macarronada espiritual.

Pouco importa. Meu cérebro desliga. Eu escuto. Eu respondo. E eles são tapados demais para perceber que eu não estou ali.

Mais bebida servida e Jon-Luc continuava falando. Tenho certeza de que ele disse muitas coisas impressionantes. Eu simplesmente me concentrava em suas sobrancelhas...

Na manhã seguinte, na minha casa, na cama que era minha e de Sarah, o telefone tocou por volta das onze horas.

— Alô?

Era Pinchot.

— Escuta, tenho que te dizer uma coisa!

— Diga.

— O Modard *nunca fala.* Nunca teve *ninguém, ninguém que já fez ele falar como você! Ele falou por horas! Todo mundo ficou pasmo*!

— Ah, tá bom.

— *Você não está entendendo! Ele nunca fala! Ele falou com você por horas*!

— Escuta, Jon, desculpa, mas eu estou passando mal, preciso dormir.

— Tudo bem. Mas tenho que te falar mais uma coisa.

— Manda.

— É sobre Jean-Paul Sanrah.

— Diga.

— Ele está dizendo que eu tenho que sofrer, que não sofri o bastante e que quando eu tiver sofrido mais ele vai me arranjar o dinheiro.

— Tá certo.

— Ele é estranho, não é? Um gênio de verdade.

— É — respondi —, acho que sim.

Desliguei.

Sarah ainda estava dormindo. Virei para o lado direito, de frente para a janela, porque às vezes eu roncava e queria direcionar o som para longe dela.

Eu tinha acabado de cair naquela escuridão suave, naquele último descanso que nos é dado antes da morte, quando a gata preferida da Sarah, a Bela, saiu andando do seu travesseiro especial junto da cabeça de Sarah e pisou em cima da minha cara. Uma pata com garras rascou dentro da minha orelha esquerda, depois ela pulou no chão, atravessou o quarto e pulou para o parapeito da janela aberta que dava para o leste. O sol encarniçado ia nascendo, e eu não era acometido por pensamentos fascinantes.

7

Naquela noite, sentado na frente da máquina de escrever, servi duas bebidas, tomei duas bebidas, fumei três cigarros e ouvi a Número Três de Brahms no rádio, e então me dei conta de que precisava de alguma coisa para me ajudar a entrar no roteiro. Disquei o número de Pinchot. Ele estava em casa.

— Alô?

— Jon, é o Hank.

— Hank, como você tá?

— Bem. Escuta, vou ficar com os dez.

— Mas você disse que pode atrapalhar o processo criativo receber com antecedência.

— Mudei de ideia. Não tem acontecido processo criativo.

— Quer dizer que...?

— Quero dizer que já está tudo pensado, mas ainda não tem nada no papel.

— O que você tem em mente?

— É sobre um bêbado. Ele simplesmente fica sentado numa banqueta de bar dia e noite.

— Você acha que as pessoas vão querer saber de um homem assim?

— Escuta, Jon, se eu fosse me preocupar com o que as pessoas vão querer saber, eu nunca ia escrever nada.

— Tá bom. Levo o cheque pra você?

— Não. Pode só colocar no correio. Hoje à noite. Obrigado.

— Eu que agradeço — disse Jon.

Fui até a máquina de escrever e me sentei. Funcionou na mesma hora. Eu digitei:

> O BÊBADO DA ALMA AZUL E AMARELA
>
> EXTERIOR/INTERIOR – BAR DANDY'S – DIA
>
> A CÂMERA FAZ UMA PANORÂMICA DESCENDO DO ALTO; PASSA DEVAGAR PELA entrada do bar E SEGUE PELO INTERIOR DO BAR.
>
> UM RAPAZ está sentado em uma banqueta como se estivesse lá desde o início dos tempos. ele levanta o copo...

Eu estava gostando da coisa. Tudo o que você precisava era da primeira linha, depois tudo fluía. Sempre esteve lá, só precisava de algo para botar para rodar.

Aquele bar me voltou à mente. Lembrei de como dava para sentir o cheiro do mictório em qualquer lugar que você se sentasse. De cara você precisava de uma bebida para neutralizar aquilo. E antes de ir parar naquele mictório, precisava de umas quatro ou cinco. E as pessoas daquele bar, os corpos, os rostos e as vozes me voltaram à mente. Eu estava lá de novo. De novo vi o chope naquele copo fino, mais largo na boca, a espuma branca te olhando, borbulhando bem de leve. A cerveja estava choca e depois do primeiro gole, lá para um quarto do copo, você inalava, prendia a respiração e começava. O barman da manhã era um homem bom. O diálogo veio e se resolveu sozinho. Eu datilografei sem parar...

Então, o telefone tocou. Era interurbano. Era meu agente e tradutor da Alemanha, Karl Vossner. Karl adorava falar do jeito que achava que os americanos descolados falavam.

— Ei, filho da puta, como é que cê tá?

— Tudo bem, Karl, você ainda está deslizando no quiabo?

— Tô, meu teto tá todo salpicado de lascas de esperma seco.

— Bom rapaz.

— Obrigado, querido. Eu aprendo tudo de bom com você. Mas, querido, tenho boas notícias. Dá pra ouvir, filho da puta?

— Ah, manda, manda, querido!

— Bem, além de assobiar "Dixie" com o cu, eu traduzi três livros seus: poemas, *Os piolhos da ruína*; contos, *Sonhos da cloaca*; e seu romance, *Incêndio criminoso na Estação Central*.

— Eu te devo meu bago esquerdo, Karl.

— Tá certo, manda por correio aéreo. Só que, querido, tem mais...

— Me fala, me fala...

— Bem, a gente teve uma feira do livro aqui no mês passado e tive reunião com as seis maiores editoras da Alemanha e vou te dizer, elas estão babando no seu corpo!

— Meu corpo?

— No corpo da sua obra, sabe? Manja?

— Manjo, querido.

— Botei essas seis grandes editoras num quarto de hotel, arrumei a cerveja e o vinho e o queijo e as castanhas. Então disse que os lances estavam abertos pro adiantamento dos três livros. Eles só riram e partiram pra bebida. Eu estava com aqueles cuzões comendo bem na nossa mão. Você vende bem e eles sabem. Contei umas piadas pra deixar eles soltinhos, e aí os lances começaram. Bem, pra chegar logo nos finalmentes, Krumph fez o maior lance. Eu fiz o filho da puta assinar um contrato. Então tomamos uma rodada juntos. Um bando de idiotas, a gente ficou chumbado, principalmente o Krumph. Então, a gente conseguiu. Enchemos o papo!

— Você é um cara legal, Karl. Quanto é a minha parte?

— Querido, deve chegar a uns trinta e cinco mil. Mando pra você em até uma semana.

— Cara, ah, cara, isso é *sensacional* pra cacete!

— É melhor do que soprar vidro, filho da puta.

— E como, querido. Ei, Karl, já ouviu essa aqui? Qual é a diferença entre o cu de uma galinha e o cu de um coelho?

— Não, qual é?

— Pergunta pra rolinha.

— Saquei! Demais!

Com isso, nossa conversa terminou.

Em uma hora eu estava quarenta e cinco mil dólares mais rico. Trinta anos de fome e rejeição estavam começando a entrar nos eixos.

Voltei para a máquina de escrever, servi generosamente uma bela bebida, mandei para dentro, servi outra. Encontrei uma guimba de um charuto velho, acendi. A Número Cinco de Shostakovich estava no rádio. Eu comecei a bater na máquina:

> O barman, Luke, se debruça sobre o balcão, olhando para o jovem.
>
> LUKE
>
> Escuta, você fica nesse lugar dia e noite. Só fica sentado aí tomando todas.

RAPAZ
É.

LUKE
Tá certo, olha, eu não quero te magoar nem nada, mas talvez essa merda não leve a lugar nenhum.

RAPAZ
Tá tudo certo, Luke, não se preocupa comigo. É só não parar de servir.

LUKE
Claro, jovem. Mas não tem uma outra metade de você em algum lugar?

RAPAZ
Ei, Luke, você já ouviu essa? Qual é a diferença entre o cu de uma galinha e o cu de um coelho?

LUKE
Não quero ouvir piada, cara. Eu quero saber: não tem uma outra metade de você em algum lugar?

RAPAZ
Bem, porra. Eu estava na sexta série, acho. A professora mandou a gente escrever alguma coisa sobre a nossa experiência mais comovente. E não estou falando de um negócio como mudar para Denver.

LUKE
Sei.

RAPAZ

Enfim, escrevi sobre um sapo que eu tinha achado no jardim. Uma das pernas dele tinha ficado presa numa cerca de arame. Ele não conseguia fugir. Soltei a perna dele da cerca de arame, mas mesmo assim ele não se mexia.

LUKE

(bocejando)

É?

RAPAZ

Então eu botei ele no meu colo e conversei com ele. Falei pra ele que eu tava preso, que a minha vida também tava enroscada em alguma coisa. Conversei com ele por um bom tempo. Por fim, ele pulou do meu colo e saiu pulando pela grama e desapareceu em algum mato. E eu disse a mim mesmo que ele tinha sido a primeira coisa de que eu já tinha sentido falta na vida.

LUKE

É?

RAPAZ

A professora leu pra turma. Todo mundo chorou.

LUKE

É. E aí?

RAPAZ

Bem, achei que um dia podia virar escritor.

LUKE
(debruçando-se para a frente)
Jovem, você é biruta!

Decidi que já bastava de escrever roteiro por uma noite. Só fiquei sentado junto da máquina de escrever ouvindo a música no rádio. Eu não me lembrava de ter ido para a cama. Mas de manhã, eu estava lá.

8

Vin Marbad tinha sido altamente recomendado por Michael Huntington, meu fotógrafo oficial. Michael sempre me clicava, mas até então não tinha havido grande demanda por esses esforços.

Marbad era um consultor fiscal. Veio uma noite com sua pasta, um homenzinho moreno. Eu já estava bebendo tranquilo por algumas horas, sentado com Sarah assistindo a um filme na minha velha tevê em preto e branco.

Ele bateu à porta com uma dignidade ágil e eu abri para ele, o apresentei a Sarah, lhe servi um vinho.

— Obrigado — disse ele, dando um gole. — Sabe, aqui nos Estados Unidos, se você não gastar seu dinheiro, eles vão tomar.

— Ah, é? E o que você quer que eu faça?

— Que você dê entrada em uma casa.

— Ahn?

— As parcelas de hipoteca são dedutíveis no imposto.

— Tá, o que mais?

— Compre um carro. Dedutível no imposto.

— O valor inteiro?

— Não, só uma parte. Deixa isso comigo. O que a gente tem que fazer é arranjar umas blindagens fiscais. Olha só...

Vin Marbad abriu sua pasta e sacou muitas folhas. Ele se levantou e veio até mim com os papéis.

— Imóveis. Aqui, eu comprei umas terras no Oregon. Isso é um abatimento de imposto. Ainda tem alguns hectares disponíveis. Dá para você entrar agora. É uma valorização de vinte e três por cento ao ano. Ou seja, em quatro anos seu dinheiro dobra.

— Não, não, por favor, senta lá de novo.

— Qual é o problema?

— Não quero comprar nada que eu não possa ver, não quero comprar nada que eu não possa estender a mão e tocar.

— Está dizendo que não confia em mim?

— Eu acabei de te conhecer.

— Tenho referências no mundo todo!

— Eu sempre sigo meus instintos.

Vin Marbad deu meia-volta em direção ao sofá onde tinha deixado o casaco; vestiu-o e então com a pasta na mão avançou para a porta, abriu, saiu, fechou.

— Você melindrou ele — comentou Sarah. — Ele só está tentando te mostrar uns jeitos de economizar.

— Eu tenho duas regras. Uma delas é: nunca confie num homem que fuma cachimbo. A outra é: nunca confie num homem com sapato brilhoso.

— Ele não estava fumando cachimbo.

— Bem, ele parece alguém que fuma cachimbo.

— Você melindrou ele.

— Não se preocupa, ele vai voltar...

A porta se abriu de supetão e lá estava Vin Marbad. Ele disparou pela sala até o lugar onde estava antes no sofá, tornou a tirar o casaco e colocou a pasta junto dos pés. Olhou para mim.

— Michael me disse que você aposta em cavalos.

— Bem, é...

— Meu primeiro emprego quando vim da Índia pra cá foi no Hollywood Park. Eu era zelador lá. Sabe as vassouras que eles usam para varrer os bilhetes que jogam fora?

— Sei.

— Já reparou como são largas?

— Já.

— Bem, a ideia foi *minha*. Essas vassouras eram de tamanho normal. Desenhei a vassoura nova. Fui no Operacional com ela e a implementaram. Com isso subi pro Operacional e tenho crescido desde então.

Servi outro vinho para ele. O homem deu um gole.

— Escuta, você bebe enquanto escreve?

— Bebo, é um tanto bom.

— É parte do que te inspira. Vou fazer com que isso seja dedutível do imposto.

— Você consegue isso?

— Claro. Sabe, fui eu que comecei a deduzir a gasolina usada nos carros. Foi ideia minha.

— Que filho da puta — falei.

— Muito interessante — disse Sarah.

— Vou arranjar as coisas pra que você não tenha que pagar imposto nenhum e vai ser tudo dentro da lei.

— Parece legal.

— O Michael Huntington não paga impostos. Pergunta pra ele.

— Eu acredito em você. Nada de impostos por aqui.

— Tá certo, mas você precisa fazer o que eu disser. Primeiro, dá entrada numa casa, depois num carro. Arranje um ponto de partida. Arranje um bom carro. Uma BMW nova.

— Tá certo.

— Que máquina você usa? Uma manual?

— É.

— Arranje uma elétrica. É dedutível de impostos.

— Não sei se consigo escrever numa elétrica.

— Você pega o jeito daqui a uns dias.

— Estou dizendo que não sei se consigo *criar* numa elétrica.

— Está dizendo que tem medo de mudanças?

— É, ele tem — confirmou Sarah. — Como os escritores dos séculos passados, eles escreviam com penas. Naquela época, ele teria se agarrado àquela pena, teria batido o pé contra qualquer mudança.

— Eu me preocupo demais com a porra da minha alma.

— Você muda as marcas das suas bebidas, não é? — perguntou Vin.

— Mudo...

— Tá, então...

Vin ergueu a taça e a esvaziou.

Eu servi vinho para todos.

— O que a gente tem de fazer é transformá-lo numa Corporação, de modo que você consiga todos os incentivos fiscais.

— Parece horrível.

— Eu te falei, se não quer pagar impostos, precisa fazer o que eu disser.

— Tudo o que quero fazer é bater à máquina, não quero andar por aí com uma carga grande no lombo.

— A única coisa que você tem que fazer é nomear um Conselho de Administração, um Secretário, um Tesoureiro e assim por diante... É simples.

— Parece horrível. Escuta, isso tudo soa como a mais pura merda. Talvez seja melhor eu simplesmente pagar os impostos. Só não quero ninguém me enchendo o saco. Não quero um fiscal qualquer batendo à minha porta tarde da noite. Eu pago até mais só para ter certeza de que eles vão me deixar em paz.

— Isso é estupidez — disse Vin —, ninguém devia pagar impostos *nunca*.

— Por que você não dá uma chance pro Vin? Ele só está tentando ajudar — pediu Sarah.

— Olha, vou mandar os documentos da Corporação pra você por correio. É só ler e depois assinar. Você vai ver que não tem de ficar ressabiado com nada.

— Esse troço todo, sabe, atrapalha. Estou trabalhando num roteiro e preciso estar com a mente clara.

— Num roteiro, é? Sobre o quê?

— Um bêbado.

— Ah, você, né?

— Bom, tem outros.

— Agora acostumei ele a beber vinho — disse Sarah. — Estava praticamente morto quando o conheci. Uísque, cerveja, vodca, gim, mais cerveja...

— Tem uns anos que sou consultor de Darby Evans. Já deve ter ouvido falar dele, é roteirista.

— Eu não vou ao cinema.

— Ele escreveu *O coelho que pulou para o paraíso*; *Waffles com Lulu*; *Terror no zoológico*. Ele chega fácil aos seis dígitos. E é uma Corporação.

Não respondi.

— Ele não paga um centavo de impostos. E é tudo legal...

— Dá uma chance pro Vin — insistiu Sarah.

Ergui minha taça.

— Tá certo. Merda. Um brinde a isso!

— Muito bem, rapaz — disse Vin.

Esvaziei minha taça, levantei e busquei outra garrafa. Saquei a rolha e servi todo mundo.

Deixei minha mente se levar: você é um crupiê de roletas. Você é sagaz. Por que pagar por bombas que estraçalham crianças indefesas? Dirija uma BMW. Tenha uma vista pro porto. Vote nos republicanos.

Então outro pensamento me acometeu:

Você tá virando o que sempre odiou?

E então veio a resposta:

Porra, você nem tem dinheiro de verdade mesmo. Por que não brincar com esse troço pra tirar um sarro?

Seguimos bebendo, comemorando alguma coisa.

9

Então, lá estava eu com mais de sessenta e cinco anos, atrás da minha primeira casa. Eu me lembrei de como meu pai tinha praticamente hipotecado sua vida inteira para comprar uma casa. Ele me dissera:

— Olha, vou pagar uma única casa minha vida inteira e quando eu morrer você vai ficar com a casa e então a sua vida toda você vai pagar uma casa e quando você morrer vai deixar essas casas pro seu filho. Já vão ser duas casas. Então seu filho vai...

O processo todo me parecia terrivelmente lento: casa por casa, morte por morte. Dez gerações, dez casas. Então seria preciso apenas uma pessoa para perder todas aquelas casas numa aposta, ou reduzi-las a cinzas com um palito de fósforo e depois correr pela rua com as bolas num balde com alças.

Agora eu estava atrás de uma casa que não queria de verdade e ia escrever um roteiro que não queria escrever de verdade. Estava começando a perder o controle e percebia isso, mas parecia incapaz de reverter o processo.

A primeira imobiliária em que paramos foi em Santa Monica. Chamava-se Século Vinte e Dois Imóveis. Isso, sim, era moderno.

Sarah e eu saímos do carro e entramos. Havia um jovem na mesa, de gravata-borboleta, camisa listrada bacana, suspensórios vermelhos. Ele parecia descolado. Estava folheando papéis em sua mesa. Parou e ergueu o olhar.

— Posso ajudar?

— Queremos comprar uma casa — informei.

O rapaz apenas virou o rosto para o lado e desviou o olhar. Passou um minuto. Dois minutos.

— Vamos embora — falei para Sarah.

Voltamos para o carro e liguei o motor.

— O que é que foi tudo aquilo? — perguntou Sarah.

— Ele não queria fazer negócio com a gente. Deu uma boa olhada e achou que a gente era indigente, uns inúteis. Achou que ia perder seu tempo com a gente.

— Mas não é o caso.

— Talvez não, mas a coisa toda fez eu me sentir como se estivesse coberto de lodo.

Fui dirigindo o carro, mal sabendo para onde estava indo.

De alguma forma, aquilo tinha machucado. É claro, eu estava de ressaca e precisava fazer a barba e sempre usava roupas que de um jeito ou de outro não pareciam me servir direito e talvez todos os anos de pobreza tivessem me rendido um determinado aspecto. Mas não achava sensato julgar um homem pela aparência daquele jeito. Prefiro muito mais julgar um homem pelo modo como ele age e fala.

— Cacete — ri —, talvez ninguém venda uma casa pra gente!

— Aquele cara era um idiota — disse Sarah.

— A Século Vinte e Dois Imóveis é uma das maiores redes imobiliárias do estado.

— Aquele cara era um idiota — repetiu Sarah.

Eu ainda me sentia desdenhado. Talvez eu *fosse* meio tapado de algum jeito. Tudo que eu sabia fazer era escrever à máquina — às vezes.

Então estávamos seguindo de carro por uma área montanhosa.

— Onde é que a gente está? — perguntei.

— Topanga Canyon — respondeu Sarah.

— Esse lugar parece cagado.

— Não é ruim, a não ser no que diz respeito a inundações e incêndios e tipos neohippies acabados.

Então eu vi a placa: PARAÍSO DOS PRIMATAS. Era um bar. Estacionei e saímos. Havia um bando de motos do lado de fora. Às vezes chamavam de porcos.

Entramos. A porra estava quase cheia. Caras com jaquetas de couro. Caras usando lenços sujos. Alguns dos caras tinham feridas no rosto. Outros, barbas que não cresciam direito. A maioria dos olhos eram azul-claros, redondos e apáticos. Estavam todos sentados bem parados, como se estivessem lá havia semanas.

Achamos duas banquetas.

— Duas cervejas — pedi —, qualquer uma de garrafa.

O barman saiu trotando.

As cervejas chegaram, e Sarah e eu demos uma golada.

Então reparei num rosto projetado para a frente mais adiante no balcão, olhando para nós. Era um rosto redondo e muito gordo, com um toque de imbecilidade. Era um rapaz e seu cabelo e sua barba eram de um ruivo sujo, mas as sobrancelhas eram muito brancas. Seu lábio inferior pendia como se um peso invisível o puxasse, o lábio estava contorcido e dava para ver seu interior, que estava úmido e brilhante.

— Chinaski — disse ele —, caralho, é o *Chinaski*!

Dei um aceno breve e olhei bem para a frente.

— Um dos meus leitores — falei para Sarah.

— Ih — comentou ela.

— Chinaski. — Ouvi uma voz à minha direita.

— Chinaski. — Ouvi outra voz.

Um uísque apareceu na minha frente. Eu o ergui.

— Obrigado, camaradas! — E mandei para dentro.

— Pega leve — pediu Sarah —, você sabe como você é. A gente nunca vai conseguir sair daqui.

O barman trouxe outro uísque. Era de um cara pequeno com manchas escuras avermelhadas no rosto inteiro. Ele parecia mais casca-grossa do que qualquer um ali.

— Chinaski — disse ele —, o maior escritor do mundo.

— Se você insiste — falei e ergui o copo de uísque, depois passei para Sarah, que virou o resto.

Ela deu uma tossidinha e pousou o copo.

— Só bebi isso para ajudar a te salvar.

Então um pequeno grupo se formava aos poucos atrás de nós.

— Chinaski. Chinaski... Filho da puta... Eu li todos os seus livros, *todos os seus livros*!... Posso acabar com você, Chinaski... Ei, Chinaski, você ainda consegue ficar de pau duro?... Chinaski, Chinaski, posso ler um poema meu pra você?

Paguei o barman e descemos por trás das banquetas e seguimos para a porta. Mais uma vez reparei nas jaquetas de couro e nas caras *insossas* e na sensação de que não havia muita alegria ou ousadia em nenhum deles. Tinha alguma coisa faltando naqueles pobres sujeitos e algo dentro de mim se contorceu, só por um instante, e me deu vontade de lançar meus braços ao redor deles, consolá-los e abraçá-los como um Dostoiévski, mas eu sabia que isso no fim das contas não levaria a lugar nenhum, exceto ao ridículo e à humilhação, para mim mesmo e para eles. O mundo tinha de alguma forma ido longe demais, e a amabilidade espontânea nunca poderia ser tão fácil. Era algo pelo qual todos teríamos que nos empenhar mais uma vez.

E eles nos seguiram para fora.

— Chinaski, Chinaski... Quem é essa beleza de senhora com você? Você não merece ela, cara!... Chinaski, que isso, fica e bebe com a gente! Seja um cara legal! Seja como sua obra, Chinaski! Não seja um babaca!

Eles estavam certos, é claro. Entramos no carro, liguei o motor e passamos bem devagar por eles à medida que se aglomeravam ao nosso redor, abrindo caminho bem devagar, uns mandando beijos, uns mostrando o dedo, uns batendo nas janelas. Conseguimos passar.

Chegamos à estrada e seguimos dirigindo.

— Então — disse Sarah — aqueles são os seus leitores?

— Ali estavam quase todos, eu acho.

— Ninguém inteligente lê você?

— Espero que sim.

Continuamos dirigindo sem dizer nada. Depois Sarah perguntou:

— No que você está pensando?

— Dennis Body.

— Dennis Body? Quem é esse?

— Ele era meu único amigo no colégio. Eu me pergunto o que foi que aconteceu com ele.

10

Enquanto dirigíamos, eu vi: Imobiliária Arco-Íris.

Parei na frente. O estacionamento não era pavimentado e havia grandes buracos e sulcos por toda parte. Identifiquei a área mais plana e estacionei. Saímos e fomos andando até o escritório. A porta estava aberta e uma galinha branca, gorda e suja estava sentada lá. Eu a toquei dali com o pé. Ela se levantou, emitiu um pouco de matéria e entrou no escritório, achou um lugar no canto e voltou a se sentar.

Havia uma senhora na mesa, meados dos quarenta, magra, de cabelo liso e cor de lama com uma flor de papel enfiada, vermelha. Ela estava bebendo uma cerveja e fumando um Pall Mall.

— Merda, olá! — cumprimentou ela. — Procurando uma casa, o retorno?

— Pode-se dizer que sim — respondi.

— Bem, então diga *você*! Hahaha!

Ela virou a cerveja e me entregou um cartão.

IMOBILIÁRIA ARCO-ÍRIS
QUE LOUCURA, TENHO O QUE VOCÊ PROCURA!
LILA GANT,
AO SEU DISPOR

Lila se levantou.

— Venham comigo...

Ela não trancou o escritório. Entrou no carro. Era um Comet 1962. Eu sabia porque já tive um Comet 1962. Na verdade, parecia o mesmo que eu havia vendido para o ferro-velho.

Nós fomos atrás dela por uma estrada de terra sinuosa. Seguimos por alguns minutos. Reparei na ausência de postes de iluminação. Além disso, em cada lado da estrada havia enormes desfiladeiros. Tomei nota de que dirigir por lá à noite com umas bebidas na cabeça podia ser arriscado.

Por fim, paramos em frente a uma casa de madeira sem pintura. Bem, ela já tinha sido pintada em algum momento, muito antes, mas o tempo havia desbotado quase toda a tinta que para começo de conversa desde sempre fora de um branco-titica. A casa parecia vergar para a frente e para a esquerda — a nossa esquerda, ao sairmos do carro. Era uma casa grande, parecia aconchegante, prática.

Tudo isso, pensei, porque peguei um adiantamento para escrever um roteiro e porque tenho um consultor fiscal.

Subimos para a varanda e as tábuas, é claro, bambearam sob o nosso peso. Eu tinha chegado a cento e três quilos, a maior parte de gordura em vez de músculos. Meus dias de luta tinham acabado. E pensar que eu já tinha pesado sessenta e cinco quilos em uma estrutura física de um e oitenta e dois de altura: os bons e velhos tempos de fome quando eu escrevia coisa boa.

Lila bateu à porta da frente.

— Darlene, querida? Você está de roupa? É melhor você estar porque estamos entrando com tudo! Estou com um pessoal que quer ver o seu castelo! Hahaha!

Lila empurrou a porta e entramos.

Estava escuro lá dentro e o cheiro era como se houvesse um peru queimando no forno. Havia também a sensação de sombrias criaturas aladas pairando pelo lugar. Uma lâmpada pendia de um fio. O revestimento havia descascado e dava para ver o fio desencapado. Senti algo como um vento frio na nuca. Então me dei conta de que era apenas uma descarga de medo. Me livrei da ideia com o pensamento de que aquele lugar tinha que ser muito barato.

Então Darlene surgiu da escuridão. Boca cheia de batom. Cabelo desgrenhado. Olhos borbotando bondade para disfarçar anos de devastação. Era gorda, de calça jeans e blusa florida desbotada. Dois brincos como globos oculares, pendurados e balançando um pouco, aquelas íris azuis. Estava segurando um baseado enrolado. Ela avançou.

— Lila, sua bisca! Qual é?

Lila pegou o baseado da mão de Darlene, deu uma tragada e entregou de volta.

— Como é que vai aquele idiota do seu irmão perneta, o Willy?

— Ah, merda, ele acabou de ser mandado pro xilindró do condado. Está cagando de medo de que vão encher o cu dele!

— Não se preocupe, querida, ele é feio como o cão.

— Você acha mesmo?

— Mesmo.

— Espero que sim!

Então seguiram as apresentações. Depois houve silêncio. Ficamos lá parados como se tivéssemos perdido toda a faculdade de raciocínio, de saber o que estávamos fazendo. Eu até que gostei. Pensei, bem, está tudo certo, posso ficar aqui parado tanto quanto qualquer um. Eu me concentrei no fio torcido de que pendia a lâmpada.

Um homem alto e magro entrou devagar. Veio caminhando na nossa direção, uma perna hirta de cada vez. Projetava uma perna para a frente e então deliberadamente seguia com a outra. Era como um cego sem uma bengala. Ele veio na nossa direção. Seu rosto era uma massa de barba e o cabelo grosso estava embolado, emaranhado. Mas tinha olhos lindos, de um verde bem escuro. Esmeraldas em vez de olhos. O otário valia alguma coisa. E tinha um *sorriso largo*. Ele se aproximou. Parou e continuou *sorrindo, sorrindo*.

— Este é o meu marido — disse Darlene —, o Double Quartet.

Ele assentiu. Sarah e eu assentimos de volta.

Lila se inclinou para mim, sussurrou:

— Os dois deviam mexer com cinema.

Sarah estava ficando cansada do tempo que a coisa toda estava levando.

— Bem, vamos dar uma olhada no lugar!

— Ora, *claro*, querida, levantem esse rabo daí e venham comigo...

Seguimos Lila até a outra sala e olhei para trás. Vi Double Quartet pegar o baseado de Darlene e dar uma tragada.

Porra, ele tinha olhos tão excepcionais; os olhos são mesmo o reflexo da alma. Mas, caramba, aquele sorriso *tão largo* arruinava tudo.

Estávamos claramente na sala de jantar ou na sala de estar. Nenhum móvel. Havia um colchão de água vazio pregado em uma das paredes, na horizontal, com os dizeres rabiscados em tinta vermelha: A ARANHA CANTA SOZINHA.

— Olha isso — disse Lila —, olha esse quintal. Que *beleza* de terra!

Olhamos pela janela. O quintal era igual à estrada, só que havia mais: buracos enormes, montes de terra e pedras largados. E lá longe, sozinha, de pé, estava uma privada solitária descartada. Sem tampa.

— É legal — falei —, meio esquisito.

— Essas pessoas aqui são *artistas* — disse a nossa corretora de imóveis.

Demos um passo para trás. Encostei na cortina que tapava a janela. Um pedaço da cortina caiu no lugar onde eu tinha encostado a mão.

— Essas pessoas aqui são bem *profundas* — comentou Lila. — Elas simplesmente não ligam pras coisas *corriqueiras*, sabe.

Fomos para o primeiro andar e a escada era sólida, por mais estranho que parecesse. Era boa e legítima, e então eu me senti um pouco melhor, subindo.

No quarto só havia um colchão de água, este cheio. Estava no canto oposto, sozinho. Uma coisa estranha, uma das laterais tinha um grande caroço. Dava a impressão de que logo explodiria.

O banheiro era de ladrilhos, mas o piso não era lavado havia tanto tempo que os ladrilhos quase desapareciam debaixo da camada de sujeira e das marcas de pegadas.

A privada estava coberta por uma crosta marrom, definitiva. Nada jamais mudaria aquilo. Era crosta sobre crosta sobre crosta. Era pior do que qualquer banheiro que eu já tinha visto em qualquer pé-sujo, em qualquer bar em que já estive, e eu comecei a ter engulhos ao lembrar de todas aquelas latrinas e na ideia daquela ali. Saí um instante, me recuperei, inspirei, decidi não pensar em nada daquilo e voltei a entrar no banheiro.

— Desculpa — falei.

Lila entendeu.

— Merda, foi mal — disse ela.

— Tá tudo certo...

Não olhei *dentro* da banheira, mas reparei que alguém tinha rabiscado com várias tintas coloridas na parede acima da banheira:

SE TIM LEARY* NÃO É DEUS,

ENTÃO DEUS ESTÁ MORTO.

MEU PAI MORREU NA

BRIGADA ABRAHAM LINCOLN**

E O DIABO TEM UMA

BUCETA

CHARLES LINDBERG*** ERA

CHUPADOR DE ROLA

Havia algumas outras mensagens rabiscadas aqui e ali a tinta, mas estavam borradas, truncadas e difíceis de ler.

— Vou deixar vocês dois darem uma volta por aí, sabe, para sentir o clima. Para comprar uma casa é preciso mesmo bater perna. Eu não quero apressar vocês nem um pouco.

Então Lila saiu. Nós a ouvimos descendo a escada. Sarah e eu fomos para o corredor. Pendurado perto de nós, de uma corda puída, estava um bule velho e enferrujado.

— Ai, meu Deus — disse Sarah de repente —, meu Deus!

— O que foi?

— Eu já vi fotos dessa casa! Agora estou lembrando! Achei *mesmo* que parecia conhecida!

— O quê? O que foi?

---

* Referência a Timothy Leary (1920-1996), professor, psicólogo e neurocientista responsável por conduzir experimentos sobre o uso terapêutico e psíquico de dietilamida do ácido lisérgico, o LSD. [*N.E.*]

** Batalhão em atividade entre os anos de 1936 e 1938, composto por voluntários norte-americanos que serviram como soldados, médicos e aviadores na Guerra Civil Espanhola contra os franquistas. [*N.E.*]

*** Charles Lindbergh (1902-1974), aviador americano que fez o primeiro voo transatlântico sem escalas em 1927. [*N.E.*]

— Esta é uma das casas em que *Charles Manson* matou gente!

— Tem certeza?

— Tenho, tenho!

— Vamos sumir daqui...

Descemos a escada. Eles estavam esperando lá embaixo: Lila, Darlene e Double Quartet.

— Bem — falou Lila —, o que acharam?

— Tenho o cartão com seu número — disse a ela. — Podemos entrar em contato.

— Se vocês são artistas — comentou Darlene —, podemos baixar um pouco o preço. Gostamos de artistas. Vocês são artistas?

— Não — falei. — Bem, eu pelo menos não sou.

— Posso mostrar outros lugares — disse Lila.

— Não, não — replicou Sarah —, a gente já viu o bastante hoje. Precisamos dar uma descansada.

Tivemos que forçar a passagem por eles, e o tempo todo Double Quartet não parava de *sorrir, sorrir...*

11

De volta à minha casa, encontrei dois envelopes. Enquanto Sarah buscava uma garrafa de vinho, abri um deles. Era um manuscrito, com uma anotação na capa:

> Chinaski! Seu merda! Você já foi um grande escritor! Agora tá péssimo! Você já era! Minha avó escreve melhor que você! Você tá com a cabeça enfiada no próprio cu tem muito tempo! Mandei as minhas coisas pro seu editor e ele me mandou de volta uma carta. Disse: "Obrigado por apresentar o material, mas estamos sobrecarregados". Aquele pau no cu, eu vou sobrecarregar a bunda dele! Ele come merda!
>
> Os grandes poetas são ignorados. Eles têm medo dos grandes poetas! Você já foi um grande poeta, mas agora é só um curativo cobrindo um rombo cheio de pus! Você engole a própria piroca debaixo de um céu de vômito! Você vendeu as bolas pro açougueiro! Você matou o bebê de quem ama! Você tem futum! Pra sempre e sempre e sempre!
>
> Aqui vão alguns dos meus trabalhos mais recentes...

Ele assinou o nome com um risco que descia para a direita, traçando uma linha comprida e curva depois da última letra e, abaixo, o que parecia ser o desenho de um rosto.

Era um envelope cheio de poemas, nenhum datilografado. Tinham sido escritos às pressas em tinta azul sobre papel amarelo com linhas finas também azuis.

Sarah trouxe a garrafa de vinho e o saca-rolhas, abriu ela mesma e serviu duas taças.

— Charles Manson — disse ela —, não é à toa que eles quisessem baixar o preço daquele lugar.

— Que bom que você se lembrou das fotografias.

Sarah abriu o *Herald Examiner* e parti para o primeiro poema:

O POETA

abatem o poeta
queimam o poeta
ignoram o poeta
odeiam o poeta

mas a lua sabe
o poeta
e as prostitutas
sabem
a agonia do
poeta
e dão para ele
de graça
lambem o pentelho
de suas bolas em
oração sagrada

o poeta não vai
morrer

mesmo na morte
ele fica dentro da
lua
e mostra o dedo do meio
para o
universo!

O POETA EM JOGO:
Chupo os peitos de morango
dela.
Chupo os pelos do
cu dela.
Bebo o gozo de baunilha
Da buceta dela.
de madrugada ela chupa os dedos
do meu pé.
Eu espirro pelo meu
cu.
ela ri.
nós voltamos
a dormir.

Não me senti inclinado a ler o resto do manuscrito. Eu sabia do que os poemas restantes iam tratar: *o poeta*.

Sarah ergueu os olhos do *Herald Examiner*.

— Alguém mandou mais poemas pra você ler?

— Pois é, acontece umas três ou quatro vezes por mês.

— Você não é editor. Por que fazem isso?

— É uma relação de amor e ódio que têm comigo.

— Como são os poemas dele?

— Ele não é tão bom quanto acha que é, mas é assim que a maioria das pessoas se sente.

— Você recebe poemas de mulheres também, certo?

— Sim. Alguns com fotos peladas e convites. Elas acham que posso conseguir que sejam publicadas. Ou querem um elogio pra capa de algum livrinho autopublicado.

— Aquelas cadelas sujas!

— Pois é!

Nós brindamos, esvaziamos as taças, então voltei a servir.

Abri o outro envelope. Era de Vin Marbad: CONTRATO SOCIAL...

Comecei a ler. O jargão era de Advogado Corporativo. Tentei traduzir para o inglês normal e uma parte que não me agradou de cara dizia:

> Se o Presidente da Corporação for considerado insano por um psiquiatra indicado pelo tribunal, as outras partes da referida Corporação poderão, por maioria de votos, dividir igualmente todos os ativos da referida Corporação entre si.

Peguei minha caneta e risquei essa passagem com traços grossos e escuros. Então voltei a encher minha taça depois de esvaziá-la e continuei lendo:

> Se o Presidente da referida Corporação for considerado incapaz de desempenhar suas funções devido ao uso de drogas ou bebidas alcoólicas, ou se for considerado sexualmente hiperativo de modo a prejudicar o bem

> comum da Sociedade ou da Corporação, então por voto da maioria das referidas partes o Presidente da referida Corporação será colocado em cargo de autoridade diminuta e todos os bens da referida Corporação serão igualmente divididos entre os demais membros.

Peguei minha caneta e marquei bem esse trecho. Então segui lendo:

> Se o Presidente da Corporação for considerado senil...

Risquei essa passagem.

> Se o Presidente da Corporação for viciado em apostas...

Risquei.

> O Presidente da Corporação tem direito a um voto igual ao voto de cada um dos membros, todos os votos contando o mesmo...

Risquei.

Continuei lendo sem parar. Era pavoroso, parecia bárbaro. Era assustador. Fui riscando passagem após passagem. Devia ter dezessete ou dezoito páginas. Quando terminei, as páginas eram um apinhado de riscos pretos.

Sarah trouxe outra garrafa. Empurrei as páginas para longe.

— Santo Deus, santo Deus, isso me embrulhou o estômago! É um troço miserável e lamentável! Não dá pra acreditar!

— Então não assina essa porcaria — disse Sarah.

— Jamais — falei.

Achei um papel e escrevi:

> *VIN,*
>
> *NÃO POSSO FAZER ISSO. ISSO É O DIABO DE UM PESADELO!*

Depois enfiei tudo no envelope de retorno já com selo e botei de lado para colocar no correio mais tarde.

— Foi um dia longo — comentou Sarah.

— E Charles Manson não é o único assassino — completei.

— Sabe — disse ela —, ele ataca de cara. Os outros fazem isso de longe e raramente são pegos.

— Vamos beber um tempinho — falei — e voltar a nos ajustar à nossa própria realidade.

— Vamos beber até o sol nascer.

— Sério?

— Claro, por que não?

— Tô dentro — falei, já me sentindo muito melhor.

12

O lugar em que eu estava morando naquela época tinha algumas qualidades. Uma das melhores era o quarto, que era pintado de azul bem escuro. Aquele azul bem escuro propiciara um refúgio para muitas ressacas, algumas brutais o bastante para quase me matar, sobretudo numa época em que eu tomava comprimidos que as pessoas me davam sem que eu me desse ao trabalho de perguntar o que eram. Algumas noites eu sabia que se caísse no sono, eu morreria. Zanzava sozinho a noite toda, do quarto para o banheiro e do banheiro passando pela sala da estar para a cozinha. Abria e fechava a geladeira, de novo e de novo. Eu abria e fechava as torneiras da cozinha. Depois ia ao banheiro e abria e fechava as torneiras. Dava descarga na privada. Puxava minhas orelhas. Inspirava e expirava. Então, quando o sol nascia, eu sabia que estava seguro. Então eu dormia com as paredes azuis bem escuras, curando a ressaca.

Outra característica daquele lugar eram as batidas na porta de mulheres repugnantes às três ou quatro horas da manhã. Sem dúvida não eram mulheres de grande charme, mas como tinham ideias meio tapadas, sentia que de algum modo elas me traziam aventura. A verdadeira questão era que muitas delas não tinham outro lugar para onde ir. E gostavam do fato de que havia bebida e de que eu não suava muito a camisa tentando ir para a cama com elas.

Claro, depois que eu conheci a Sarah, essa parte do meu estilo de vida mudou um bocado.

Aquele bairro nas cercanias de Carlton Way, perto da Western Avenue, estava mudando também. A maioria sempre havia sido de brancos de classe baixa, mas problemas políticos na América Central e em outras partes do mundo tinham levado um novo tipo de pessoas para a vizinhança. Os homens costumavam ser baixos, negros de pele escura ou clara, em geral jovens. Havia esposas, filhos, irmãos, primos, amigos. Começaram a encher os apartamentos e os pátios. Moravam em muitos no mesmo apartamento, e eu era um dos poucos brancos que tinham sobrado no conjunto ao redor do pátio.

As crianças corriam para cima e para baixo, subiam e desciam a passarela do pátio. Todas pareciam ter entre dois e sete anos. Não tinham bicicletas nem brinquedos. Raramente se viam as mulheres. Elas ficavam do lado de dentro, escondidas. Muitos dos homens também ficavam no interior. Não era inteligente deixar o proprietário saber quantas pessoas estavam morando num único apartamento. Os poucos homens que eram vistos do lado de fora eram os locatários oficiais. Como ganhavam a vida não se sabia. Os homens eram baixos, magros, calados, impassíveis. A maioria ficava sentada nos degraus da varanda usando regata, um pouco curvada para a frente, fumando um cigarro de vez em quando. Ficavam sentados nos degraus da varanda por horas, sem se mover. Às vezes, compravam carros muito velhos e acabados, e os homens passavam dirigindo *muito devagar* pela vizinhança. Não tinham seguro nem carteira de motorista e dirigiam com emplacamentos vencidos. A maioria dos carros tinha freios com defeito. Os homens quase nunca paravam na placa de pare das esquinas e muitas vezes não respeitavam os sinais vermelhos, mas havia poucos acidentes. Alguma coisa os guardava.

Depois de um tempo os carros quebravam, mas meus novos vizinhos não os largavam na rua. Subiam a passarela com eles e os estacionavam bem em frente à porta. Primeiro, eles trabalhavam no motor. Removiam o capô, e o motor ficava enferrujando na chuva. Depois colocavam o carro sobre blocos e tiravam as rodas. Levavam as rodas para dentro e as mantinham lá para não serem roubadas à noite.

No tempo em que morei lá, havia duas fileiras de carros alinhadas no pátio, simplesmente parados sobre os blocos. Os homens ficavam sentados imóveis nas varandas usando regata. Às vezes eu assentia com a cabeça ou acenava para eles. Nunca respondiam. Aparentemente, eles não conseguiam entender ou ler os avisos de despejo e os rasgavam, mas eu os via estudando todos os dias os jornais de Los Angeles. Eram estoicos e resistentes, porque em comparação ao lugar de onde tinham vindo, as coisas ali eram fáceis.

Bem, pouco importa. Meu consultor fiscal tinha sugerido que eu comprasse uma casa e então para mim não era realmente uma questão de "debandada branca"*. Ainda que, vai saber? Eu tinha reparado que sempre que me mudava em Los Angeles ao longo dos anos, cada mudança sempre fora para o norte e para o oeste.

Por fim, após umas semanas atrás de uma casa, encontramos aquela. Depois da entrada, as parcelas chegavam a 789,81 dólares por mês. Havia uma cerca viva enorme dando para a rua e a área aberta também era na frente, então a casa ficava bem no fundo do

* A migração de populações brancas de bairros que foram aos poucos sendo ocupados por uma população mais etnicamente diversa. [*N.E.*]

terreno. Parecia um lugar e tanto para se esconder. Tinha até uma escada, um *andar de cima* com um quarto, banheiro e o que viria a ser a sala onde eu colocaria minha máquina de escrever. E havia uma velha escrivaninha lá dentro, um troço enorme e feio. Agora, depois de décadas, eu era um escritor com uma escrivaninha. Sim, eu sentia o medo, o medo de me tornar um *deles*. Pior, eu estava encarregado de escrever um roteiro. Será que eu estava arruinado e condenado, prestes a ser sugado até a última gota? Eu não achava que seria assim. Mas será que alguém achou, alguma vez?

Sarah e eu levamos nossos poucos pertences.

O grande momento tinha chegado. Coloquei a máquina de escrever na escrivaninha, coloquei uma folha de papel e comecei a datilografar. A máquina de escrever ainda funcionava. E havia espaço mais do que suficiente para um cinzeiro, o rádio e a garrafa. Não deixe ninguém dizer o contrário. A vida começa aos sessenta e cinco.

13

Na Marina del Rey, a coisa estava ficando ruça. Para se deslocar, Jon Pinchot estava dirigindo um Pontiac conversível 1968 verde, e François Racine, um Ford 1958 marrom. Eles também tinham duas motos Kawasaki, uma de setecentos e cinquenta e outra de mil cilindradas.

Wenner Zergog tinha pegado o Ford 1958 emprestado e dirigido o carro sem água no radiador, fundiu o motor.

— Ele é um gênio — explicou Jon. — Não entende dessas coisas.

As motos foram as primeiras a ir embora. O 1958 era usado para viagens mais curtas.

Depois François Racine foi embora para a França. Jon vendeu o Ford 1958.

E então, é claro, chegou o dia em que o telefone tocou e era o Jon.

— Tenho que me mudar. Eles vão demolir esse lugar e construir um hotel ou algo assim. Porra, não sei pra onde ir. Eu queria ficar na cidade e vender o seu roteiro. Como anda esse troço?

— Ah, tá saindo...

— Estou quase fechando negócio. E se não der certo, tem um cara no Canadá. Mas eu tenho que me mudar. As escavadeiras já estão a caminho.

— Escuta, Jon, você pode ficar aqui em casa. A gente tem um quarto no térreo.

— Tá falando sério?

— Lógico...

— Vou ficar fora a maior parte do tempo. Você nem vai perceber que estou aí.

— Você ainda tem aquele Pontiac 1968?

— Tenho...

— Então bota suas coisas nele e vem pra cá...

Desci as escadas e contei para Sarah.

— O Jon vai se mudar pra cá por um tempo.

— O quê?

— Jon Pinchot. Vão demolir a casa dele. Ele vai ficar aqui um tempo.

— Hank, você sabe que não suporta viver com os outros. Vai te deixar maluco.

— Vai ser só um tempinho...

— Você vai estar lá em cima datilografando e ele vai estar aqui embaixo ouvindo. Não vai dar certo.

— Eu vou fazer dar certo. Jon me pagou dinheiro pra escrever esse troço.

— Boa sorte — disse ela, depois deu as costas e foi para a cozinha.

As duas primeiras noites não foram ruins: Jon, Sarah e eu só bebemos e conversamos. Jon contou umas histórias, a maioria sobre problemas com atores e o que teve que fazer para que eles representassem. Houve um sujeito, bem no meio das gravações, que de repente se recusava a falar. Ele ensaiava as cenas, mas não falava. Estava exigindo que uma determinada cena fosse rodada como ele queria. Estavam todos no meio de uma selva em algum lugar e ficando sem tempo e dinheiro. Por fim, Jon disse ao ator:

— Merda, faz do seu jeito!

E o ator representou a cena do jeito dele, com o diálogo. Só que ele não sabia que não havia filme na câmera. Depois daquilo, não tiveram mais problemas.

Foi na segunda noite que o vinho realmente jorrou. Eu mesmo falei um pouco, principalmente uns troços repetidos, troços que eu já tinha escrito havia muito tempo. Era tarde da madrugada quando Jon disse:

— A Giselle se apaixonou por um diretor com uma bola só....

Giselle era a namorada de Jon em Paris.

— Sinto muito — falei.

— Só que agora a coisa piorou. Câncer. Eles cortaram fora a outra bola também. A Giselle está bem, bem abalada.

— É muito azar, com certeza.

— Pois é, pois é, eu escrevo pra ela, telefono pra ela... Estou fazendo tudo que posso pra ajudar. E lá estão eles no meio de uma filmagem...

(Tudo sempre acontecia no meio de uma filmagem.)

Giselle era uma atriz famosa na França. Ela dividia um apartamento com Jon em Paris.

Tentamos animar Jon sobre o azar da sua namorada. Ele cortou um charuto comprido, lambeu, mordeu a ponta, acendeu, tragou e soltou a primeira coluna de fumaça exótica.

— Sabe, Hank, eu sempre soube que você ia escrever um roteiro pra mim. Tem coisas que um homem sabe por instinto. Faz tempo que eu sei disso. E estou atrás de dinheiro pra fazer isso há muito tempo, muito antes de entrar em contato com você.

— Talvez eu escreva um roteiro bem ruim.

— Não vai. Já li tudo que você escreveu.

— Isso é passado. No ramo da escrita, tem mais gente que já ficou pra trás do que qualquer outra coisa.

— Isso não se aplica a você.

— Acho que ele tá certo, Hank — disse Sarah —, você é a porra de um escritor nato.

— Mas um *roteiro*! Merda, é como se eu estivesse patinando com rodas e você acabasse de me colocar numa pista de gelo!

— Você vai conseguir. Eu sei que você vai conseguir, eu sabia que você ia fazer isso quando eu estava na Rússia.

— Na Rússia?

— É, antes de te conhecer, eu fui para a Rússia atrás de dinheiro para produzir seu futuro roteiro.

— Sobre o qual eu ainda não sabia nada.

— Exato. Só eu sabia. De qualquer modo, ouvi de uma fonte confiável que havia uma mulher na Rússia que tinha oitenta milhões de dólares numa conta na Suíça.

— Parece um thriller barato de tevê.

— É, eu sei. Mas eu confirmei. Eu tenho fontes muito boas pra esse tipo de coisa. Não posso contar muito sobre elas.

— A gente não quer saber — disse Sarah.

— Então eu descobri o endereço da mulher. E assim teve início o longo e lento processo. Comecei a escrever umas cartas pra mulher...

— O que você fez? — perguntou Sarah. — Colocou uns nus frontais no envelope?

— Ou nus anais? — indaguei.

— Não já de cara. De cara, as cartas foram bastante formais. Eu disse que tinha encontrado o endereço dela de um jeito esquisitíssimo, que tinha achado escrito num pedacinho de papel numa caixa de sapatos dentro de um armário em Paris. Sugeri que poderia ser o destino. Ah, você não faz ideia de como eu dei duro naquelas cartas!

— Você teria todo esse trabalho pra conseguir dinheiro pra produzir um filme?

— Mais que isso!

— Você mataria?

— Não me pergunta isso, por favor. De qualquer forma, mandei uma carta depois da outra, gradualmente transformando-as em cartas de amor.

— Eu não sabia que você falava russo — comentou Sarah.

— Escrevi as cartas em francês. A mulher tinha uma intérprete. Ela respondia em russo e o meu intérprete as passava para o francês.

— Eles não iam usar isso nem num thriller barato de tevê — falei.

— Eu sei. Mas eu pensei nos oitenta milhões dela naquela conta na Suíça e as minhas cartas pra ela foram ficando cada vez melhores. Cartas de amor. Picantes.

— Bebe mais um pouco de vinho, vai — ofereci, enchendo a taça de Jon.

— Bem, por fim ela me chamou pra ir vê-la. E assim, de repente, eu estava nas nevascas de Moscou...

— As nevascas de Moscou...

— Acho que um dos quartos foi grampeado pela KGB. Acho que até grampearam o banheiro. Eles conseguiam me ouvir botar a bosta pra nadar.

— Acho que eu também escuto...

— Não, não, preste atenção... Finalmente eu combinei de ver a mulher. Fui na casa dela, bati. A porta se abriu e apareceu uma garota *linda*! Nunca tinha visto uma garota tão linda!

— Ah, meu Deus, Jon, *por favor*...

— Só que não era a *mulher*, era a intérprete!

— Jon — disse Sarah —, o que é que você tá bebendo além desse vinho?

— Nada! Nada! É *verdade*! Eu entrei na sala e tinha uma bruxa velha sentada lá, toda de preto. Não tinha nenhum dente, mas um monte de verrugas. Eu me aproximei, me abaixei, segurei a mão dela, fechei os olhos e a beijei. A intérprete se sentou numa cadeira e ficou nos observando. Eu me virei para ela.

"'Queria ficar a sós com *você*', falei.

"Ela falou com a velha. Depois se voltou para mim e disse: 'Metra quer ficar a sós com você. Mas numa igreja. Metra é muito religiosa'.

"'Acho que estou apaixonado por você', eu disse para a intérprete.

"Ela falou com a velha. A velha falou com ela. Então a intérprete falou comigo: 'Metra diz que o amor é possível, mas primeiro ela quer que você vá à igreja com ela'.

"Fiz que sim com a cabeça e a velha se levantou devagar da cadeira; saímos da sala juntos, deixando a moça linda pra trás..."

— É capaz dessa porra desse troço ganhar um Oscar — falei.

— Não esquece que eu estou tentando conseguir o dinheiro pro seu futuro roteiro. Por favor.

— Sim, Jon. Por favor, continua. Me conta o resto...

— Tudo bem, chegamos à igreja. Nos ajoelhamos nos bancos. Eu não sou religioso. Ficamos ajoelhados por um tempo em silêncio. Então ela me puxou. A gente se levantou e avançou até um altar cheio de velas. Algumas estavam acesas. Não muitas. Ela começou a acender várias das velas apagadas. Parecia agitada. Sua boca tremia e pequenos filetes de saliva escorriam dos cantos. Escorriam e sumiam entre suas rugas. Por favor, acredite, não tenho nada, nada contra a velhice! Mas por que algumas pessoas envelhecem tão pior do que outras?

— Sei lá — falei —, mas tenho a impressão de que as pessoas que não pensam demais tendem a parecer jovens por mais tempo.

— Não acho que aquela lá pensou demais... De qualquer forma, depois de acender várias velas, ela voltou a ficar agitada. Segurou a minha mão e apertou. Ela era forte, uma velha forte. Ela me puxou para junto de uma estátua de Cristo...

— Sei...

— Ela me soltou, se ajoelhou e começou a beijar os pés daquele Cristo. Ela mandou brasa. Os dedos estavam molhados com a saliva dela. Estava tomada por uma paixão imensa. Estava trêmula. Então ela se levantou, pegou minha mão e apontou para os pés. Eu sorri. Ela voltou a apontar. Eu voltei a sorrir. Aí ela me agarrou e começou a me empurrar pro lado dos pés. Porra, eu pensei, e aí pensei nos oitenta milhões de dólares e me ajoelhei e beijei os pés. Sabe, eles não limpam aqueles pés direito na Rússia. A saliva da Metra... e a poeira... foi só com muita força de vontade que eu consegui beijar. Aí eu me levantei. Metra me levou de volta ao banco. Voltamos a nos ajoelhar. De repente ela me agarrou e a boca dela estava na minha. Presta atenção, por favor, não tenho nada contra as velhas, as idosas, mas foi como beijar um bueiro. Eu recuei. Alguma coisa revirou no meu estômago e fui para o confessionário, puxei a cortina, entrei, me ajoelhei e vomitei. Aí levantei e saímos juntos da igreja. Eu a deixei na sua porta. Depois comprei uma garrafa de vodca e voltei pro meu quarto.

— Sabe, se eu escrevesse um roteiro desses, eles me botavam pra correr da cidade.

— Eu sei. Mas espera. A coisa não acabou. Enquanto tomava a vodca, repassei tudo. Não precisava recuar. A velha era claramente louca. Ninguém beija na igreja, certo? Às vezes num casamento. Então lá estava eu...

— Beijou, casou, é? — perguntei.

— Bem, eu queria garantir os oitenta milhões de dólares. Depois de terminar a vodca, comecei a escrever uma longa carta de amor para Metra, só que eu estava pensando o tempo todo na intérprete. Era uma carta de amor. Expliquei que queria fazer um filme sobre nós dois e que tinha ouvido falar do dinheiro dela na Suíça, só que aquilo não tinha *nada* a ver com o fato de eu estar lá, a não ser que eu estava sem grana e queria muito levar a nossa história de amor pra tela, pro público e pros adoradores de Cristo.

— Tudo isso para conseguir dinheiro pra produzir um roteiro de que Hank nem fazia ideia e que nem tinha escrito? — perguntou Sarah.

— Exatamente — disse Jon.

— Você é doido — lancei.

— Pode ser. De qualquer forma, a velha recebeu minha carta de amor e achei que ela tinha concordado em ir para a Suíça comigo buscar o dinheiro. Tomamos providências. Nesse meio-tempo, aconteceram mais duas passadas para beijar os pés de Cristo e para acender um monte de vela, e mais um tanto do outro tipo de beijo. Então... eu recebi uma ligação da minha fonte. A mulher que tinha os oitenta milhões de dólares na Suíça tinha exatamente o mesmo nome, exatamente a mesma idade da minha velha, mas tinha nascido numa cidade diferente e de pais diferentes. Era uma coincidência idiota e estava tudo acabado pra mim. Haviam me passado para trás. Eu ia ter que conseguir o dinheiro em outro lugar...

— Essa porra é uma das histórias mais tristes que eu já escutei — falei.

— Foi mal — disse Jon —, mas é verdade.

— Por que você sofre desse jeito só pra fazer filmes? — perguntou Sarah.

— Porque é isso que eu amo — respondeu ele.

14

Alguns dias depois, estávamos de volta ao estúdio do Danny Server em Venice.

— Um outro cara escreveu um filme sobre viver na lama e encher a cara — disse Jon —, por que é que você não dá uma conferida?

Então fomos lá, Jon, Sarah e eu. As pessoas já estavam sentadas. Mas o bar estava fechado.

— O bar tá fechado — falei para Jon.

— Pois é — disse ele.

— Escuta, a gente tem que arranjar alguma coisa pra beber.

— Tem uma loja de bebidas a mais ou menos um quarteirão daqui, para o lado do mar, do outro lado da rua.

— A gente já volta...

Conseguimos encontrar o lugar, compramos duas garrafas de vinho tinto e um saca-rolhas. Na volta, nos pararam duas vezes atrás de esmolas. Estávamos do lado de fora do estúdio. Empurrei a porta e entramos. Estava escuro. O filme já estava passando.

— Merda — falei —, não dá pra ver nada! Não consigo ver porra nenhuma!

Alguém sibilou um *chiu* para mim.

— Vale pra você também — rebati.

— Por favor, *fique quieto*! — disse uma mulher.

— Vamos tentar sentar na primeira fila — sugeriu Sarah —, acho que estou vendo uns lugares vagos, mas não tenho certeza.

Fomos seguindo para a frente. Tropecei em alguns pés.

— Desgraçado! — Ouvi um homem dizer, baixinho.

— Vai morder seu pai na bunda — disse a ele.

Finalmente encontramos dois lugares e nos sentamos. Sarah sacou os cigarros e o isqueiro enquanto eu abria uma das garrafas. A gente não tinha copos, então dei uma golada e passei a garrafa para Sarah. Ela deu um gole e acendeu dois cigarros para nós.

O homem que escrevera o filme *De volta do Hades* já teve uma série na tevê, um daqueles programas para a família. Pat Sellers. Bem, a série foi continuando, mas Pat se perdeu na bebida e logo a série estava condenada. Se divorciou. Perdeu a família, a casa. Pat estava na lama. Agora Pat estava voltando à ativa. Tinha feito esse filme. Estava sóbrio. E fazia turnê de palestras, ajudava os outros.

Dei mais um gole no vinho e passei para Sarah.

Vi o filme. Eles estavam vivendo na sarjeta. Era noite e eles tinham acendido uma pequena fogueira. Os homens e as mulheres pareciam um tanto bem-vestidos para estar na lama. Não pareciam mesmo vagabundos. Pareciam pessoas que atuavam em filmes de Hollywood, artistas de tevê. E cada um deles tinha um carrinho de supermercado em que guardava seus pertences. Só que os carrinhos de supermercado eram novos em folha. E brilhavam à luz do fogo. Eu nunca tinha visto um carrinho tão novo em qualquer supermercado. Claramente eles tinham sido comprados para o próprio filme.

— Me passa a garrafa — falei para Sarah.

Virei-a bem e dei um belo gole. Ouvi o *chiu*, seguido por outro *chiu*.

— Essas pessoas são péssimas — falei. — Qual que é o problema delas, porra?

— Não sei.

De volta ao filme e às pessoas à luz da fogueira com seus carrinhos de supermercado. Um homem estava falando. Os outros ouviam.

— ...Eu acordava e não reconhecia a cama em que tava deitado, não sabia onde eu tava... Vestia as roupas e saía para procurar o meu carro. Eu nunca sabia onde o meu carro tava. Às vezes levava umas horas para encontrar...

— Ei, esse troço é bom — comentei com Sarah —, isso aí já aconteceu comigo um monte de vezes!

Outro *chiu* sibilante.

— ...eu vivia numa cela pra bêbado atrás da outra... Eu costumava perder a carteira... Já me trataram pior do que um cachorro... O Mike, ele morreu num acidente de carro, bêbado... aí pra mim deu...

Sarah tomou um gole.

— Agora tô em paz... eu durmo bem... tô começando a me sentir um ser humano funcional de novo... E Cristo é o que me dá barato, mais do que qualquer bebida que o diabo tenha colocado nessa terra!

Os olhos do sujeito estavam cheios de lágrimas.

Dei outra golada.

Então ele recitou um poema:

Eu me encontrei outra vez.
Eu me refiz vezes dez.
Eu perdi a liquidez.
Eu sou irmanado com a minha gente.
Eu me encontrei outra vez.

Baixou a cabeça e os outros aplaudiram.

Então uma mulher começou a falar. Disse que tinha começado a beber em festas. E tudo seguira a partir daí. Passou a beber sozinha em casa. As plantas morreram porque ela não as regava. Durante uma discussão, ela cortou a filha com uma faquinha. O marido também começou a beber. Perdeu o emprego. Ficava em casa. Eles bebiam juntos. Então ela *o* cortou com uma faquinha. Um dia, ela apenas entrou no carro e foi embora com a mala e os cartões de crédito. Bebia em hotéis baratos. Fumava e bebia e assistia tevê. Vodca. Ela adorava vodca. Uma noite ela ateou fogo na cama. Um caminhão dos bombeiros parou no hotel. Ela estava bêbada e de camisola. Um dos bombeiros apertou sua bunda. Ela entrou no carro dela de camisola e só com a bolsa. Dirigiu sem parar, atordoada. Por volta do meio-dia do outro dia, ela estava na Quarta com a Broadway. Dois dos pneus tinham furado no trajeto.

— Como é que ela sabia que era o rosto de Cristo? — perguntei em voz alta.

— Mas *quem é* esse cara? — Ouvi alguém perguntar.

Minha garrafa de vinho estava vazia. Abri a outra com o saca-rolhas.

Então outro sujeito contou a história *dele*. A fogueira continuava queimando sem parar. Ninguém tinha que alimentá-la. E nenhum outro vagabundo apareceu para perturbá-los. Quando o sujeito terminou sua história, enfiou a mão no carrinho de compras e sacou um violão muito caro.

Dei um gole e passei o vinho tinto para Sarah.

O sujeito afinou o violão, depois começou a tocar e cantar. Ele era bem afinado, com a voz treinada. Continuou cantando.

A câmera fez uma panorâmica, captando o olhar de todos. Os rostos pareciam deslumbrados, alguns estavam chorando, outros tinham sorrisos doces e bonitos. Então o cantor terminou e houve aplausos calorosos e contentes.

— Nunca vi gente na sarjeta como essas daí — disse a Sarah.

O filme continuou. Outros atores falaram. Alguns outros tinham violões caros. Era a noite dos violões. Então veio o *gran finale*. Apareceu uma estrela cadente. Ela descia em curva bem acima dos rostos voltados para o alto. Houve um breve silêncio. Então um homem começou a cantar. Logo uma mulher passou a acompanhá-lo. Outras vozes se juntaram aos dois. Todos sabiam a letra. Muitos violões foram aparecendo. Era um coro edificante de esperança e unidade. E então acabou. O filme tinha chegado ao fim. As luzes se acenderam. Havia um pequeno palco. Pat Sellers subiu. As pessoas aplaudiram.

Pat Sellers estava com a cara péssima. Ele parecia sonolento, sem vida, morto. Os olhos dele estavam vazios. Ele começou a falar.

— Faz quinhentos e noventa e cinco dias que eu não bebo...

Houve uma salva de palmas.

Sellers continuou:

— Sou um alcoólatra em recuperação... *Todos nós* somos alcoólatras em recuperação....

— Vamos embora daqui! — falei para Sarah.

Tínhamos acabado com o vinho. Nós nos levantamos e seguimos para a saída. Fomos até nosso carro.

— Filho da puta — praguejei —, cadê o Jon? Por que é que ele não está aqui?

— Ah, tenho certeza de que ele assistiu ao filme — disse Sarah.

— Ele armou pra gente. É meio que engraçado se você parar pra pensar.

— Todo mundo lá dentro era do A.A....

Entramos no carro e seguimos para a rodovia.

O que eu achava sobre a coisa toda era que a maioria das pessoas *não era* alcoólatra, só *pensava* que era. Não dava para apressar esse tipo de coisa. Levava pelo menos vinte anos para se tornar um alcoólatra de carteirinha. Eu estava no meu quadragésimo quinto ano e não tinha um pingo de arrependimento.

Pegamos a rodovia e seguimos de volta para a realidade.

15

Eu ainda tinha o roteiro para escrever. No andar de cima, sentado em frente à IBM. Sarah estava no quarto que dividia a parede à minha direita. Jon estava embaixo vendo tevê.

Eu só estava sentado lá. Uma meia garrafa de vinho já tinha ido. Eu nunca tinha tido problemas antes. Em décadas, nunca tive bloqueio criativo. Escrever sempre foi fácil para mim. As palavras simplesmente vinham enquanto eu bebia e ouvia o rádio.

Eu sabia que Jon estava atento ao barulho da máquina de escrever. Eu tinha que datilografar alguma coisa. Comecei uma carta para um chapa que lecionava inglês na Estadual da Califórnia, em Long Beach. Fazia umas décadas que trocávamos cartas.

Comecei:

Oi, Harry.

Como é que vai? Eles estão correndo que é uma beleza. Outro dia, com uma ressaca do diabo, fui para o hipódromo para o segundo páreo, consegui ganhar dez em um rateio de dez para um. Não uso mais o *Racing Form*. Vejo todo mundo lendo e quase todo mundo perde. Tenho um novo esquema, é claro, mas não posso te contar. Sabe, se o negócio de escrever for pra cucuia, acho que posso me virar no turfe. Merda. Vou te contar do meu esquema, por que não contaria? Certo. Eu compro um jornal, qualquer jornal. Tento comprar cada dia um jornal diferente, só pros deuses ficarem espertos. Aí, desse jornal, eu escolho qualquer *handicapper*. Então eu coloco as seleções dele em ordem. Imagine que vai ser uma corrida de oito cavalos. No meu programa vou marcar ao lado de cada cavalo a ordem da seleção dele. Exemplo:

cavalo 1. 7
cavalo 2. 3
cavalo 3. 5
cavalo 4. 1
cavalo 5. 2
cavalo 6. 4
cavalo 7. 8
cavalo 8. 6

O esquema? Bem, você pega o rateio do cavalo que estiver saindo *abaixo* do número da seleção do *handicapper*. Se mais de um conjunto de rateios sair abaixo, então pegue o que estiver mais baixo. Por exemplo, cavalo 1, seleção 7, rateio em quatro para um é melhor do que cavalo 6, seleção 4, rateio em três para um. Há uma exceção nesse esquema. Se o cavalo 4 estiver saindo abaixo de 1, ou seja, 4/5 ou abaixo, deixe a corrida de lado se não houver nada que possa compensar isso.

Eu inventei esse esquema assim porque, quando eu estava no Ensino Médio, fazia parte do Corpo de Formação de Oficiais de Reserva e a gente tinha que ler o *Manual de armas* e naquele livro grosso tinha um pouco sobre Artilharia. Agora, não se esqueça de que isso foi em 1936, muito antes do radar e de todos os dispositivos de navegação. Na verdade, provavelmente foi escrito para a Primeira Guerra Mundial, ainda que possa ter sido compilado um tempo depois, não tenho certeza. De qualquer modo, o jeito como eles estimavam como lançar uma ogiva de artilharia era tirando uma média. O capitão perguntava:

— Certo, Larry, a que distância você acha que o inimigo está?

— Uns quinhentos e sessenta metros, senhor.

— Mike?

— Uns trezentos e sessenta metros, senhor.

— Barney?

— Uns noventa, senhor.

— Slim?

— Uns setecentos e trinta metros, senhor.

— Bill?

— Duzentos e setenta.

Então o capitão somava os metros e dividia pelo número de homens a que tinha perguntado. Nesse caso, a resposta seria quatrocentos metros. Eles lançavam o projétil e em geral explodiam um belo naco do inimigo.

Décadas depois, eu estava sentado no hipódromo um dia e o *Manual de armas* me voltou à mente e eu pensei, por que não aplicar o sistema de Artilharia aos cavalos: Esse esquema tem funcionado para mim na maioria das vezes, mas o problema foi e é de natureza humana; as pessoas se entediam com a rotina e partem para outro rumo. Eu devo ter pelo menos uns vinte e cinco esquemas, todos baseados em algum tipo de lógica absurda. Eu gosto de circular.

Agora você me pergunta, como é que eu fui conseguir me dar bem num rateio de dez para um no segundo páreo no outro dia. Bem, é assim, eu anoto as seleções do *handicapper* antes dos escretes. Aquele cavalo por acaso estava na seleção nº 16 antes dos escretes. Quando saiu no rateio de dez para um, curiosamente, foi a maior baixa nas seleções do *handicapper*. Uma raridade, de fato, mas lá estava. E quando essas coisas acontecem, fazem a pessoa se sentir realmente muito estranha. Tipo, talvez exista uma chance de vez em quando. Espero que você esteja bem e que suas alunazinhas não estejam te deixando com o pau duro, ou talvez eu devesse esperar que estivessem.

Escuta, é verdade que o Céline e o Hemingway morreram no mesmo dia?

Espero que você esteja legal...

Deixe eles putos,

até,
Henry Chinaski

Tirei a folha da máquina de escrever, dobrei, escrevi o endereço à mão num envelope, enfiei a folha ali dentro, achei um selo e estava pronto: meu quinhão de escrita daquela noite. Fiquei sentado lá, terminei o que restava da garrafa de vinho, abri outra e fui para o andar de baixo.

Jon tinha desligado a tevê e estava sentado. Eu levei duas taças e me sentei ao lado dele. Servi.

— A máquina de escrever parecia a todo vapor — comentou Jon.

— Jon, eu estava escrevendo uma carta.

— Uma carta?

— Bebe um pouco.

— Tá certo.

Nós dois bebemos.

— Jon, você me pagou para escrever essa porra desse roteiro...

— Mas é claro...

— Não consigo escrever. Estou lá em cima tentando escrever o troço e você está aqui embaixo de orelha em pé para a máquina de escrever. É difícil...

— Eu posso ir pra algum lugar à noite.

— Não, escuta, você vai ter que se mudar! Eu não consigo continuar desse jeito! Desculpa, cara, eu sou um escroto, um cachorro, eu sou escroto pra cachorro! Os cachorros têm escroto? Pouco importa, você vai ter que achar um lugar pra morar. Eu não consigo escrever desse jeito, não sou homem o bastante.

— Eu entendo.

— Entende?

— Lógico. Mas eu ia ter que me mudar de qualquer jeito.

— O quê?

— O François está voltando. Ele encerrou os assuntos dele na França. A gente vai ter que encontrar um lugar juntos. Estou procurando já. Aliás, hoje acho que encontrei um. Só não queria te incomodar com a coisa toda.

— Mas vocês vão conseguir...?

— A gente tem dinheiro. Estamos consolidando nossos recursos.

— Porra, então você me perdoa por querer te botar na rua?

— Não tem nada para perdoar. Eu só estava preocupado em como contar pra você que eu tinha que ir embora.

— Você não ia engambelar um velho bêbado, não é?

— Não. Mas você já escreveu alguma coisa?

— Um tico só...

— Posso ver?

— Claro, meu chapa.

Subi as escadas, desci com as páginas e coloquei na mesa de centro. Depois voltei para o andar de cima, fui para o quarto.

— Vem, Sarah, a gente vai comemorar!

— Comemorar o quê?

— O Jon vai se mudar. Vou conseguir voltar a escrever!

— Você foi grosso com ele?

— Acho que não. É que o François está voltando, entendeu, eles precisam encontrar um lugar juntos.

Fomos para o andar de baixo. Sarah pegou outra taça. Jon estava entretido no roteiro.

Ele riu quando me viu.

— Esse troço tá bom pra caralho! Eu sabia que ia ser!

— Você não ia engambelar um velho bêbado, não é?

— Não, nunca.

Sarah se sentou e bebemos juntos.

Jon falou:

— Usei o telefone do Wenner Zergog para ligar pro François. Descobri que o François fodeu a coisa toda. Mandaram ele pro olho da rua. Recebeu o pagamento por alguns dias e foi mandado pro olho da rua. É sempre a mesma coisa...

— Que coisa? — perguntou Sarah.

— Ele é um ótimo ator, mas de vez em quando perde a cabeça. Ele simplesmente esquece o roteiro e a cena que devia estar fazendo e começa a fazer o que ele quer. É uma doença, eu acho. Ele deve ter feito isso de novo. Mandaram ele pro olho da rua.

— O que é que ele faz? — indaguei.

— É sempre a mesma coisa. Ele faz tudo direito por um tempo. Aí para de seguir o que a direção quer. Eu falo pra ele: "Vai andando até lá e diz a sua fala". E ele não faz isso. Ele vai andando pra outro lugar e vai dizer alguma outra fala. E pergunto:

"Por que é que você faz isso?", e ele responde: "Sei lá. Não faço ideia". Uma vez a gente estava filmando e ele se afastou, baixou as calças e se curvou. Ele não estava de cueca.

— Porra — falei.

— Ou ele vai dizer umas coisas do tipo, "A gente tem que acelerar o processo natural da morte". Ou "A vida de todo mundo me faz sentir diminuído".

— Parece um chapa e tanto.

— Ah, ele é...

Bebemos até amanhecer, início da manhã adentro.

Acordei por volta do meio-dia, desci e bati à porta de Jon. Ninguém respondeu. Abri a porta. Jon já tinha ido. Havia um bilhete.

Queridos Hank e Sarah,

Muito obrigado por todas as bebidas e tudo mais. Eu me senti um convidado de honra.

Hank, seu roteiro justifica o quanto acredito em você. É melhor do que isso até. Por favor, siga com ele.

Logo ligo para você com meu endereço e número de telefone.

Hoje é um dia maravilhoso. É aniversário do Mozart. Vai ter música magnífica o dia todo...

até,
Jon

O bilhete fez eu me sentir péssimo e bem ao mesmo tempo, que era como eu me sentia na maior parte do tempo, de qualquer modo. Subi para o andar de cima, mijei, escovei os dentes e voltei para a cama com Sarah.

16

Naquela noite, sem Jon ouvindo no andar de baixo, o roteiro começou a andar. Eu estava escrevendo sobre um rapaz que queria escrever e beber, mas a maior parte de seu sucesso era com a garrafa. Eu havia sido aquele rapaz. Embora aquela época não tenha sido uma época infeliz, foi sobretudo uma época de vazio e espera. Eu escrevia à máquina, e os personagens de um determinado bar me voltavam à mente. Eu voltava a ver cada rosto, os corpos, ouvia as vozes, as conversas. Havia um bar em especial que tinha certo magnetismo mortal. Eu me concentrei nele, rememorei as brigas de bar com o barman. Nunca fui bom de briga. Para começo de conversa, minhas mãos eram pequenas demais e eu estava subnutrido, bem subnutrido. Mas eu tinha um bom tanto de garra e aguentava o golpe muito bem. Meu principal problema numa briga era que eu não conseguia ficar com raiva de verdade, mesmo quando parecia que minha vida estava em jogo. Comigo era tudo encenação. Importava e não importava. Brigar com o barman era alguma coisa para fazer e agradava os fregueses que eram um grupinho fechado. Eu era o intruso. Uma coisa tem que ser dita a favor da bebedeira — aquelas brigas todas teriam me matado se eu estivesse sóbrio, mas, bêbado, era como se meu corpo fosse de borracha e minha cabeça, de cimento. Pulsos torcidos, lábios inchados e rótulas surradas eram mais ou menos tudo o que me restava no dia seguinte. Além disso, galos na cabeça de cair no chão. Como tudo isso podia virar um roteiro, eu não sabia. Só sabia que era a única parte da minha vida sobre a qual eu não tinha escrito muito. Acho que era são naquela época, tão são quanto qualquer pessoa. E eu sabia que existia toda uma civilização de almas perdidas que viviam entrando e saindo dos bares, todos os dias, todas as noites, para sempre, até morrerem. Eu nunca tinha lido sobre essa civilização então resolvi escrever sobre ela, do jeito que eu me lembrava dela. A boa e velha máquina ia estalando junto.

No dia seguinte, mais ou menos meio-dia, o telefone tocou. Era Jon.

— Encontrei um lugar. O François está comigo. É uma beleza, tem *duas* cozinhas e o aluguel é um nada, um nada mesmo...

— Onde é que vocês estão?

— No gueto de Venice. Brooks Avenue. Todo mundo é negro. As ruas são pura guerra e destruição. É uma beleza!

— Ah, é?

— Você tem que vir ver o lugar!

— Quando?

— Hoje!

— Não sei.

— Ah, você não vai querer perder isso aqui! Tem gente morando debaixo da nossa casa. A gente consegue ouvir elas lá embaixo, conversando e com o rádio ligado! Tem gangues pra todo lado! Tem um hotel grande que construíram aqui. Mas ninguém pagou o aluguel. Fecharam o lugar com tábuas, cortaram a luz, a água, o gás. Mas o povo ainda mora lá. *É uma zona de guerra*!

A polícia não entra, é como um Estado à parte com suas regras próprias. Eu adoro! Você tem que visitar a gente!

— Como eu chego aí?

Jon me passou as orientações e desligou.

Fui atrás de Sarah.

— Escuta, eu tenho que ir ver o Jon e o François.

— Ei, também quero ir!

— Não, não dá. É no gueto de Venice.

— Ah, no gueto! Eu não perco isso por nada!

— Olha, me faz um favor: por favor, *não* vem junto!

— O quê? Você acha que eu ia deixar você ir lá sozinho?

Peguei minha navalha, coloquei o dinheiro dentro do sapato.

— Tá certo — falei...

Entramos de carro bem devagar no gueto de Venice. Não era verdade que todo mundo era negro. Havia alguns latinos nas cercanias. Reparei num grupo de sete ou oito rapazes mexicanos de bobeira por ali, encostados num carro velho. A maioria dos homens estava usando regata ou sem camisa. Passei de carro bem devagar, sem encarar, só absorvendo. Não pareciam estar fazendo muita coisa. Só esperando. Prontos e esperando. Na verdade, era capaz de eles estarem só entediados. Acho que eram uns camaradas legais. E não pareciam preocupados com merda nenhuma.

Então chegamos ao território negro. Logo de cara, as ruas ficaram atulhadas: um sapato esquerdo, uma camisa laranja, uma bolsa velha... uma toranja podre... outro sapato esquerdo... uma calça jeans... um pneu...

Eu tive que ir costurando entre aqueles troços. Dois garotos negros de mais ou menos onze anos nos encaravam do alto de suas bicicletas. Era o mais puro e perfeito ódio. Dava para sentir. Negros pobres odiavam. Brancos pobres odiavam. Era só quando os negros ganhavam dinheiro e os brancos ganhavam dinheiro que eles se misturavam. Alguns brancos amavam os negros. Muito poucos negros, se é que algum, amavam os brancos. Eles ainda estavam acertando as contas. Talvez nunca fossem acertar. Numa sociedade capitalista, os derrotados são escravizados em favor dos bem-sucedidos, e é preciso ter mais derrotados do que bem-sucedidos. O que eu achava? Eu sabia que a política nunca resolveria isso e não sobrava tempo suficiente para se dar bem.

Seguimos dirigindo até encontrar o endereço, estacionamos o carro, descemos, batemos à porta.

Uma janelinha se abriu e um olho nos espiava.

— Ah, Hank! Sarah!

A porta se abriu, fechou e estávamos lá dentro.

Fui até a janela e olhei para fora.

— O que você está fazendo? — perguntou Jon.

— Só quero dar uma olhada no carro de vez em quando...

— Ah, tá, venham ver, vou mostrar as duas cozinhas!

Havia mesmo duas cozinhas, um fogão em cada uma, uma geladeira em cada uma, uma pia em cada uma.

— Antigamente eram duas casas. Foram transformadas numa só.

— Legal — disse Sarah —, dá para você cozinhar em uma cozinha e o François na outra...

— Agora, estamos vivendo principalmente à base de ovos. A gente tem umas galinhas, elas botam muitos ovos...

— Porra, Jon, está tão ruim assim?

— Não, não exatamente. A gente acha que vai ficar aqui bastante tempo. Precisamos da maior parte do dinheiro pros vinhos e charutos. Como é que o roteiro está indo?

— Fico feliz em dizer já são umas boas páginas. Só que às vezes eu não entendo nada sobre *câmera, zoom, panorâmica*... essa porcaria toda...

— Não se preocupa, eu cuido disso.

— Cadê o François? — perguntou Sarah.

— Ah, ele está na outra sala... venham...

Entramos e lá estava François fazendo sua roletinha girar. Quando ele bebia, o nariz ficava muito vermelho, como o de um bêbado de desenho animado. E também, quanto mais bebia, mais deprimido ele ficava. Estava fumando um charuto úmido já fumado até a metade. Ele conseguiu dar algumas baforadas lamentáveis. Havia uma garrafa de vinho quase vazia perto dele.

— Merda — falou —, agora tô sessenta mil dólares no vermelho e tô bebendo esse vinho barato do Jon, que ele alega ser bom, mas é puro lixo. Ele paga um dólar e trinta e cinco centavos por garrafa. Meu estômago tá parecendo um balão cheio de mijo! Estou sessenta mil dólares no vermelho e não tenho nenhum emprego em vista. Vou ter que... dar cabo... da minha vida...

— Que isso, François — disse Jon —, vamos mostrar as galinhas pros nossos amigos...

— As galinhas! *Ó-ó-vos*! A gente só come *ó-ó-vos* o tempo todo! *Ó-ó-vos* e nada mais! Cu-có, cu-có, cu-có! As galinhas soltam *ó-ó-vos* pelo cu-có! O dia inteiro, a noite inteira é minha obrigação salvar as galinhas dos garotos negros! O tempo todo os garotinhos negros pulam a cerca e correm pro galinheiro! Eu bati neles com um pedaço de pau comprido e disse: "Seus filhos da puta, fiquem longe das minhas galinhas que soltam os *ó-ó-vos* pelo cu-có!". Não consigo pensar, não consigo pensar na minha própria vida ou na minha própria morte, estou sempre atrás desses garotos negros com o pedaço de pau comprido! Jon, eu preciso de mais vinho, de outro charuto!

Ele voltou a girar a roleta.

Outras más notícias. O sistema não estava funcionando.

— Sabe, na França eles só têm um dígito para a casa! Aqui nos Estados Unidos eles têm um dígito e dois dígitos para a casa! *Eles arrancam as suas duas bolas! E por quê?* Vem, vou mostrar as galinhas pra vocês.

Entramos no quintal e lá estavam as galinhas e o galinheiro. François mesmo o tinha construído. Ele era bom com essas coisas. Tinha um verdadeiro talento para isso. Só que ele não tinha usado tela de proteção para o galinheiro. Havia grades. E cadeados em cada porta.

— Eu faço a chamada todas as noites. "Cecile, você tá aí?" "Co-có, co-có", responde ela. "Bernadette, você tá aí?" "Co-có, co-có", responde ela. E assim por diante. "Nicole?", perguntei uma noite. Ela não cacarejou. Dá para acreditar, mesmo com todas as grades e todos os cadeados eles pegaram a Nicole! Já tinham sumido com ela! Nicole se foi, se foi para sempre! Jon, Jon, preciso de mais vinho!

Voltamos para dentro e nos sentamos e um novo vinho foi servido. Jon entregou outro charuto para François.

— Se eu puder ter meu charuto quando quiser — disse François —, consigo sobreviver.

Bebemos um tempo, então Sarah perguntou:

— Escuta, Jon, o dono dessa casa é negro?

— Ah, é, sim...

— Ele não perguntou por que vocês estavam alugando uma casa aqui?

— Perguntou...

— E o que você falou?

— Eu falei pra ele que a gente é cineasta e ator da França.

— E o que ele disse?

— Ele disse: "Ah".

— Mais alguma coisa?

— Sim, ele disse: "Bem, a rosca é *de vocês!*".

Bebemos por um tempo jogando conversa fora.

De vez em quando eu me levantava e ia até a janela ver se o carro ainda estava lá.

A gente bebia e comecei a me sentir culpado pela coisa toda.

— Escuta, Jon, deixa eu te devolver o dinheiro do roteiro. Eu te coloquei contra a parede. É horrível...

— Não, eu quero que você escreva esse roteiro. Ele *vai* virar filme, eu te prometo...

— Tá certo, droga...

Bebemos mais um pouco.

Então Jon falou:

— Olha ali...

Por um buraco na parede onde estávamos sentados, dava para ver uma mão, uma mão negra. Ela se retorcia através do gesso quebrado, os dedos se agarrando, se mexendo. Era como um animalzinho.

— *Some daqui* — gritou François. — *Some daqui, assassino da nicole! Você deixou um rombo no meu coração pra sempre! Some daqui!*

A mão não sumiu.

François foi até a parede e a mão.

— Estou te falando, some daqui agora. Só quero fumar meu charuto e beber meu vinho em paz. Você tá atrapalhando a vista! Não dá pra se sentir bem com você me agarrando e me olhando com esses pobres desses seus dedos negros!

A mão não sumiu.

— *Então tá bom!*

O pedaço de pau estava bem ali. Com um movimento demoníaco, François apanhou o pedaço de pau comprido e começou a dar porradas com ele na parede, de novo e de novo e de novo...

— *Seu assassino de galinhas, você partiu meu coração pra sempre!*

O barulho era ensurdecedor. Então François parou.

A mão sumiu.

François voltou a se sentar.

— Merda, Jon, acabou meu charuto! Por que você não compra uns charutos melhores?

— Escuta, Jon — falei —, a gente tem que ir agora...

— Ah, que isso... por favor... A noite está só *começando*! Vocês ainda não viram nada...

— A gente tem que ir... Ainda tenho que mexer mais no roteiro...

— Ah... nesse caso...

De volta à casa, fui para o andar de cima e trabalhei mesmo no roteiro, mas, curiosamente ou talvez não tão curiosamente, minha vida passada nem parecia tão estranha, desgovernada ou louca quanto o que acontecia agora.

17

Estava dando tudo certo com o roteiro. Escrever nunca tinha sido um trabalho para mim. Foi sempre assim desde que consigo me lembrar: colocar o rádio numa estação de música clássica, acender um cigarro ou um charuto, abrir a garrafa. A máquina de escrever cuidava do resto. Eu só precisava estar lá. O processo todo me permitia continuar quando a própria vida tinha muito pouco a oferecer, quando a própria vida era um show de horrores. Sempre havia a máquina de escrever para me acalmar, para conversar comigo, para me entreter, para me salvar da merda. Basicamente, é por isso que eu escrevia: para me salvar da merda, para me salvar da merda do hospício, das ruas, de mim mesmo.

Uma das minhas antigas mulheres gritou comigo:

— Você bebe pra fugir da realidade!

— Mas é claro, minha querida — respondi a ela.

Eu tinha a garrafa *e* a máquina de escrever. Eu gostava de ter um pássaro em cada mão, que se danasse o céu para voar.

De qualquer modo, estava dando tudo certo com o roteiro. Diferente dos romances, dos contos ou dos poemas, em que eu dava um tempo de uma ou duas noites de vez em quando, trabalhava no roteiro todas as noites. E então eu terminei.

Telefonei para o Jon.

— Bem, não sei o que a gente tem, mas eu terminei.

— Ótimo! Eu iria aí buscar, mas a gente está dando um almoço aqui. Bebida, comida, convidados. O François é o chef. Dá pra você trazer o roteiro?

— Eu até que queria, mas tenho medo de ir com o meu carro aí.

— Ah, porra, Hank, ninguém vai roubar aquele Volks velho.

— Jon, eu acabei de comprar uma BMW nova.

— O quê?

— Antes de ontem. Meu contador diz que dá pra deduzir do imposto de renda.

— Deduzir do imposto? Não parece factível...

— Foi isso que ele me disse. Disse que nos Estados Unidos você tem que gastar o seu dinheiro ou eles o tomam de você. Agora não podem tomar o meu: não tenho mais nenhum.

— Mas eu preciso ver esse roteiro! Com alguma coisa pra mostrar pros produtores, eu posso começar de verdade.

— Tá certo, sabe o Ralph's Market logo ali do lado do gueto?

— Sei.

— Vou parar no estacionamento e ligar pra você de lá. Aí você vai me buscar, tá bom?

— Certo, busco, sim...

Sarah e eu estávamos esperando na nossa BMW 320i preta quando Jon estacionou. Entramos e seguimos para o gueto.

— O que é que os seus leitores e os críticos vão dizer quando descobrirem sobre a BMW?

— Como sempre, esses sacanas vão ter que me julgar pela qualidade do que eu escrevo.

— Nem sempre é o que eles fazem.

— O problema é deles.

— Você tá com o roteiro aí?

— Tá aqui — disse Sarah.

— Minha secretária.

— Ele escreveu de um fôlego — contou Sarah.

— Sou um gênio da 320i — falei.

Nós seguimos até a casa de Jon. Vários carros estavam parados do lado de fora. Ainda era dia. Talvez uma e meia da tarde, mais ou menos. Atravessamos a casa e chegamos ao quintal.

O almoço já tinha começado fazia um tempo. Havia garrafas vazias espalhadas nas mesas de madeira. Fatias de melancia meio comidas tinham um aspecto triste ao sol. As moscas pousavam nelas e depois iam embora. Os convidados pareciam estar lá há pelo menos umas três horas. Era uma daquelas festas dispersas: grupinhos de três ou quatro pessoas aqui, ignorando grupinhos de três ou quatro pessoas ali. Havia uma mistura de tipos europeus e hollywoodianos, e de alguns outros. Esses outros não tinham nenhuma característica especial, simplesmente estavam lá, e estavam determinados pra caramba a ficar lá. Eu sentia ódio no ar, mas não sabia o que fazer a respeito. Jon sabia: abriu mais umas garrafas de vinho.

Fomos até François. Ele estava cuidando da churrasqueira. Estava babando de bêbado e absolutamente deprimido. Virava pedaços de frango na churrasqueira. As peças de frango já estavam bem passadas, ficando carbonizadas, mas François continuava virando.

François estava com uma cara terrível. Usava um daqueles chapéus brancos enormes de chef, só que claramente o objeto tinha caído da cabeça dele várias vezes e estava cheio de manchas de lama. Ele nos viu.

— *Ah! Eu estava esperando vocês! Estão atrasados! O que foi que aconteceu? Não dá pra entender isso!*

— Desculpa, François, a gente teve que estacionar no Ralph's.

— *Estava guardando uns pedaços de frango pra vocês! Comam um franguinho!*

Ele juntou dois pratos de papel e jogou um pedaço de frango dentro de cada um.

— Obrigado, François.

Sarah e eu encontramos uma mesa e nos sentamos. Jon se sentou com a gente.

— O François tá chateado. Acha que eu matei uma das galinhas. Nenhuma galinha nunca nasceu com todas essas coxas, peitos e asas. Eu contei as galinhas com ele várias vezes. Todas estão lá. Mas ele começa a beber e acha que eu matei uma das galinhas. Comprei as carnes no Ralph's.

— O François é muito sensível — disse Sarah.

— E como — comentou Jon. — E para piorar as coisas, agora ele se orgulha de nos proteger contra roubo. Ele tem pequenos fios e sinais instalados em todos os lugares. Todos os tipos de alarmes malucos. Muito sensíveis. Eu peidei e um deles disparou.

— Que isso, Jon...

— Não, é verdade. Aí, pra piorar as coisas, outro dia o François saiu pra ligar o carro. Ele deu partida. Engatou marcha a ré e não aconteceu nada. Ele achou que a marcha a ré estava com problema. Saiu do carro e descobriu que as duas rodas traseiras tinham *sumido*...

— Inacreditável...

— Pois aconteceu. A traseira do carro estava apoiada numa pilha de pedras e as rodas haviam sumido...

— E deixaram as rodas dianteiras?

— Deixaram.

— Onde é que dá pra conseguir rodas e pneus novos? — perguntou Sarah.

— A gente comprou de volta dos malandros.

— O quê? — falei. — Me vê mais uma bebida?

Jon nos serviu.

— Bateram na nossa porta. Eles disseram: "Vocês querem as suas rodas? A gente está com elas". Eu disse para eles entrarem. "*Vou matar vocês!*", o François gritou. Eu disse para ele ficar quieto. A gente bebeu vinho com eles e pechinchamos o preço. Levou muita barganha e muito vinho, mas finalmente chegamos num acordo e eles trouxeram as rodas e os pneus e jogaram tudo no chão. E foi isso.

— Quanto saiu pra vocês? — indagou Sarah.

— Trinta e três dólares. Pareceu um bom negócio pra duas rodas e dois pneus.

— Nada mal — falei.

— Bem, na verdade, chegou a trinta e oito dólares. A gente teve que pagar cinco dólares para eles prometerem não roubar as rodas de novo.

— Mas e se outra pessoa roubar as rodas?

— Eles disseram que os cinco dólares garantiriam que ninguém ia encostar as mãos nas rodas. Mas disseram que os cinco dólares se aplicavam só às rodas e não a qualquer outra parte do carro.

— Houve mais acordos?

— Não, aí eles foram embora. Mas a gente percebeu que o nosso rádio tinha sumido. A gente estava de olho neles o tempo todo e, mesmo assim, o rádio sumiu. Não tenho ideia de como eles fizeram isso. É um rádio de tamanho normal. Como é que eles podem ter escondido isso? Como conseguiram sair com ele pela porta? Eu não entendo. É algo a se admirar.

— Pois é.

Jon se levantou. Ele estava com o roteiro.

— Agora preciso esconder isso aqui. Tenho um lugar muito especial. E agradeço pelo seu empenho nele, Hank.

— Não foi nada. Dinheiro fácil.

Jon saiu com o roteiro. Olhei para o meu frango.

— Porra, não dá pra comer isso... está carbonizado e duro que nem pedra...

— Também não dá pra comer o meu...

— Tem uma lata de lixo ali perto da cerca. Vamos tentar jogar esses troços sem ninguém ver...

Fomos até a lata de lixo. No alto da cerca, uns olhinhos espreitavam de rostinhos negros.

— Ei, vamos comer uns frangos!

— Me dá uma asa, seu filho da puta...

Fui até a cerca.

— Esse troço tá queimado... não dá pra comer.

Uma mãozinha se projetou e o pedaço de frango sumiu. Outra mão se projetou e o pedaço de frango queimado de Sarah também sumiu.

Os dois garotos saíram correndo e gritando, seguidos por um bando de outros garotos gritando.

— Às vezes eu odeio ser branca — comentou Sarah.

— Tem guetos brancos também. E negros ricos.

— Não dá pra comparar.

— Não dá, mas eu não sei o que fazer a respeito.

— Começar em algum lugar...

— Não tenho coragem. Estou preocupado demais com o meu próprio rabo branco. Vamos ali com aquele grupo todo alegre beber mais um pouco.

— Essa é a sua resposta pra tudo: beber.

— Não, essa é a minha resposta pra nada.

* * *

Os grupos ainda estavam dispersos. Mesmo naquele quintal caído, havia áreas do gueto, áreas de Malibu e áreas de Beverly Hills. Por exemplo, os mais bem-vestidos com roupas de marca permaneciam unidos. Cada tipo reconhecia seus pares e não mostrava qualquer inclinação para se misturar. Me surpreendeu que alguns deles estivessem dispostos a ir parar um gueto negro em Venice. Tá na moda, eles devem ter pensado. Claro, o que fazia a coisa toda feder era que muitos dos ricos e famosos eram na verdade umas cadelas e uns desgraçados idiotas. Eles simplesmente se empandeiravam às custas de alguma bela lambuja que tinha caído em suas mãos em algum lugar. Ou foram enriquecendo com a estupidez do público em geral. Eles costumavam não ter talento, olhos, alma, nada, eram montes de estrume ambulantes, mas para o público eram como deuses, lindos e reverenciados. O mau gosto cria muito mais milionários do que o bom gosto. No fim das contas, tudo se resumia à questão de quem tinha mais votos. Em terra de toupeiras, o rei tinha de ser uma toupeira. Então, quem é que merecia qualquer coisa? Ninguém merecia era nada...

François estava sentado a uma mesa e fomos ficar com ele. Mas o homem estava consternado, completamente fora de si. Mal nos reconheceu. Um charuto úmido e quebrado na sua boca, e os olhos encaravam a bebida. Ele ainda estava com o chapéu sujo de chef. Sempre tivera um pouco de estilo, mesmo em seus piores momentos. Agora tudo tinha ido embora. Era terrível.

— *Por que vocês chegaram atrasados? Eu não consigo entender! Fiquei segurando o almoço e esperando vocês! Por que vocês chegaram atrasados?*

— Olha, amigo, por que você não dá uma dormida e passa essa festa? Amanhã vai estar melhor...

— *O amanhã é sempre a mesma coisa! Esse é que é o problema!*

Jon se aproximou.

— Eu vou cuidar dele. Ele vai ficar bem. Venham, vou apresentar vocês pra uns convidados.

— Não, a gente tem que ir...

— Mas já?

— Pois é, estou preocupado com a 320i.

— Eu levo vocês de carro...

Ainda estava lá. Entramos e demos um aceno para o Jon enquanto ele seguia de volta para o gueto, para a festa e para o pobre do François.

Logo estávamos na rodovia.

— Bem, você escreveu o roteiro — disse Sarah —, pelo menos isso.

— Pelo menos...

— Você acha que vai virar filme?

— É sobre a vida de um bêbado. Quem é que liga pra vida de um bêbado?

— Eu ligo. Quem você ia querer que interpretasse o papel principal?

— O François.

— O François?

— É.

— Temos alguma coisa pra beber lá em casa?

— Meia caixa de Gamay Beaujolais.

— Deve dar...

Afundei o pé no acelerador e seguimos em direção a ela.

18

Jon botou a mão na massa. Cópias do roteiro foram feitas, mandadas para produtores, agentes, atores. Retomei o poema em que estava mexendo. Também inventei um novo esquema para o turfe. O turfe era importante para mim porque me fazia esquecer que era para eu ser um escritor. Escrever era estranho. Eu precisava escrever, era como uma doença, uma droga, uma compulsão pesada, só que eu não gostava de pensar em mim mesmo como escritor. Talvez eu tivesse conhecido escritores demais. Eles gastavam mais tempo menosprezando uns aos outros do que trabalhando em sua obra. Eram inquietos, fofoqueiros, umas velhas solteironas; eles chiavam e se bicavam e eram pura vaidade. Aqueles eram os nossos criadores? Sempre foi desse jeito? Provavelmente. Talvez escrever fosse uma forma de chiar. Alguns só chiavam melhor do que outros.

De qualquer forma, o roteiro rodou e ninguém quis ficar com ele. Alguns disseram que era interessante, mas a principal queixa era que não haveria público para aquele tipo de filme. Não tinha problema mostrar como uma pessoa que fora ótima ou excêntrica estava destruída pela bebida. Mas simplesmente se concentrar num vagabundo bebendo ou num bando de vagabundos bebendo não fazia sentido. Quem é que ligava? Quem é que ligava para como eles viviam ou morriam?

Mas recebi, sim, um telefonema de Jon.

— Escuta, o Mack Austin conseguiu o roteiro e gostou. Ele quer dirigir e quer o mesmo cara que eu quero para o papel principal.

— E quem é?

— O Tom Pell.

— É, ele daria um bom bêbado...

— O Pell tá louco pelo roteiro. Ele é louco pelo que você escreve, leu os seus troços todos. Tá tão louco pelo roteiro que falou que vai cobrar só um dólar pela atuação.

— Nossa...

— Só que ele *insiste* que o diretor seja o Mack Austin. Eu não gosto desse Mack Austin. Ele é meu inimigo.

— Por quê?

— Ah, a gente teve uns problemas.

— Por que é que vocês não fazem as pazes?

— *Mas nunca! O Mack Austin não vai dirigir o meu filme nunca!*

— Tá certo, Jon, então vamos deixar pra lá.

— Não, espera, quero marcar uma reunião na sua casa com o Mack Austin, o Tom Pell e eu. E você, lógico. Talvez você consiga convencer o Tom Pell a mudar de ideia e fazer o filme sem o Austin. Ele é um grande ator, sabe.

— Sei. Então fala pra eles virem. Ele vai trazer a Ramona*?

— Não.

Tom tinha se casado com a Ramona, a famosa cantora pop.

— Bem, quando seria bom?

* Provável referência à cantora Madonna, que estava casada com o ator Sean Penn no fim da década de 1980. [*N.E.*]

— Eles concordaram em amanhã às oito e meia da noite, se estiver tudo bem pra você.

— Você é ligeiro.

— Nesse jogo, ou você é ligeiro ou já era.

— Não é como no xadrez?

— Está mais pra um jogo de damas entre idiotas.

— Um idiota ganha?

— E um idiota perde.

Descobri um pouco mais sobre o caso Jon Pinchot e Mack Austin. Ainda que Jon tivesse feito a maioria dos seus filmes na Europa e que os filmes de Austin fossem americanos, o pessoal do cinema frequentava os mesmos lugares em Hollywood. Jon e Mack Austin estavam no mesmo restaurante chique. Não tenho bem certeza de quem estava bebendo e quem não estava, mas parece que começaram umas querelas entre esses dois diretores de mesas que não estavam muito próximas. Discussão sobre trabalho, sabe. Técnica. Experiência. Formação. Perspicácia etc.

A coisa ia e voltava entre as mesas na frente de uma bela plateia de gente do "ramo".

Por fim, Mack se levantou e gritou para Jon:

— *Você se diz diretor? Você não consegue dirigir nem um carro!*

Bem, não sei. Dirigir no trânsito é um trabalho que exige bastante habilidade.

De qualquer modo, algumas outras pessoas já tinham acusado Mack em público de não ser capaz de dirigir nem no trânsito. Agora ele estava passando o elogio adiante. Vale tudo no ódio e em Hollywood.

Mais tarde, ouvi alguns outros relatos semidocumentados de arranca-rabos entre Mack e Jon.

De qualquer modo, a reunião estava marcada...

Interior. Casa do escritor. 20h15.

Jon tinha chegado um pouco mais cedo.

— Espere até ver esse tal de Austin — disse ele. — Não está usando drogas nem álcool. Tá parecendo um pneu furado, uma meia vazia...

— Eu acho ótimo — disse Sarah — que ele tenha conseguido ficar sóbrio. Precisa de coragem pra isso.

— Certo — respondeu Jon.

Eles chegaram por volta das oito e trinta e cinco da noite. Tom de jaqueta de couro. Mack com uma jaqueta de couro de bezerro com franjas de couro. Ele estava com meia dúzia de correntes de ouro. Depois das apresentações, servi vinho para Tom. Nós nos acomodamos ao redor da mesa de centro.

Tom começou.

— Eu vi o roteiro. Adorei. Quero afundar as presas naquela porra. Já dá pra sentir o gosto. É o meu tipo de papel.

— Obrigado, meu chapa. É a única mordida que a gente conseguiu.

— Tom e eu já temos até um financiador. A gente tá pronto pra rodar — disse Mack.

— Tem certeza de que não quer uma bebida, Mack? — perguntei.

— Não, valeu.

— Vou pegar um refrigerante pra você — falou Sarah. — Ou prefere chá?

— Refrigerante está bom.

Sarah foi buscar alguma coisa pro Mack ficar à vontade. A gente tinha uns refrigerantes saudáveis. Os melhores.

Eu tomei minha bebida e na mesma hora servi mais. Eu estava começando a perceber que qualquer tipo de acordo ou combinado seria inútil.

— Eu preciso de Mack como diretor. Eu conheço o trabalho dele. Confio nele — disse Tom.

— Você não confia em mim? — perguntou Jon.

— Não é isso. É só que sinto que poderia trabalhar mais de perto com o Mack.

— Eu sou a única pessoa que vai dirigir esse filme — afirmou Jon.

— Olha só — disse Tom —, eu sei que esse filme significa muito para você. A gente pode criar uma função pra você. Vai ser bem pago e vai ter bastante controle. Por favor, aceita. Eu quero rodar isso. Por favor, tente entender.

Sarah voltou com o refrigerante de Mack.

— Eu sei que consigo trabalhar bem com o Tom — afirmou Mack.

— Não consegue... — começou Jon.

— ...nem dirigir um carro — finalizou Mack.

A discussão seguiu em frente. Por horas. Sarah, Jon e eu continuamos bebendo. Tom continuou bebendo. E Mack continuou com os refrigerantes saudáveis.

— Vocês são todos uns cabeças-duras — disse Sarah. — Com certeza dá pra resolver de algum jeito.

Mas tudo estava exatamente como no início. Ninguém cedia. E eu estava sem ideias. Não conseguia acabar com o impasse.

Até começamos a conversar sobre outras coisas. Até alternamos várias histórias engraçadas. As bebidas não paravam.

Já para o fim, não lembro quem estava contando a história, mas o Mack Austin achou graça. Isso mexeu com ele, mesmo tendo bebido só os refrigerantes saudáveis. Ele caiu para trás rindo alto. Suas correntes de ouro balançavam para cima e para baixo.

Então ele se recompôs.

Pouco depois, era hora de nos separarmos. Tom e Mack tinham que ir embora. Nos despedimos. Depois que o carro deles deu a ré na entrada, Jon olhou para mim.

— Você ouviu aquela risada falsa? Viu como aquelas porras daquelas correntes de ouro iam pra cima e pra baixo no pescoço dele? Do que é que ele tava rindo? Viu todas aquelas porras daquelas correntes de ouro?

— Sim, eu vi — falei.

— Ele estava nervoso — disse Sarah. — Era o único que não estava bebendo. Já esteve numa sala cheia de bêbados e ficou sem beber?

— Não — respondi.

— Escuta — falou Jon —, posso usar seu telefone?

— Claro...

— Preciso ligar pra *Paris*! *Agora*!

— O quê?

— Não se preocupa, vou ligar a cobrar. Quero falar com meu advogado. É sobre um adendo ao meu testamento...

— Vá em frente.

Jon seguiu para o telefone e começou a se preparar para ligar. Fui até lá e tornei a encher seu copo. Depois voltei.

— É péssimo — disse Sarah —, lá se vai o filme.

— Bem, quase alguma coisa é melhor do que nada.

— Será que é?

— Pensando bem, não tenho tanta certeza...

* * *

Então Jon conseguiu completar a chamada. Ele tinha bebido mais do que umas poucas bebidas e estava animado. Dava tranquilamente para ouvi-lo:

— *Paul! Sim, é Jon Pinchot! Sim, é urgente! Quero um adendo ao meu testamento! Está pronto? Tá, eu espero!*

Jon olhou para nós.

— Isso é muito importante...

Então:

— *Sim, paul! Tem esse filme. Estou no comando. Chama-se* A dança de Jim Beam, *escrito por Henry Chinaski! Muito bem, anote isso! No caso de eu vir a morrer, esse filme nunca deve ser dirigido por Mack Austin! Esse filme pode ser dirigido por qualquer pessoa nesse planeta, a não ser Mack Austin! Anotou tudo, Paul? Tá, muito obrigado, Paul. Sim, estou bem. Como vai a saúde? Tá certo, qualquer um menos Mack Austin! Muito obrigado, Paul! Boa noite, boa noite!*

Depois disso, tomamos mais uma bebida juntos. Então Jon teve que ir embora. Ele parou na porta.

— Você ouviu aquela risada falsa? Viu só aquelas correntes de ouro balançando?

— Vi, Jon...

Então ele foi embora e aquela noite acabou. Saímos para chamar os gatos. Tínhamos cinco gatos e não conseguíamos dormir até que todos os cinco estivessem dentro de casa.

Os vizinhos nos ouviam chamando aqueles gatos sempre tarde da noite ou de manhã cedo. Nós tínhamos bons vizinhos. E aqueles cinco gatos pachorrentos sempre custavam para entrar.

19

Três ou quatro dias depois, Jon estava ao telefone.

— Jack Bledsoe leu o roteiro e gostou, ele quer atuar. Estou tentando fazer com que ele venha te ver, mas ele diz que não quer que você o impressione. Ele diz que você é que tem que ir vê-lo.

— Isso vai deixar ele menos impressionado?

— Imagino que é o que ele acha.

— Você acha que ele pode fazer o papel?

— Ah, acho, ele é *da rua*! Ele já vendeu castanhas na rua! Ele é de Nova York!

— Já vi uns filmes dele...

— E aí, o que achou?

— Talvez... Escuta, ele tem que parar de ficar *sorrindo* o tempo inteiro quando não sabe o que mais fazer. E ele tem que parar de dar murros em geladeiras. E ele tem que parar com aquele gingado nova-iorquino cheio de pose em que andam como se estivessem com uma banana enfiada no rabo.

— Ele lutava boxe antigamente, o tal de Jack Bledsoe...

— Porra, *todo mundo* já lutou boxe antigamente...

— Ele consegue fazer o papel, pode acreditar...

— Jon, ele não pode ser todo *Nova York*. Esse personagem principal é um carinha da Califórnia. Os carinhas da Califórnia são despojados, discretos. Não botam o carro na frente dos bois, eles ficam na maciota e planejam o próximo passo. Menos pânico. E debaixo dessa pose toda, eles têm a capacidade de matar. Mas não dão muita bandeira antes.

— Diga isso a ele...

— Tá certo, quando e onde?

Eram oito da noite em North Hollywood. Estávamos uns cinco minutos atrasados. A gente seguia por vários caminhos escuros procurando o apartamento.

— Espero que ele tenha alguma coisa pra beber. A gente devia ter trazido algo.

— Tenho certeza de que ele vai ter alguma coisa — disse Sarah.

Era difícil enxergar os números. Então lá estava Jon de pé numa varanda.

— Aqui em cima...

Subi as escadas e segui Jon. Era um dos esconderijozinhos de Jack.

Jon empurrou a porta e entramos. Eles estavam sentados num sofá velho. Jack Bledsoe e seu chapa Lenny Fidelo. Fidelo fazia papéis de uma fala só. Jack Bledsoe tinha exatamente a cara de Jack Bledsoe. Lenny era um cara grande, largo, um pouco pesado demais. Ele tinha sido marcado pela vida, fora machucado por ela. Eu gostei dele. Olhos grandes e tristes. Mãos grandes. Parecia cansado, solitário, ok.

Foram feitas as apresentações.

— Quem é esse cara? — perguntei a Jack, indicando Lenny com o queixo. — O seu guarda-costas?

— É — respondeu Jack.

Jon só ficou lá sorrindo, como se a coisa fosse um encontro de grandes almas. Mas nunca se sabia.

— Tem alguma coisa pra beber? — perguntei.

— A gente só tem cerveja. Serve cerveja?

— Tudo certo — falei.

Lenny saiu para buscar a cerveja. Fiquei com pena da Sarah, ela não era louca por cerveja.

Havia pôsteres de boxe na parede toda. Dei uma volta para vê-los. Ótimo. Alguns eram bem antigos. Comecei a me sentir macho só de olhar para eles.

Umas molas pulavam para fora do sofá e havia almofadas no chão, sapatos, revistas, sacos de papel.

— Aqui é um verdadeiro covil masculino. — Sarah riu.

— Pois é, pois é, eu gostei — falei. — Já morei nuns lugares bem acabados, mas nada como isso aqui.

— A gente gosta daqui — disse Jack.

Lenny voltou com a cerveja. Latas. Abrimos e ficamos lá dando uns goles.

— Então, você leu o roteiro? — perguntei a Jack.

— Pois é. O cara era você?

— Eu mesmo, muito tempo atrás.

— Você tomou mesmo no cu — disse Lenny.

— Quase sempre.

— Você trocava mesmo uns bicos por sanduíches? — perguntou Jack.

— Quase sempre.

A cerveja estava boa. Houve um silêncio.

— Bem, o que você acha? — perguntou Jon.

— Tá falando do Jack?

— É.

— Ele serve. Talvez a gente tenha que dar uma sovinha nele.

— Deixa eu ver como você luta — disse Jack.

Me levantei e dei uns golpes.

— Punhos rápidos — elogiou Sarah.

Voltei a me sentar.

— Eu conseguia aguentar bem um golpe. Mas me faltava certo desejo. Eu não sabia bem o que estava fazendo. Tem outra cerveja?

— Ah, claro — disse Lenny, então se levantou e foi buscar para mim.

Todo mundo sabia em Hollywood que Jack Bledsoe não gostava de Tom Pell. Ele gostava de descer a lenha em Tom em quase todas as suas entrevistas.

— O Tom vem de Malibu. Eu venho das ruas.

Para mim não importava de onde é que um ator vinha, desde que ele soubesse atuar. Os dois sabiam atuar. E não havia necessidade de nenhum deles agir do jeito que os escritores agiam.

Lenny voltou com a cerveja.

— É a última cerveja — disse.

— Ah, não, que merda — falei.

— Eu já volto — avisou Jon.

Então tinha saído pela porta. Corre de cerveja. Eu gostava do Jon.

— Você gosta desse Jon Pinchot como diretor? — perguntou Jack.

— Você já viu o documentário dele sobre o Lido Mamin?

— Não.

— O Pinchot não tem medo. Ele adora futucar a morte.

— A morte deixa ele de pau duro, é?

— Parece que sim. Mas ele fez outros troços além do filme sobre o Mamin. Eu confio nele como diretor de cabo a rabo.

Hollywood não deixou ele frouxo, ainda que um dia possa fazer isso.

— E você?

— E eu, o quê?

— Será que Hollywood vai te capar?

— Sem chance.

— As famosas últimas palavras?

— Não, as famosas primeiras palavras.

— O Hank odeia filmes — disse Sarah. — O último filme que ele curtiu foi *Farrapo humano* e você sabe quantos anos atrás ele saiu.

— A única vez que Ray Milland atuou direito. Mas mandou ver — falei.

Então eu precisava ir mijar, perguntei onde ficava a privada.

Fui lá, abri a porta, entrei, fiz o meu serviço.

Em seguida virei para a pia para lavar a mão.

Que porra era aquela?

Tinha uma toalha branca enfiada na pia. Uma ponta estava socada no ralo e o resto estava pendurado sobre a pia, descendo para o chão. Não parecia bom. E estava encharcado, simplesmente encharcado. Para que servia aquilo? O que significava aquilo? Resto de alguma orgia? Não fazia sentido para mim. Eu sabia que devia significar alguma coisa. Eu era só um cara velho. Será que o mundo estava me passando pra trás? Eu tinha passado umas noites e dias de merda, muitos deles cheios de antissignificado, mas não conseguia entender aquela toalha branca gigante e encharcada.

E pior, o Jack sabia que eu ia lá. Por que deixaria aquela coisa lá dentro daquele jeito? Era uma mensagem?

Saí.

Agora, se eu fosse um nova-iorquino, eu teria dito: "Ei, que que aquela porra daquela toalha branca pingando tá fazendo na porra daquela pia, hein?".

Mas eu era um carinha da Califórnia. Eu só saí e me sentei, sem falar nada, pensando que o que eles faziam era problema deles e que não queria me meter naquilo.

Jon voltou com mais cerveja e tinha uma lata aberta onde eu estava sentado. Mandei ver. A vida era boa novamente.

— Quero a Francine Bowers para a protagonista feminina — disse Jack. — Acho que posso falar com ela.

— Eu conheço a Francine — falou Jon —, acho que posso conversar com ela também.

— Por que vocês dois não vão atrás disso? — perguntou Sarah.

Lenny foi buscar mais cerveja. Ele parecia alguém que enchia a lata. Meu tipo de cara.

— Ei, acha que tem um papel para mim nesse filme? — perguntou ele.

Olhei para o Jon.

— Eu gosto do Lenny na minha tela — disse Jack.

— Acho que tem um papel pra você. Prometo — falou Jon —, vamos dar um jeito de você entrar.

— Eu li o roteiro — respondeu Lenny —, acho que poderia fazer o papel do barman.

— Que isso — falei —, você não ia querer dar uma sova no seu amigo Jack aqui, ia?

— Sem problemas — replicou Lenny.

— Pois é — disse Jack —, ele já fez isso uma vez. Um dos meus dentes foi parar longe.

— Sério? — perguntou Sarah.

— E como — disse Jack.

Bebemos a cerveja. Quase tudo era conversa fiada sobre as muitas proezas de Lenny. Ele não só pagava suas dívidas, como tornava a ganhar o dinheiro.

Quando a cerveja tinha praticamente acabado, achei que era hora de ir embora.

Dei mais um pulo no banheiro, então Sarah e eu estávamos na porta. Jon claramente ia ficar para trás para discutir uma coisa ou outra.

Então, na porta, um negócio estranho aconteceu. Eu perguntei para o Jack:

— Ei, cara, o que é que aquela porra daquela toalhona ensopada tá fazendo pendurada na pia do banheiro?

— Que porra de toalhona ensopada e pingando? — perguntou Jack.

E esse foi o fim daquela noite particular.

20

Três ou quatro semanas se passaram.

O telefone tocou certa noite. Era Jon.

— Como você tá? Como tá a Sara?

— A gente tá bem. Você está vivo?

— Tô. E *A dança de Jim Beam* também. A Francine Bowers leu o roteiro e adorou. Ela até abriu mão de parte do cachê para participar. O Jack também, mas não conta pra ninguém.

— Não conto, mas por que esses cortes?

— A gente tá mexendo com a Firepower Productions, Harry Friedman e Nate Fischman. Eles fecharam um acordo difícil, mas está tudo assinado. Aconteceu um pepino porque o agente do Jack estava exigindo uma cláusula de "interpretar ou pagar" no contrato.

— O que é isso?

— Significa que o Jack tem que ser pago independente de o filme ser feito ou não. A maioria das grandes estrelas tem "interpretar ou pagar" nos contratos.

— Nem dá para acreditar que vai ter um filme.

— O Tom Pell teve muito a ver com isso quando se ofereceu para interpretar por um dólar. Deu alguma credibilidade ao projeto.

— Gostaria que a gente tivesse o Tom...

— Bem, ele ajudou. Quando Jack ouviu que o Tom queria fazer o papel por um dólar, ele se interessou. A Firepower se interessou. Tivemos sorte.

— Sabe o que Lippy Leo Durocher disse?

— Quem é esse?

— Um jogador de beisebol das antigas. Ele disse: "Prefiro ter sorte do que ser bom".

— Acho que a gente tem sorte *e* é bom.

— Pode ser. Mas quem são esses caras da Firepower?

— Eles são novos em Hollywood. São párias. Ninguém sabe o que achar deles. Faziam filmes sensacionalistas na Europa antes. Chegaram e de uma hora para a outra começaram a fazer filmes aos montes, um atrás do outro. Todo mundo odeia eles. Mas fecham negócio, ainda que sejam duros pra negociar.

— Pelo menos ficaram com *Jim Beam*.

— Pois é, quando ninguém mais queria. Eles têm um prédio enorme em North Hollywood. Entrei no escritório e lá estava o Harry Friedman sentado. "Vocês conseguiram Bledsoe e Bowers?", perguntou ele. "Sim", respondi. "Tá certo", falou, "temos um filme." "Mas você não quer ler o roteiro?", perguntei. "Não", disse.

— Cara interessante.

— Hollywood odeia ele.

— Mas que pena...

— Você devia ir conhecê-lo. Um homem bem pesado. Aliás, vai dar uma festa de aniversário na casa dele na quinta-feira à noite. Você e a Sarah deviam ir. O sócio dele, Nate Fischman, também vai estará lá.

— A gente vai. Me passa o endereço...

* * *

Em dez minutos, o telefone voltou a tocar.

— Hank, aqui é o Tim Ruddy, sou um dos produtores de *Jim Beam*.

— Você trabalha para a Firepower?

— Não, eu trabalho pro Jon. Somos coprodutores. Eu e o Lance Edwards.

— Ah...

— Mas então, você conhece o Victor Norman*?

— Eu li os livros dele.

— Bem, ele também leu os seus. Está escrevendo e dirigindo um filme para a Firepower. E vai estar na festa. Quer saber se você pode dar um pulo no Chateau Marmont para encontrá-lo, aí vocês podem ir juntos.

— Qual é a suíte dele...?

Naquela quinta-feira, fomos de carro até o Chateau Marmont. O manobrista ficou com o nosso carro e seguimos para a entrada. Um homem sorridente e meio careca estava esperando. Era Tim Ruddy. Foram feitas as apresentações e então o seguimos. Victor Norman abriu depois que batemos. Eu gostei dos olhos dele. Parecia calmo e astuto.

Apresentações. Sarah estava bonita. Norman sorriu para ela.

Cumprimentei o homem com um aperto de mão e disse:

— A mosca de bar encontra o campeão.

Ele gostou.

Victor Norman talvez fosse o romancista mais conhecido dos Estados Unidos. Aparecia sempre na tevê. Era desinibido e engenhoso com as palavras. O que eu mais gostava nele era

* Provável referência a Norman Mailer, escritor e jornalista estadunidense, agraciado duas vezes com o Prêmio Pulitzer. [*N.E.*]

que não tinha medo das feministas. Era um dos últimos defensores da masculinidade e dos colhões nos Estados Unidos. Isso exigia coragem. Nem sempre ficava satisfeito com sua produção literária, mas também nem sempre ficava satisfeito com a minha.

— Eles me deram a maior suíte do lugar por um preço menor. Boa publicidade, disseram. Mas de qualquer maneira a Firepower é que tá pagando a conta.

A gente foi atrás dele até a varanda. Uma vista dos diabos de uma cidade dos diabos.

Estava frio lá fora.

— Escuta, cara — perguntei —, não tem nada pra beber por aqui?

Seguimos Victor de volta às grandes salas conjugadas. Você se sentia protegido de tudo lá dentro. Uma fortaleza de segurança. Legal, legal.

Victor apareceu com uma garrafa de vinho na mão.

— Tenho vinho, mas não tenho um abridor por aqui...

— Ah, porra. — Suspirei. Um bêbado amador.

Victor Norman estava no telefone:

— A gente precisa de um abridor. Um saca-rolhas... Mais vinho... Umas garrafas de...

Ele olhou para nós.

Demorou um tempo para o vinho chegar.

— Estou fazendo dois filmes para a Firepower. Escrevendo e dirigindo um. *Atuando* no outro. Jon-Luc Modard está dirigindo. Espero conseguir me dar bem com ele.

— Boa sorte — falei.

Houve uma conversinha qualquer. Depois Victor nos contou como conheceu Charlie Chaplin. Era uma história boa, doida e engraçada.

O vinho chegou e fomos nos sentar. Sarah e Tim Ruddy começaram a conversar. Sarah percebeu que Tim Ruddy estava se sentindo deixado de lado e tentava animá-lo. Sarah era boa nisso. Eu não era tão bom nisso.

Victor olhou para mim.

— Você tá fazendo alguma coisa agora?

— Mexendo no poema.

Victor pareceu um pouco triste.

— Eles me deram um milhão de dólares pra escrever meu próximo romance. Isso um ano atrás. Não escrevi uma página e o dinheiro acabou.

— Jesus.

— Jesus não vai ajudar.

— Eu fiquei sabendo da sua pensão, todas aquelas ex-mulheres...

— Pois é.

Empurrei minha taça em direção a ele. Estava vazia. Ele a encheu.

— Ouvi falar sobre você e a bebida...

— Pois é.

— O que são essas coisas que você tá fumando?

— É de Beedi. Da Índia. Os leprosos é que enrolam.

— Sério?

O vinho jorrou e o tempo passou.

— Bem, acho melhor a gente ir pra festa — disse Victor Norman.

— Podemos ir com o meu carro — falei para Victor.

— Tá bom.

Descemos. Tim Ruddy queria ir com o próprio carro.

* * *

O manobrista trouxe o meu carro. Dei uma gorjeta a ele, e Victor e Sarah entraram. Saí, dei a volta e segui para a festa de aniversário de Harry Friedman.

— Também tenho uma BMW preta — disse Victor Norman.

— Os durões dirigem BMWs pretas — falei.

21

Estávamos um pouco atrasados para a festa, mas ainda não havia muita gente lá. Victor Norman estava sentado algumas mesas adiante da nossa. Depois que Sarah e eu nos sentamos, o garçom veio com o nosso vinho. Vinho branco. Bom, era de graça.

Esvaziei minha taça e acenei para o garçom voltar a encher.

Reparei em Victor me olhando.

As pessoas foram chegando aos poucos. Eu vi o ator famoso de bronzeado perpétuo. Tinha ouvido dizer que ele ia a quase todas as festas de Hollywood, em todos os lugares.

Então Sarah me deu uma cotovelada. Era Jim Serry, o velho guru das drogas dos anos sessenta. Ele também ia a muitas das festas. Parecia cansado, triste, exaurido. Me senti mal por ele. Ele ia de mesa em mesa. Então ele estava na nossa. Sarah deu uma risada radiante. Ela era uma garota dos anos sessenta. Apertei a mão dele.

— Oi, querido — falei.

Logo começou a ficar lotado. Eu não conhecia a maioria das pessoas. Segui acenando para o garçom trazer mais vinho. Então ele trouxe uma garrafa cheia e a socou na mesa.

— Quando você terminar essa, trago outra.

— Obrigado, pateta...

Sarah tinha embrulhado um presentinho para Harry Friedman. Estava com ele no colo.

Jon chegou e se sentou à nossa mesa.

— Que bom que você e a Sarah puderam vir — disse ele. — Olha, tá enchendo, esse lugar tá cheio de bandidos e assassinos, os piores!

Jon adorava. Ele tinha uma imaginação e tanto. Isso o ajudava a suportar os dias e as noites.

Então um homem de aparência muito importante entrou. Escutei alguns aplausos.

Me levantei com o presente de aniversário. Segui em direção a ele.

— Sr. Friedman, feliz...

Jon correu e me agarrou por trás. Ele me arrastou de volta para a mesa.

— Não! Não! Esse aí não é o Friedman! É o Fischman!

— Ah...

Voltei a me sentar.

Reparei que Victor Norman estava me encarando. Imaginei que ele logo fosse parar um pouco. Quando voltei a olhar, Victor ainda estava me encarando. Estava olhando para mim como se não pudesse acreditar no que via.

— Tudo bem, Victor — falei em voz alta —, então estou me cagando todo! Quer arranjar uma guerra mundial por conta disso?

Ele desviou o olhar.

Levantei e fui procurar o banheiro masculino.

Quando saí, me perdi e fui parar na cozinha. Tinha um ajudante de garçom lá fumando um cigarro. Enfiei a mão na carteira e peguei uma nota de dez. Dei os dez dólares para ele. Coloquei no bolso da camisa dele.

— Eu não posso aceitar, senhor.

— Por que não?

— Simplesmente não posso.

— Todas as outras pessoas recebem gorjeta. Por que não o ajudante de garçom? Sempre quis ser ajudante de garçom.

Saí, voltei a achar a sala principal e a mesa.

Quando me sentei, Sarah se inclinou e cochichou:

— O Victor Norman veio aqui enquanto você não estava. Ele disse que é muito bacana da sua parte não ter comentado nada sobre os livros dele.

— Eu tenho me comportado, não é, Sarah?

— Tem.

— Não tenho sido um bom menino?

— Tem.

Olhei para Victor Norman, chamei a atenção dele. Dei um breve aceno com a cabeça, pisquei.

Bem naquela hora, o verdadeiro Harry Friedman entrou. Algumas pessoas se levantaram e aplaudiram. Outras pareciam entediadas.

Friedman se sentou à mesa e serviram a comida. Macarrão. Macarrão para todo lado. Harry Friedman pegou o prato dele e mandou ver. Ele parecia um glutão. Ele era grande, sim. Estava usando um terno velho, seus sapatos estavam descascando. Ele tinha uma cabeçona, bochechas grandes. Entuchou o macarrão para dentro daquelas bochechas. Tinha olhos grandes e redondos e esses olhos eram tristes e cheios de desconfiança. Que lástima, viver no mundo! Estava faltando um botão na camisa branca amassada, perto da barriga, e a barriga se projetava. Ele parecia um bebê enorme que de alguma maneira fugiu, cresceu rápido demais e quase virou um homem. Havia algum charme ali, mas podia ser perigoso acreditar nele — ele seria usado contra você. Sem gravata. Feliz aniversário, Harry Friedman!

Uma moça entrou vestida de policial. Ela foi direto para a mesa de Friedman.

— *Você está preso*! — gritou ela.

Harry Friedman parou de comer e sorriu. Seus lábios estavam úmidos do macarrão.

Então a policial tirou o casaco e depois a blusa. Ela tinha uns peitos enormes. Balançou os peitos na cara de Harry Friedman.

— *Você está preso*! — gritou ela.

Todo mundo aplaudiu. Não sei por que aplaudiam.

Então Friedman fez sinal para a policial se curvar. Ela se curvou e ele sussurrou alguma coisa no ouvido dela. Ninguém sabia o que era.

Me leva pra sua casa. Vamos ver o que acontece?

Esqueceu seu cacetete. Posso cuidar disso?

Vem me ver. Te coloco no ramo do cinema?

A policial vestiu a blusa de novo, o casaco de novo, e depois foi embora.

As pessoas iam para a mesa de Friedman e diziam umas coisinhas para ele. O homem olhava para elas como se não soubesse quem eram. Logo ele terminou de comer e estava bebendo vinho. Ele se dava bem com o vinho. Eu gostei daquilo.

Ele estava mandando ver no vinho. Depois de um tempo, ele ia de mesa em mesa, se curvando, conversando com as pessoas.

— Nossa — falei para Sarah —, olha só aquilo!

— O quê?

— Ele tá com um pedacinho de macarrão caído num lado da boca e ninguém fala pra ele. Está simplesmente *caído* ali!

— Estou vendo! Estou vendo! — disse Jon.

Harry Friedman continuou indo de mesa em mesa, se curvando, conversando. Ninguém contava para ele.

Por fim, ele se aproximou. Estava a mais ou menos a uma mesa da nossa quando me levantei e fui até ele.

— Sr. Friedman — falei.

Ele olhou para mim com aquela carona de bebê monstro.

— Sim?

— Não se mexa!

Estendi a mão, peguei a ponta do macarrão e puxei. Saiu.

— Você tem andado por aí com isso pendurado. Eu não aguentava mais.

— Obrigado — agradeceu.

Voltei para a nossa mesa.

— Muito bem, muito bem — falou Jon —, o que você achou dele?

— Encantador.

— Eu te falei. Eu não conheci ninguém como ele desde Lido Mamin.

— De qualquer modo — disse Sarah —, foi legal de sua parte tirar aquele macarrão da cara dele, já que ninguém mais teve coragem. Foi muito legal de sua parte.

— Obrigado, eu sou mesmo um cara muito legal.

— Ah, é? O que mais de legal você fez nos últimos tempos?

Nossa garrafa de vinho estava vazia. Chamei a atenção do garçom. Ele fez uma careta para mim e se aproximou com outra garrafa.

E eu não consegui pensar em nada legal que tivesse feito. Nos últimos tempos.

22

A pré-produção tinha começado.

As coisas pareciam correr bem.

Então o telefone tocou. Era o Jon.

— Estamos com problemas...

— O que foi?

— O Friedman e o Fischman...

— Sim?

— Eles querem se livrar dos meus coprodutores, o Tim Ruddy e o Lance Edwards...

— Eu conheci o Ruddy, não o Edwards... Por quê?

— Esses caras estão trabalhando comigo tem muito tempo nesse filme. Investiram tempo e dinheiro. Agora o Friedman e o Fischman querem se livrar deles. Estou sofrendo pressão de todos os lados. Todo mundo aceitou um corte no salário. E a Firepower está com problemas sérios. A SEC* está investigando eles. As ações estavam a quarenta, agora estão sendo vendidas a quatro...

— Opa.

---

* Comissão de Valores Mobiliários norte-americana. [*N.E.*]

— "Se livra desses caras", me dizem. "A gente não precisa deles!" "Mas", digo, "eu preciso deles..." "Por que você precisa deles?", me perguntam. "A gente não é tão bom quanto eles?" "Mas eles estão no contrato", digo. "Vocês assinaram o contrato." "Você sabe o que é um contrato?", eles me perguntam e depois me dizem: "Um contrato é só uma coisa para a gente *renegociar*!".

— Nossa...

— Esses caras estão espremendo e apertando, espremendo e apertando... E vão espremer até não sobrar mais nada para espremer... Já concordei em rodar o filme em trinta e dois dias em vez de trinta e quatro. O orçamento sofreu cortes de novo e de novo... Eles não gostam do meu técnico de som... Não gostam do meu cinegrafista... Querem alguém mais barato. "E você tem que se livrar desses produtores", eles me dizem, "não precisamos deles..."

— O que você vai fazer?

— Bem, eu não posso abandonar o Tim e o Lance... A gente tem um plano. Amanhã o Tim e eu vamos almoçar com um advogado. Esse advogado é conhecido em Hollywood inteira. Só de falar o nome dele bota medo em todo mundo. Ele é o cara, poder total. E ele deve um favor a Tim. Então, depois do almoço, a gente vai visitar Friedman e Fischman e o advogado vai estar com a gente. Agora ia ser bom se você também estivesse lá. Você pode?

— Claro... Me fala a hora e o lugar.

O almoço foi no Musso's. Estávamos na mesa grande do canto. Tomamos umas bebidas e almoçamos. Várias pessoas pararam para trocar umas palavras com o grande advogado. Era verdade, todos eram fascinados por ele. O grande advogado era muito refinado e usava um terno muito caro.

O advogado, Lance e Jon planejaram a estratégia em relação a Friedman e Fischman. Eu não prestei muita atenção. O advogado explicou: você diz isso, eu digo aquilo. Não diga isso. Deixe isso comigo.

Advogados, médicos, encanadores, eles faziam todo o dinheiro. Escritores? Escritores passavam fome. Escritores se suicidavam. Escritores enlouqueciam.

O almoço chegou ao fim e fomos para nossos respectivos carros e seguimos para o grande prédio verde onde Friedman e Fischman estavam esperando. Íamos nos encontrar na entrada.

A secretária nos acompanhou até o escritório de Harry Friedman e, quando estávamos entrando, Friedman se levantou de sua mesa e começou na mesma hora:

— Sinto muito, mas esta empresa não tem dinheiro e não tem nada que possa ser feito. Esses outros produtores têm de ir embora. Nós não podemos pagá-los. Estamos sem dinheiro!

Encontramos cadeiras pela sala e nos sentamos.

Jon disse:

— Sr. Friedman, eu preciso desses caras, eles são essenciais para a produção.

Friedman continuou de pé. Apoiou os nós dos dedos em cima de sua mesa.

— *Não precisamos de ninguém! Muito menos de todos esses caras. Pra que é que precisamos deles? Me diga, pra que é que precisamos deles?*

— Eles são meus coprodutores, sr. Friedman...

— *Eu sou produtor! Sou melhor do que eles! Não preciso desses caras! Esses caras são sanguessugas! Sanguessugas!*

Uma porta se abriu atrás da mesa de Friedman e dali saiu Fischman. Não era tão pesado quanto Friedman. Deu uma voltinha correndo ao redor da mesa de Friedman. Fischman se movia bem. Enquanto corria dando sua volta, ele gritava:

— *Sanguessugas! Sanguessugas! Sanguessugas!*

Então voltou a passar correndo pela porta, que claramente levava ao seu escritório.

Friedman se sentou à sua mesa. Estava claro que ele sabia quem era o grande advogado.

Ele se sentou à mesa e disse baixinho:

— Não precisamos de ninguém.

O grande advogado pigarreou, depois disse:

— Perdoe-me, mas existe... um contrato....

Friedman saltou de trás de sua mesa.

— *Cala a boca, seu sabichão!*

— Entrarei em contato com você — disse o grande advogado.

— *Sim! Vai entrar em contato! Vá em frente, entre em contato, seu sabichão! Você não é nada pra mim!*

Nós nos levantamos e nos amontoamos perto da porta. Algumas palavras foram cochichadas, depois Tim e o grande advogado saíram. Jon disse que queria conversar mais com Friedman. Fiquei.

Voltamos a nos sentar.

— Não posso pagar a esses caras — disse Friedman.

Jon se inclinou para a frente e fez um gesto com a mão.

— Mas, Harry, você não pode simplesmente querer que esses homens trabalhem para você em troco de... *nada*!

— *Adoro* quando os caras trabalham *de graça*! *Adoro*!

— Mas ... isso não está *certo*... esses caras trabalharam por *meses*! Você deve oferecer *alguma coisa* para eles!

— Tudo bem, eu vou dar quinze mil para eles...

— Só trinta mil, por todos esses meses de trabalho?

— Não, os quinze mil são para *os dois*...

— Mas isso é impossível...

— Nada é impossível... — Ele olhou para mim. — Quem é esse cara?

— Ele é o escritor.

— Ele é um cara velho. Não vai viver muito. Eu separei dez mil para ele...

— Não, o pagamento dele passa por mim...

— Então eu separei dez para você e você separou dez para ele.

— Harry, pare com isso, por favor...

Friedman se levantou da cadeira e foi até um sofá de couro encostado na parede. Ele se jogou inteiro no sofá. Olhou para o teto. Ficou em silêncio. Então pareceu dar um leve soluço. Líquido se formava nos olhos de Harry Friedman.

— Não temos dinheiro. Não temos dinheiro. Não sei o que fazer. Me ajuda, me ajuda!

Ele ficou calado por uns bons dois minutos. Jon acendeu um cigarro e esperou.

Então Friedman falou, ainda olhando para o teto.

— Daria para chamar isso de Filme de Arte, não é?

— É, daria — disse Jon.

Harry Friedman saltou do sofá e correu para Jon:

— *Um filme de arte! Um filme de arte! Então você vai trabalhar a troco de nada!*

Jon se levantou.

— Sr. Friedman, temos que ir...

Nós seguimos em direção à porta.

— Jon — disse Friedman —, *aqueles sanguessugas* vão ter que ir embora.

— Sanguessugas. — Ouvimos a voz de Fischman de novo atrás da porta.

Seguimos em direção ao bulevar.

23

Sarah e eu resolvemos visitar o gueto de novo. Como ainda tínhamos o velho Volks, decidi ir com ele.

Quando chegamos, parecia tudo do mesmo jeito, a não ser pelo fato de que alguém largara um colchão velho no meio da rua e tivemos que contorná-lo.

O lugar todo parecia um vilarejo bombardeado. Naquele dia, ninguém estava à vista. Era como se a algum sinal todo mundo tivesse se escondido. Mas dava para sentir uns cem olhos em cima de nós. Ou eu estava imaginando.

Estacionei e Sarah e eu saímos, batemos à porta. Tinha cinco buracos de bala nela. Uma coisa nova.

Bati de novo.

— Sim? — Ouvi a voz de Jon.

— É o Hank e a Sarah. A gente telefonou. Chegamos.

— Ah...

A porta se abriu.

— Entrem, por favor...

François Racine estava sentado à mesa com sua garrafa de vinho.

— A vida não serve pra nada — disse ele.

Jon passou a corrente na porta. Sarah correu os dedos pelos buracos de bala.

— Vejo que teve uns problemas com cupins...

Jon riu.

— Ah, sim... Senta...

Ele pegou algumas taças e nos sentamos. Serviu o vinho.

— Outro dia eles estupraram uma garota no capô do meu carro. Eram cinco ou seis deles. Nós reclamamos. Eles ficaram muito irritados. Uns dias se passaram, então uma noite a gente estava sentado aqui e pá, pá, pá, pá, pá, as balas entraram pela porta. Depois tudo ficou quieto...

— Ainda estamos vivos — disse François. — Sentamos e bebemos vinho.

— É só uma estratégia— comentou Jon. — Eles querem que a gente se mude. Eu me recuso a me mudar.

— Um dia a gente não vai poder se mudar nunca mais — disse François.

— Eles têm mais armas do que a polícia — afirmou Jon — e atiram com mais frequência também.

— Vocês deviam sair daqui — sugeriu Sarah.

— Tá de brincadeira? A gente pagou três meses de aluguel adiantado por esse lugar. A gente perderia o dinheiro todo.

— É melhor a gente perder a vida? — disse François, tomando uma golada.

— Vocês conseguem dormir à noite? — perguntei.

— A gente precisa beber para dormir. E além disso você nunca pode ter certeza. Essas grades nas janelas podem não adiantar muito. O vizinho também tem. Outra noite ele estava jantando sozinho e de repente tinha um homem parado atrás dele com uma arma. Entrou de algum jeito pelo telhado. Tem algum tipo de passagem lá em cima. Debaixo da casa e no telhado. Eles conseguem ouvir tudo o que a gente diz. Estão ouvindo agora mesmo.

Quatro batidas altas soaram por debaixo das tábuas do assoalho.

— Viu?

François deu um pulo e bateu os pés no chão.

— *Fiquem quietos! Fiquem quietos! Que espécie de demônios vocês são?*

Estava silencioso lá embaixo. Acho que eles só queriam que a gente soubesse que estavam lá. Eles não tinham nenhuma vontade de fazer amizade.

François se recostou.

— Esse troço todo é apavorante — comentou Sarah.

— Eu sei — disse Jon. — Eles roubaram a nossa tevê, mas a gente não precisa de tevê por aqui.

— Pensei que fosse um gueto só negro — falei —, mas vi uns hispânicos da última vez...

— Ah, é — disse Jon —, uma das gangues mexicanas mais duronas são daqui, a V-66. Para virar membro, você tem que ter matado alguém.

Houve uma longa pausa.

— Como vai o filme? — perguntei, sobretudo para quebrar o silêncio.

— A pré-produção está rolando. Todos os dias estou lá, muitas horas trabalhando com pessoas. Logo a gente vai começar a filmar. A cada dia que passa, à medida que a Firepower investe mais e mais dinheiro, o filme vai se tornando mais uma realidade. Mas tem umas merdas de todo tipo todos os dias...

— Como? — perguntou Sarah.

— Bem, a gente foi alugar uma câmera...

— Você aluga a câmera?

— É. Então a gente foi alugar uma câmera e a empresa disse que não podia.

— Por quê? — perguntei, indo dar uma olhada no Volks pela janela.

— A Firepower não pagou o *último* aluguel. A empresa insistiu que a Firepower apresentasse um cheque pelo uso da última câmera e pelo aluguel da que a gente queria usar.

— Eles apresentaram? — perguntei.

— Apresentaram.

François se levantou.

— Vou contar as galinhas — disse ele, depois saiu.

— O François não tem medo de levar a vida desse jeito? — perguntou Sarah.

— Não — respondeu Jon —, ele é maluco. Outro dia ele estava sentado aqui sozinho, olhou para cima e tinha dois caras parados ali. Um deles estava com uma faca. "Passa o dinheiro!", disse o cara. "Não", respondeu François, "passa *você* o dinheiro!" Ele estava bêbado e pegou um pedaço de pau e começou a bater nos dois. Eles saíram correndo de casa e François foi atrás deles pela rua batendo neles com o pedaço de pau e gritando: *"Fiquem longe da minha casa! Vão para a casa de outro! E nada de roubar as minhas galinhas!"*. Ele perseguiu os dois a rua toda.

— Podiam ter matado ele.

— Ele é louco demais para se dar conta disso.

— Tem sorte de estar vivo — disse Sarah.

— Pois é. Mas acho que ajuda ser francês e não americano. Confunde eles, já que não sentem o mesmo ódio do que por um americano. Acham que ele é maluco e nem *todos* esses caras são assassinos. Alguns são simplesmente humanos e só estão tentando sobreviver.

— Eles não são *todos* humanos? — perguntou Sara.

— Demasiado humanos — respondeu Jon.

François entrou.

— Contei minhas galinhas. Ainda estão todas lá. Conversei com elas. Eu conversei com as minhas galinhas.

François se sentou. Jon encheu sua taça.

— Eu quero um castelo — disse François —, quero seis filhos e uma esposa grande e gorda.

— Por que você quer tudo isso? — questionei.

— Para quando eu perder no jogo, ter alguém para falar comigo. Agora, quando perco no jogo, ninguém fala comigo.

Eu queria dizer que, quando ele perdesse no jogo, talvez uma esposa gorda e seis filhos também não falassem com ele. Mas não fiz isso. François já estava sofrendo bastante.

Em vez disso, falei:

— A gente devia ir junto para o hipódromo um dia.

— *Quando*? — perguntou ele.

— Vamos fazer isso logo.

— Eu tenho um sistema novo.

— Nós todos temos.

Então o telefone tocou. Jon atendeu depois do terceiro toque.

— Alô... Sim... sim, é o Jon... O quê? Mas não pode ser!

Olhou para nós, ainda segurando o telefone.

— Ele desligou...

— Quem?

Jon desligou o telefone. Ficou lá parado.

— Foi Harry Friedman...

— E? — perguntei.

— E o filme foi cancelado — respondeu ele.

24

Vários dias se passaram. Eu não estava fazendo muita coisa, só indo para o hipódromo, voltando para casa e brincando com o poema. Trabalhava em três frentes: o poema, o conto e o romance. Agora, eram quatro com o roteiro. Ou tinham sido quatro? Sem o filme eu era roteirista? *Jim Beam* não estava rolando.

Então Jon telefonou.

— Como estão os cavalos?

— Estão bem. Ei, e como é que você está?

— Eu estou bem... só queria que você soubesse o que tá acontecendo...

— Sim...?

— Bem, depois do cancelamento, a primeira coisa que o François e eu fizemos foi encher a cara por dois dias e duas noites...

— Um expurgo, certo?

— Pois é. Então, depois disso, fui até o prédio da Firepower tentar ver Friedman e descobrir por que ele cancelou o filme. Foi um choque pra mim.

— Pra mim também...

— Então, fui até lá. O segurança não me deixou entrar. Claramente Friedman tinha dado ordens para que não me deixassem falar com ele.

— Filho da puta.

— Sim, às vezes ele é. De qualquer maneira, fui para a outra entrada, lá tem duas entradas...

— Sim, eu sei.

— Eu conheço o advogado lá. Então eu disse pro segurança que queria falar com o advogado e ele me deixou passar. Mas eu não fui falar com o advogado, fui até o escritório do Friedman e simplesmente entrei lá.

— Boa...

— Friedman ergueu o rosto e me viu. Ele disse: "Ora, olá, Jon, como você está?". Eu disse que estava bem. Decidi não perguntar por que ele tinha cancelado o filme. Isso era problema dele, de qualquer jeito. Então eu disse: "Agora vamos contratar outra pessoa para esse filme". E ele perguntou: "Você conseguiu mais alguém?" E eu disse a ele que não. Depois eu falei: "Agora a gente vai conseguir alguém.. E quando a gente conseguir, quero que prometa uma coisa". "Como o quê?", perguntou ele. "Bem, quando a gente conseguir alguém, vamos fazer com que paguem todas as suas despesas até agora com a pré-produção." "Ótimo", disse ele. "Mas", falei, "quero que prometa que vai permitir que o filme siga em frente nesses termos e que a Firepower não vai pedir dinheiro extra." "Tá certo", Friedman me disse, "vá em frente. Encontre outra pessoa. Eu concordo com os termos. E boa sorte pra você."

— E foi isso?

— Foi, trocamos um aperto de mãos e eu saí. Acho que ele ficou encantado com a possibilidade de recuperar os custos de pré-produção.

— Agora tudo o que a gente tem que fazer é encontrar alguém.

— A gente já encontrou...

— O quê?

— Sabe, esse tempo todo que a gente tem lidado com a Firepower, mesmo depois que eles assinaram para fazer o filme, a gente tem procurado outros financiadores na surdina. A gente nunca confiou muito na Firepower. Então, quando um dos outros financiadores descobriu que o filme tinha sido cancelado entrou de cabeça.

— Ah, é? E quem são essas pessoas?

— É o Edleman, um *baita* de um operador imobiliário no Leste. O homem dele na Costa Oeste é o Sorenson. Já verificamos tudo. O dinheiro está lá, é real. E eles estão dizendo: "Sim, nós temos o dinheiro. Sim, nós queremos fazer o filme. Vamos fazer".

— Tem certeza de que esses caras são legais?

— O dinheiro está lá. Eles são consagrados. Estamos melhor do que com a Firepower. E eles adoraram o roteiro e os atores. Estão prontos para rodar. Estão preparando os documentos. Assinamos na quinta à tarde.

— Que beleza, Jon. Estou feliz por você. Por mim também.

— O filme ia ser feito de qualquer maneira. Eu estava determinado quanto a isso. Mas agora podemos fazer imediatamente.

— Estou orgulhoso de você, Jon.

— Eu vou te mantendo atualizado. Até mais.

— Faça isso. Até, Jon...

O próximo telefonema foi uns dias depois.

— Filho da puta! — exclamou Jon.

— O que foi?

— A Firepower recuou! Eles sabem sobre o Edleman e o Sorenson. *Agora eles estão exigindo entre quinhentos mil e setecentos e cinquenta mil dólares a mais*!

— O *quê*?

— Friedman deu para trás na sua palavra. Liguei para ele e disse: "Mas você me disse que não pediria mais nada! Você me prometeu!".

— O que ele falou?

— Ele não disse nada. Desligou. Agora não consigo entrar em contato com ele. Não atende minhas ligações. Vou começar uma *greve de fome*!

— O quê?

— *Uma greve de fome*! Estou com a minha garrafa de água e uma cadeirinha e vou sentar na frente da Firepower e passar fome!

— Agora?

— Sim, chego lá em dez minutos!

— Você não tá falando sério...

— Claro que tô falando sério!

Quando cheguei de carro, lá estava Jon Pinchot sentado em frente ao prédio em sua cadeirinha. Lá estava a garrafa de água. E uma placa feita toscamente:

GREVE DE FOME!
FIREPOWER É
PODER DO MENTIROSO!

Estacionei e dei a volta até onde Jon estava. Havia umas quatro ou cinco pessoas olhando para ele. Eu me ajoelhei do lado.

— Olha, Jon. Vamos deixar a porra do filme pra lá. Eu te devolvo o dinheiro. Não preciso tanto dele. Vamos acabar com essa merda e ir encher a cara em algum lugar, hein?

Jon enfiou a mão no bolso do casaco e me entregou uma folha de papel.

— Eu providenciei para que isso fosse entregue por mensageiro a Harry Friedman. Ele recebeu. Essa aqui é uma cópia. — Ele sacou outra folha. — Aqui está o acordo de liberação.

Li a primeira folha que ele me entregou:

Caro Harry,

Aqui vão as duas alternativas que lhe disse ao telefone. Como pode ver, ambas são aceitáveis para mim. Acredite, quando sugiro uma solução em que não ganho dinheiro, não é apenas para salvar o projeto, mas também porque *eu te adoro*, muito mais do que você pode imaginar.

Tudo bem, agora você decide. Por favor, faça isso logo porque consegui o Edleman, que está pronto para assumir o filme e todas as obrigações em todos os contratos. Se o Edleman, que está pronto para assumir o filme imediatamente, não receber esta folha (Solução Número Um, em anexo) assinada por você até quinta-feira à tarde, não poderá iniciar a produção no dia 19. Dez pessoas importantes terão de ser contratadas antes disso. Isso só nos deixa terça e quarta-feira para Edleman assumir o filme. Se isso não for feito, perderemos Jack Bledsoe como protagonista do filme e você perderá por volta de um milhão de dólares. Isso é suicídio para todo mundo, financeiramente, pelo menos. Mas devo dar ainda mais um passo, da seguinte forma: se meu filme não for liberado por você até amanhã às nove horas da manhã, como você me *prometeu*, a Solução Número Dois é que vou começar a cortar partes do meu corpo e mandá-las para você em envelopes todos os dias. Estou falando sério. Você não pode se dar ao luxo de esperar mais um dia. *É uma Questão de Vida ou Morte para o Filme.*

com amor,
Jon

A outra folha chamava-se Solução Número Um e tinha o título:

ADENDO AO ACORDO DE LIBERAÇÃO
PARA SERVIÇOS DE DIREÇÃO DE JON PINCHOT

Tinha sido escrito por um advogado e era quase ilegível, mas parecia exigir que Friedman liberasse o filme para Edleman e ficasse com o dinheiro que Jon ia receber.

Devolvi as folhas para Jon.

— Qual é a Solução Número Dois?

— O corte das partes.

— Você chama isso de solução?

— Acho que deveria chamar de resolução.

— Você não vai fazer isso, não é?

— Sim, vou. É tudo o que eu sei.

— Você é maluco.

— Não. Não. Mas venha comigo. Tenho que me preparar.

— Preparar?

— É.

* * *

Estávamos no carro de Jon.

— Tenho a primeira parte de que preciso. O analgésico. Sabe, tive que ir no médico por causa de uma unha do pé encravada. Ele operou. Depois me deu um analgésico. Funcionou que foi uma beleza...

— Aonde estamos indo?

— Você vai ver. De qualquer modo, eu tive que voltar para dar uma olhada no dedo. Eu disse para o médico: "Aquele analgésico era ótimo, durou dez horas. Me fala dele". Ele me falou dele. Então perguntei: "Posso ver?". E ele me levou a um armário de remédios e me mostrou. "Muito interessante", falei. Conversamos um pouco mais, depois eu saí. Mas eu estava com uma bolsa, uma bolsa de viagem pequena. Deixei junto do armário de remédios. Então saí do consultório, voltei. "Ah", eu disse à recepcionista, "esqueci minha bolsa." Fui buscar a bolsa e não tinha ninguém perto. Abri o armário e peguei o analgésico.

— Você não pode fazer isso — falei para Jon.

— Eu tenho que fazer — respondeu ele.

Estávamos em uma loja de ferragens.

— Pois não? — disse o balconista.

— Preciso de uma serra — falou Jon —, uma serra elétrica.

O balconista foi até uma vitrine de parede e voltou com um troço laranja.

— Esta é uma Black & Decker, uma das nossas melhores.

— Onde é que vai a lâmina? — perguntou Jon. — Como é que encaixa?

— Ah, é muito fácil — disse o balconista.

Ele pegou uma lâmina e a encaixou.

Jon olhou para ele. A lâmina tinha dentes bem grandes.

— Humm — comentou Jon —, essa não é exatamente a lâmina que eu estava procurando.

— Que tipo de lâmina você quer? — perguntou o balconista.

Jon pensou um momento. Então disse:

— Algo para cortar pequenos pedaços de madeira. Uma madeira dura.

— Ah — falou o balconista —, que tal essa?

Ele encaixou uma nova lâmina. Tinha dentes finos, muito cerrados, afiados.

— É — disse Jon —, assim que eu quero.

— Dinheiro ou cartão de crédito? — indagou o balconista.

No carro mais uma vez e voltando para retomar a greve de fome, perguntei a Jon:

— Você não vai mesmo fazer isso, vai?

— Claro, vou começar com o mindinho da mão esquerda. Pra que ele serve de qualquer modo?

— É ele que você usa para apertar o "a" na máquina de escrever.

— Vou datilografar sem usar "a".

— Escuta, amigo, não tem um jeito de dar uma virada nisso e simplesmente esquecer?

— Não. Nem um pouco.

— E você vai estar lá às nove da manhã?

— No escritório do advogado dele. Vou ligar na tomada. Vou fazer isso a não ser que o filme seja lançado.

Eu acreditei nele. Foi o modo como ele disse: uma simples exposição dos fatos sem conotações melodramáticas.

— Você me espera antes de entrar no escritório do advogado?

— Espero, mas você tem que chegar na hora. Você vai chegar na hora?

— Chego na hora — falei.

Voltamos de carro para a Firepower.

25

Eu estava lá às oito e cinquenta da manhã. Estacionei e esperei Jon. Ele chegou às oito e cinquenta e cinco. Saí e fui até o carro de Jon.

— Bom dia, Jon...

— Olá, Hank... Como você tá?

— Bem. Escuta, o que aconteceu com a greve de fome?

— Ah, ainda estou fazendo. Só que o mais importante é cortar as partes.

Jon estava com a Black & Decker. Estava enrolada numa toalha verde-escura. Entramos juntos no prédio da Firepower. O elevador nos levou até o escritório do advogado. Neeli Zutnick. A recepcionista nos esperava.

— Por favor, entrem — disse ela.

Neeli Zutnick estava esperando. Ele se levantou de sua mesa e nos cumprimentou com um aperto de mão. Depois voltou, se sentou à sua mesa.

— Os senhores gostariam de um café? — perguntou ele.

— Não — disse Jon.

— Eu vou querer — respondi.

Zutnick apertou o botão do interfone.

— Rose? Rose, querida... um café, por favor...— Ele olhou para mim. — Creme e açúcar?

— Preto.

— Preto. Obrigado, Rose... Agora, senhores...

— Onde está o Friedman? — perguntou Jon.

— O sr. Friedman me deu todas as instruções. Agora...

— Onde fica a sua tomada? — indagou Jon.

— Tomada?

— Para isso aqui... — Jon ergueu a toalha, revelando a Black & Decker.

— Por favor, sr. Pinchot...

— Onde fica a tomada? Ah, tudo bem, já vi...

Jon se aproximou e ligou a Black & Decker na parede.

— Você tem que entender — disse Zutnick — que se eu soubesse que você traria esse instrumento, teria providenciado para desligar a eletricidade.

— Está tudo bem — respondeu Jon.

— Não há necessidade desse instrumento — afirmou Zutnick.

— Espero que não. É só... para o caso...

Rose entrou com meu café. Jon apertou o botão da Black & Decker. A lâmina entrou em ação e começou a zunir.

Rose, nervosa, tombou um pouco a xícara de café... o suficiente para derramar um pouco no seu vestido. Era um vestido vermelho bonito, e Rose, uma garota cheinha, o preenchia bem.

— Uau! Isso me *assustou*!

— Sinto muito — disse Jon —, eu só estava... testando...

— Para quem é o café?

— Para mim — falei para ela —, obrigado.

Rose me entregou o café. Eu estava precisando.

Rose saiu, nos lançando um olhar preocupado por sobre o ombro.

— Tanto o sr. Friedman quanto o sr. Fischman expressaram consternação com seu atual estado de espírito...

— Para com essa merda, Zutnick! Ou eu consigo a liberação ou o primeiro pedaço da minha carne será depositado... *aí*!

Jon bateu no meio da mesa de Zutnick com a ponta da Black & Decker.

— Agora, sr. Pinchot, não há necessidade...

— *Há necessidade! E seu tempo está acabando! Eu quero essa liberação! Agora!*

Zutnick olhou para mim.

— Como está o seu café, sr. Chinaski?

Jon apertou o gatilho da Black & Decker e ergueu a mão esquerda, com o mindinho estendido. Ele acenou com a Black & Decker enquanto a lâmina trabalhava furiosamente.

— *Agora!*

— *Muito bem!* — gritou Zutnick.

Jon tirou o dedo do gatilho.

Zutnick abriu a primeira gaveta da mesa e tirou duas folhas tamanho ofício. Ele as passou para Jon, que se aproximou, pegou-as, sentou-se e começou a ler.

— Sr. Zutnick — falou —, posso tomar mais uma xícara de café?

Zutnick olhou para mim, apertou o interfone.

— Outra xícara de café, Rose. Preto.

— Preto como a Black & Decker — falei.

— Sr. Chinaski, isso não é engraçado.

Jon continuou lendo.

Meu café chegou.

— Obrigado, Rose...

Jon continuou a ler e nós esperamos. A Black & Decker estava em seu colo.

Então Jon disse:

— Não, isso não serve...

— O *quê?* — disse Zutnick. — *Essa é uma liberação completa!*

— Toda a cláusula "e" tem que ser excluída. Contém muitas ambiguidades.

— Posso ver esses documentos? — perguntou Zutnick.

— Com certeza...

Jon os colocou na lâmina da Black & Decker e os passou para Zutnick, que os pegou da lâmina com certo desgosto. Ele começou a ler a cláusula "e".

— Não vejo nada de errado aqui...

— Exclua isso...

— Você realmente pretende cortar um dos seus dedos?

— Sim. Posso até cortar um dos seus.

— Isso é uma ameaça? Você está me ameaçando?

— Considere o seguinte: eu não tenho nada a perder aqui. Só você tem.

— Um contrato assinado nessas condições pode ser considerado inválido.

— Você está me dando nojo, Zutnick! Apague a cláusula "e" ou meu dedo vai embora! *Agora!*

Jon apertou o botão. A Black & Decker entrou em ação de novo. Jon Pinchot estendeu o mindinho, mão esquerda.

— *Pare!* — gritou Zutnick.

Jon parou.

Zutnick estava no interfone.

— *Rose!* Eu preciso de você...

Rose entrou.

— Mais café para o cavalheiro?

— Não, Rose. Eu quero todo este contrato revisado e impresso mais uma vez, só que elimine a cláusula "e", depois devolva para mim.

— Sim, sr. Zutnick.

Então só ficamos sentamos um tempo.

Depois Zutnick disse:

— Pode desligar essa coisa agora.

— Ainda não — disse Jon. — Não até que tudo esteja finalizado...

— Você realmente tem outro produtor para esse negócio?

— Claro...

— Você se importa de me dizer quem é?

— Claro que não. Hal Edleman. O Friedman sabe.

Zutnick piscou. Edleman era dinheiro. Ele conhecia o nome.

— Eu li o roteiro. Parece muito... rude... para o meu gosto.

— Você leu alguma outra obra do sr. Chinaski? — perguntou Jon.

— Não. Mas minha filha leu. Ela leu seu livro de contos, *Sonhos da cloaca*.

— E?

— Ela odiou.

Rose estava de volta com o novo contrato. Ela o entregou a Zutnick. Ele deu uma olhada, levantou-se e foi até Jon.

Jon releu tudo.

— Muito bem.

Ele foi até a mesa, se debruçou e assinou. Zutnick assinou por Friedman e Fischman. Estava feito. Uma cópia para cada.

Então Zutnick riu. Ele pareceu aliviado.

— A advocacia não para de ficar cada vez mais estranha...

Jon desligou a Black & Decker. Zutnick foi até um pequeno armário suspenso, abriu-o, tirou uma garrafa e três copos. Colocou tudo sobre a mesa e serviu.

— Ao acordo, senhores...

— Ao acordo... — disse Jon.

— Ao acordo. — O escritor entrou na conversa.

Bebemos tudo. Era conhaque. E o filme era nosso de novo.

Fui andando com Jon até o carro dele. Ele jogou a Black & Decker no banco de trás e se sentou na frente.

— Jon — chamei da calçada —, posso fazer a pergunta que não quer calar?

— Claro.

— Pode me dizer a verdade sobre a Black & Decker. Nunca vai sair daqui. Você ia mesmo fazer isso?

— Claro...

— Mas as outras partes a seguir? Os outros pedaços. Você ia fazer?

— Claro. Uma vez que você começa uma coisa dessas, não tem como parar.

— Você tem colhões, homem...

— Que isso. Agora estou com fome.

— Posso te convidar para o café da manhã?

— Bem, tá certo... Eu conheço um bom lugar.... Me segue com o seu carro...

— Tá certo.

Segui Jon por Hollywood, a luz e as sombras de Alfred Hitchcock, Laurel e Hardy, Clark Gable, Gloria Swanson, Mickey Mouse e Humphrey Bogart caindo ao nosso redor.

26

Não aconteceu muita coisa por uma semana ou pouco mais. Eu estava brincando com um dos gatos no tapete quando o telefone tocou. Sarah atendeu.

— Alô? Ah, oi, Jon. Sim, ele tá aqui. Não tem turfe nas segundas e terças. O quê? Ah, meu Deus, que bagunça... Olha, eu vou chamar o Hank...

Eu me levantei do tapete e peguei o telefone.

— Alô, Jon...

— Hank, foi pro brejo...

— O quê?

— A coisa do Edleman. Eles estavam tentando vender *A dança de Jim Beam* por sete milhões pelas nossas costas. As pessoas que eu tinha contratado para encontrar outro financiador na surdina quando estávamos com a Firepower acabaram de me contar que o grupo do Edleman ofereceu os direitos do filme para *eles* por sete milhões.

— Mas eles não têm os direitos, ainda...

— Eles alegaram que tinham. Apresentaram o pacote: o roteiro, os atores, o orçamento. Pelo direito de produzir o filme eles estavam pedindo sete milhões. Iam comprar os direitos da gente por menos depois de terem feito uma negociação em segredo...

— Nossa...

— Mais uma vez somos vítimas de outro bando de vigaristas. Então foi pro brejo. A história do Edleman já era. Então agora vamos tentar conseguir outro produtor. Não queria te incomodar com tudo isso, mas achei que era melhor avisar.

— Claro. Então, como está indo?

— Estamos falando com as pessoas pelo telefone. Apresentamos para elas pelo telefone e todas dizem: "Certo, certo, vamos fazer". Aí, quando veem o roteiro, dizem: "Não". A cidade *inteira* diz: "Não". Assim que veem o roteiro, dizem: "Não". Aqui está um filme com dois grandes atores e um orçamento tão baixo que não existe possibilidade de esse filme não fazer dinheiro. E mesmo assim a cidade inteira diz "Não". É inédito.

— Eles não gostam do roteiro — falei.

— Eles não gostam.

— E eu não gosto deles. Eu não gosto nada deles.

— Bem, vamos continuar trabalhando. Deve ter algumas pessoas em algum lugar que ainda não tentamos.

— Parece ruim.

— De algum jeito, nós vamos fazer.

— Eu gosto da sua fé.

— Não se preocupa.

— Tudo bem...

Voltei para o tapete e fiquei brincando com o gato. O gato gostava de perseguir um pedacinho de barbante.

— O filme voltou para a estaca zero — falei para Sarah. — Ninguém gosta do roteiro.

— Você gosta?

— Acho que é melhor do que a maioria dos roteiros que eu já vi, mas talvez eu esteja errado. Mas eu fico mal principalmente pelo Jon.

O gato não conseguiu pegar o fio, mas cravou uma garra no dorso da minha mão. O sangue brotou. Fui ao banheiro e embebi a ferida com água oxigenada. Lá estava meu rosto no espelho: só um velho que tinha escrito um roteiro. Merda. Saí de lá.

Quando os cavalos estavam correndo eu nunca recebia más notícias porque não estava em casa e ninguém conseguia me encontrar.

Bem, o turfe voltou à ativa e eu ia todos os dias, fazia tudo certo, chegava, como eu costumava, comia, assistia a um pouco de tevê com Sarah, subia para a garrafa de vinho e a máquina de escrever. Estava trabalhando no poema. O poema não daria muito dinheiro, mas com certeza era um grande parquinho para se divertir.

Algumas semanas depois do último telefonema de Jon, recebi outro.

— Está tudo um inferno de novo — disse ele. — Estamos mais do que nunca no brejo!

— O que foi?

— Escuta, a gente achou um produtor, ele disse que estava tudo certo, que tinha gostado de tudo, até do roteiro. Ele me disse: "Tudo certo, vamos fazer o filme. Traga os documentos, eu assino e vamos direto para a produção". Então marcamos um horário para assinar, mas antes que eu chegasse lá, ele me telefonou. Disse: "Não vou poder fazer o filme". Aparentemente, tem um diretor bem conhecido que alega ter os direitos artísticos de todas as obras sobre Henry Chinaski. "Não tem nada que eu possa fazer", ele me disse. "O acordo já era."

Henry Chinaski era o nome que eu usava para o personagem principal nos meus diversos romances. Eu tinha voltado a usar o nome no roteiro.

— Que papo-furado é esse? — perguntei.

— Não é papo-furado. Você vendeu os direitos do personagem Henry Chinaski.

— Não tem cabimento isso — falei —, mas mesmo que fosse verdade, a gente só teria que mudar o nome.

— Não, o contrato diz que ele é o proprietário do *personagem*, não importa o nome que você dê. Pra sempre!

— Não pode ser verdade...

— Temo que quando você vendeu seu romance *Encarregado de encomendas* para o diretor Hector Blackford, você também vendeu os direitos artísticos.*

— Sim, vendi os direitos para o cinema. Custou só dois mil dólares. Eu estava passando fome. Parecia muito dinheiro para mim na época. O Blackford nunca fez um filme baseado em *Encarregado de encomendas*.

— Não importa. O contrato diz que ele é o proprietário do personagem para sempre.

— Escuta, como você ficou sabendo disso tudo?

— Bem, tem um advogado, Fletcher Jaystone. Ele está indo pra cama com uma editora de cinema. Eles terminam o serviço deles, e o advogado vê o roteiro na mesa de cabeceira. O apanha. É *A dança de Jim Beam*. O folheia, põe o roteiro de volta e diz:

* Bukowski vendeu os direitos de *Post Office* [*Cartas na rua*, na edição brasileira], seu primeiro livro sobre Henry Chinaski, para o diretor Taylor Hackford na década de 1970, mas o filme nunca foi feito. [*N.E.*]

"*Henry Chinaski! O meu cliente é o proprietário desse cara! Eu mesmo fiz o contrato!*". E daí em diante a notícia se espalha pela cidade. *A dança de Jim Beam* foi pro saco. Agora ninguém vai encostar a mão no filme porque o Blackford e o advogado dele são os proprietários de Henry Chinaski.

— Isso não é verdade, Jon. Eu não venderia esses direitos pra sempre por míseros dois mil dólares. Não faria o menor sentido.

— Mas está no contrato!

— Eu li o contrato antes de assinar. Não tinha nada parecido.

— Olhe a seção VI.

— Não dá pra acreditar.

— Eu telefonei para o tal advogado. É um cara durão. "Nós somos proprietários de Henry Chinaski", ele me disse. "Investi quinze mil do meu próprio dinheiro e era muita grana na época. *Ainda* é muita grana." Comecei a ficar alterado, comecei a gritar com ele. "Espera aí", ele disse, "não venha falar desse jeito comigo. Não venha falar desse jeito comigo." Não consegui chegar a lugar nenhum com ele. Não sei se ele quer muito dinheiro ou o que, mas agora *Jim Beam* foi pro saco, mais no saco do que qualquer outra coisa por aí. Está morto.

— Jon, eu te ligo de volta.

Procurei o contrato e verifiquei a seção VI. Eu não conseguia enxergar nenhuma venda implícita ou direta dos direitos do personagem ali. Li a seção VI diversas vezes, mas não consegui enxergar.

Telefonei para Jon.

— Não tem nada na seção VI que fale qualquer coisa sobre abrir mão do personagem pra sempre. Que porra de loucura é essa? Todo mundo enlouqueceu agora?

— Não, mas é isso que significa.

— O que significa?

— A seção VI.

— Você está com o contrato aí, Jon?

— Estou.

— Você vai ler pra mim a parte que afirma que esse cara é proprietário de Henry Chinaski.

— Bem, infere.

— Isso é *insano*! Eu não vejo nenhuma *inferência*!

— Se a gente tiver que ir pro tribunal, vai levar três, quatro, cinco anos... E enquanto isso, *Jim Beam* vai estar no saco. Ninguém vai mexer com ele!

— *Todo mundo nessa cidade está com medo? Não tem nada na seção vi que afirme nada nem vagamente sobre vender o personagem Chinaski pra essa gente*!

— Você cedeu os direitos de Henry Chinaski pra sempre — disse Jon.

Ele estava louco também. Desliguei.

Achei o número do telefone de Hector Blackford. Estava na lista telefônica do mesmo jeito que sempre estivera. Eu conhecia Hector desde que ele tinha saído da escola de cinema da USC. Um dos primeiros filmes dele foi um documentário sobre mim. Passou na PBS uma vez. Na manhã seguinte, cinquenta pessoas ligaram e cancelaram a assinatura.

Hector e eu tínhamos bebido juntos algumas vezes. Ele tinha demonstrado interesse em fazer o *Encarregado de encomendas* e até me entregara um roteiro, mas estava tão malfeito que eu disse para ele esquecer. Nesse meio-tempo, ele seguiu seu caminho e eu segui o meu. E *ele* ficou rico e famoso, dirigindo diversos grandes sucessos. Mexi no poema e deixei o *Encarregado de encomendas* pra lá.

O telefone tocou e lá estava ele.

— Hector, é o Hank...

— Ah, oi, Hank. Como você tá?

— Nada bem.

— O que foi?

— É sobre *Jím Beam*. Tem um cara rodando a cidade dizendo que você e ele são proprietários de Henry Chinaski. Você o conhece.

— Fletcher Jaystone?

— É. Agora, Hector, você sabe que eu não venderia meu rabo e minha alma por míseros dois mil dólares.

— Fletcher disse que você vendeu...

— Não está na seção VI.

— Ele disse que tá.

— Você leu?

— Li.

— E tá?

— Não sei.

— Escuta, querido, você não vai me foder por causa de algum palavreado vago que ninguém consegue entender, vai?

— O que você quer dizer?

— Quero dizer que a gente tem um filme em andamento e isso vai mandar ele pro saco pra sempre. Você não se lembra de todas aquelas noites em que a gente encheu a cara junto e tivemos umas boas conversas?

— Sim, foram noites boas.

— Então fala com o seu cara e tira ele da nossa cola. A gente só quer inspirar e expirar. Só isso.

— Hank, eu te ligo de volta.

* * *

Sentei junto do telefone e esperei. Esperei quinze minutos.

Tocou.

Era Hector.

— Tudo certo, o Jaystone vai ceder.

— Obrigado, cara, sei que você tem um bom coração. Os negócios ainda não acabaram com você.

— O Jaystone vai mandar um comunicado, agora mesmo.

— Ótimo! Ótimo! Hector, você é ótimo!

— E Hank...

— Oi?

— Ainda vou fazer um filme do *Encarregado de encomendas* um dia.

— Tudo bem, querido! Mande lembranças pra sua mulher!

— Lembranças para a Sarah — disse Hector.

Nove décimos desse tipo de ação são resolvidos por telefone; o outro décimo é a assinatura dos documentos.

Telefonei para o Jon.

— Hector está tirando o tal do Jaystone de jogo. Jaystone está mandando uma liberação.

— Ótimo! Ótimo! Agora podemos seguir! O Hector era seu chapa, não era?

— Bem, acho que ele provou isso.

— Assim que recebermos a liberação, vou atrás do nosso novo produtor mais uma vez... Aliás, em vez de esperar pelo correio, por que simplesmente não passo no escritório do Jaystone e pego a liberação?

— Claro, liga pra ele e combina tudo.

— Bem, voltamos pro ramo do cinema — disse Jon.

— Claro. E se a gente fosse almoçar no Musso's?

— Quando?

— Amanhã. Uma e meia.

— Nos vemos lá — disse Jon.

— Até — respondi.

27

Então lá estava eu de bobeira escrevendo poemas à máquina e os mandando para as pequenas revistas. Por alguma razão, o conto não estava saindo na máquina de escrever e eu não gostava disso, mas não tinha como forçar, então lá estava eu brincando com o poema. Foi minha libertação e meu banquete. Talvez o conto viesse de novo algum dia. Eu com certeza esperava que viesse. Os cavalos corriam, o vinho ainda jorrava e Sarah fazia um belo trabalho no jardim.

Não tive notícias de Jon por cerca de uma semana, então certa noite o telefone tocou.

— Sabe aquele novo produtor para quem conseguimos a liberação do Blackford?

— Sei, ele está pronto pra rodar?

— Ele desistiu. Diz que não quer fazer o filme.

— Por quê?

— Disse que, enquanto esperava os documentos de liberação, ofereceram a ele outra oportunidade, e ele prefere. Um roteiro sobre órfãos gêmeos que viram Campeões de Duplas no Mundial de Tênis.

— Parece ótimo. Queria ter pensado nisso.

— Mas também tenho boas notícias.

— Por exemplo?

— A Firepower decidiu seguir em frente com o filme.

— Quê? Por quê?

— Acho que ficaram com medo de outra pessoa fazer. Devem estar farejando dinheiro. Afinal, o orçamento é reduzido até o osso. Todo mundo aceitou um corte. E isso foi trabalho deles, obra deles. Acho que eles não queriam que ninguém mais se beneficiasse disso. Harry Friedman me telefonou. "Quero aquele maldito daquele filme", ele disse. "Tá certo", falei, "é seu." "E se esse filme não render dinheiro, eu mesmo vou cortar pessoalmente *todos* os seus dedos!"

— Então, está de pé de novo...?

— Está de pé de novo.

Aí, três ou quatro noites depois, o telefone tocou. Era Jon.

— Tudo bem se eu der um pulo aí? A gente precisa conversar sobre um negócio.

— Claro, Jon...

Trinta minutos depois, ele estava na porta. A garrafa e os copos esperavam na mesa de centro.

— Entra, Jon...

— Cadê a Sarah?

— Aula de teatro.

— Ah...

Jon deu a volta e achou seu lugar favorito perto da lareira. Eu enchi o copo dele.

— Tá bom, me fala.

— Bom, tá tudo pronto pra começar a filmar, o cronograma está feito. Aí a Francine Bowers, ela tá em Boston, ficou doente.

Parece que vai ter uma operação. Ela só vai estar pronta daqui a duas semanas...

— E o que aconteceu?

— A gente filma aquilo em que ela não aparece. A gente filma o Jack Bledsoe, tudo mais. A gente filma ela por último. Deixamos tudo pronto pra filmar a primeira cena com o Jack e ele se recusou!

— Por quê?

— Está exigindo um Rolls-Royce conversível para levá-lo ao set antes de interpretar qualquer coisa.

— Mas como é que ele pode fazer isso, porra?

— Está no contrato dele. Achamos um. Não serve. Cor errada. Filmamos umas cenas sem o Jack ou a Francine. Aí achamos o Rolls-Royce conversível da cor certa e o Jack está de volta e estamos prontos pra trabalhar.

Volto a servir as bebidas.

— Ele quer você lá, assistindo — disse Jon.

— O quê? Ele por acaso não sabe que eu tenho que ir pro hipódromo?

— Ele diz que não é todo dia que tem páreo.

— Isso é verdade.

— Escuta, Hank, ele quer que você escreva uma cena só pra ele.

— Ah, é?

— Ele quer fazer uma cena na frente de um espelho, quer dizer alguma coisa na frente de um espelho. Talvez um poema...

— Isso pode mandar tudo pro saco, Jon.

— Esses atores podem ser bem difíceis. Se ficam insatisfeitos no começo, podem matar o filme todo.

Lá vou eu, pensei, vendendo meu rabo rio abaixo...

— Tá certo — falei —, vou escrever um poema pro espelho.

— E também, a Francine quer uma cena em que ela possa mostrar as pernas. Ela tem umas pernas lindas, sabe.

— Tá certo, vou incluir uma cena pra perna...

— Obrigado. Sabe, tem outro pagamento chegando pra você. Era pra você recebê-lo quando a filmagem começou, mas a Firepower adiou o pagamento de todo mundo. Mas a gente vai receber e quando isso acontecer, você vai ter o seu dinheiro.

— Tudo bem, Jon.

— Queria que você fosse lá ver o bar e o hotel onde a gente tá filmando. A gente tá usando moscas de bar de verdade, sabe. Eles moram naquele hotel. Você vai gostar deles.

— A gente vai lá na segunda...

— Eu tive uns outros probleminhas com o Jack...

— Como?

— Ele queria pegar uma cor, usar um chapeuzinho de feltro e um rabo de cavalo...

— Não dá pra acreditar...

— É verdade. Levei horas para dissuadi-lo. E olha só o que ele queria usar no filme!

Jon enfiou a mão na pasta e tirou um par de óculos escuros. Ele os colocou. Eram enormes. E a armação tinha palmeiras de plástico verde.

— Esse cara é maluco? — perguntei. — Não tem um único homem no estado da Califórnia que usaria esse negócio.

— Eu falei isso pra ele. O cara insistiu que deixassem ele usar os óculos *em alguma parte* do filme, nem que fosse por um instante. "*Ou então*", ele gritou comigo, "*você vai quebrar as minhas pernas*!"

— Bem — falei —, não quero quebrar as pernas dele. Vou pensar numa cena em algum lugar em que ele possa colocar esses óculos.

— Você me entrega tudo assim que escrever?

— Vou fazer isso hoje à noite.

Servi outra rodada de bebidas.

— Como é que vai o François?

— Sabe aqueles sessenta mil que ele perdeu treinando naquela roleta?

— Sei.

— Bem, ele deu um jeito de sair daquele buraco. Agora está com seis mil de vantagem e bem mais feliz.

— Bom.

Três coisas de que um homem precisava: acreditar, treinar e ter sorte.

28

A filmagem estava para começar em Culver City. O bar estava lá, assim como o hotel com o meu quarto. A parte seguinte das filmagens ia acontecer na região da Alvarado Street, onde ficava o apartamento da protagonista feminina.

Depois, havia um bar que seria usado perto da 6th Street com a Vermont. Mas as primeiras tomadas seriam em Culver City.

Jon nos levou para ver o hotel. Parecia autêntico. As moscas de bar moravam lá. O bar ficava no andar de baixo. Paramos lá e demos uma olhada nele.

— Gostou? — perguntou Jon.

— É ótimo. Mas já morei em lugares piores.

— Eu sei — disse Sarah —, eu já vi.

Então subimos para o quarto

— Aqui está. Parece familiar?

As paredes eram cinza, como muitos desses lugares. Persianas quebradas. Mesa e cadeira. Geladeira com uma bela crosta de sujeira. E cama pobre e bamba.

— Está perfeito, Jon. É *o* quarto.

Fiquei meio triste por não ser jovem e estar fazendo tudo de novo, bebendo, brigando e brincando com as palavras. Quando você é jovem, aguenta levar uma sova de verdade. Comida não importava. O que importava era beber e sentar à máquina. Eu devia estar louco, mas tem muitos tipos de loucura e alguns são bastante prazerosos. Passei fome pra ter tempo de escrever. Simplesmente não se faz mais isso. Olhando para aquela mesa eu me via sentado ali de novo. Eu estava louco e sabia e não ligava.

— Vamos descer e dar uma olhada no bar de novo...

Descemos. As moscas de bar que iam estar no filme ficavam sentadas lá. Estavam bebendo.

— Vem, Sarah, vamos pegar uma banqueta. Até mais, Jon...

O barman nos apresentou às moscas de bar. Tinha o Monstrão e o Monstrinho, O Cagão, Bufa, Cabeça de Cachorro, Madame Lila, Passa-a-mão, Clara e outros.

Sarah perguntou o que O Cagão estava bebendo.

— Parece bom — disse ela.

— É um Cape Cod, suco de cranberry com vodca — respondeu ele.

— Vou querer um Cape Cod — disse Sarah ao barman, Cowboy Cal.

— Um vodca 7 — pedi para Cowboy.

Tomamos algumas. O Monstrão me contou uma história sobre como todos eles tinham se metido numa briga com os policiais. Bem interessante. E eu sabia, pelo modo como ele contou, que era verdade.

Depois, houve a chamada de almoço para os atores e a equipe. As moscas de bar simplesmente continuaram lá.

— É melhor a gente ir comer — disse Sarah.

Saímos pelos fundos, para leste do hotel. Um banco comprido tinha sido montado. Os figurantes, os ajudantes, os técnicos e assim por diante já estavam comendo. A comida parecia boa. Jon nos encontrou. Pegamos nossas porções no trailer e seguimos

Jon até a ponta da mesa. Enquanto caminhávamos, ele parou. Havia um homem comendo sozinho. Jon nos apresentou.

— Esse aqui é Lance Edwards...

Edwards deu um leve aceno de cabeça e voltou para seu bife.

Nós nos sentamos na ponta da mesa. Edwards era um dos coprodutores.

— Esse Edwards é um escroto — falei.

— Ah — disse Jon —, ele é muito acanhado. É um dos caras de quem Friedman estava tentando se livrar.

— Talvez Friedman estivesse certo.

— Hank — disse Sarah —, você nem conhece o cara.

Eu estava concentrado na minha cerveja.

— Come a sua comida — sugeriu Sarah.

Sarah acrescentaria dez anos à minha vida, para o bem ou para o mal.

— Vamos filmar uma cena com o Jack no quarto. Você devia ir assistir.

— Depois que a gente terminar de comer, vamos voltar pro bar. Quando estiver pronto para filmar, peça para alguém ir nos chamar.

— Tá certo — disse Jon.

Depois que comemos, demos a volta para o outro lado do hotel, dando uma olhada. Jon estava com a gente. Havia vários trailers estacionados ao longo da rua. Vimos o Rolls-Royce de Jack. E ao lado havia um grande trailer prateado. Havia um letreiro na porta: JACK BLEDSOE.

— Olha — disse Jon —, ele tem um periscópio que sai do telhado pra ver quem está chegando...

— Nossa...

— Escuta, eu tenho que ir aprontar as coisas.

— Tá certo... Até mais...

Uma coisa engraçada no Jon. Seu sotaque francês estava sumindo, já que ele só falava inglês aqui nos Estados Unidos. Era um pouco triste.

Então a porta do trailer de Jack se abriu. Era Jack.

— Ei, entrem!

Subimos os degraus. Havia uma tevê ligada. Uma moça estava deitada num beliche assistindo à tevê.

— Esta é a Cleo. Comprei uma moto pra ela. A gente anda juntos.

Tinha um sujeito sentado na ponta.

— Este é meu irmão, Doug...

Segui para onde Doug estava, dei uns golpes de boxe na frente dele. Ele não disse nada. Só ficou olhando. Dos tranquilos. Muito bem. Eu gostava dos tranquilos.

— Tem alguma coisa pra beber? — perguntei para Jack.

— Claro...

Jack achou um uísque, me serviu um uísque e água.

— Obrigado...

— Quer um pouco? — perguntou ele a Sarah.

— Obrigada — disse ela —, não gosto de misturar.

— Ela está nos Cape Cods — falei.

— Ah...

Sarah e eu nos sentamos. O uísque estava bom.

— Gostei desse lugar — falei.

— Fiquem o tempo que quiserem — disse Jack.

— Talvez a gente fique pra sempre...

Jack abriu seu famoso sorriso.

— Seu irmão não fala muito, não é?

— Não, não fala.

— Dos tranquilos.

— É.

— Bem, Jack, você já decorou as suas falas?

— Eu nunca olho as minhas falas até pouco antes da filmagem.

— Ótimo. Bem, escuta, a gente tem que ir.

— Eu sei que você vai se sair bem, Jack — disse Sarah —, estamos felizes por você estar com o papel principal.

— Obrigado...

De volta ao boteco, as moscas de bar ainda estavam lá e ainda não pareciam mais bêbados. Demorava para chumbar um profissional.

Sarah tomou outro Cape Cod. Voltei para o vodca 7.

Bebemos e houve mais histórias. Até contei uma. Talvez tenha passado uma hora. Então eu ergui o olhar e lá estava Jack parado olhando por sobre as portas de vaivém da entrada. Só dava para ver a cabeça dele.

— Ei, Jack — gritei —, entra e toma uma bebida!

— Não, Hank, a gente vai filmar agora. Por que você não sobe e assiste?

— Já estou indo, querido...

Pedimos mais duas bebidas. Estávamos tomando quando Jon entrou.

— Vamos filmar agora — disse.

— Tá certo — respondeu Sarah.

— Tá certo — falei.

Terminamos nossas bebidas e peguei umas garrafas de cerveja para levar com a gente.

Subimos as escadas atrás de Jon e entramos no quarto. Fios para todos os lados. Os técnicos estavam para lá e para cá.

— Aposto que eles poderiam fazer um filme com mais ou menos um terço da porra dessa gente.

— É isso que o Friedman diz.

— O Friedman às vezes está certo.

— Tá certo — disse Jon —, estamos quase prontos. Demos algumas ensaiadas antes. Agora vamos rodar. Você — falou ele para mim —, fique nesse canto. Dá para assistir daqui e sem entrar na cena.

Sarah foi para lá comigo.

— *Silêncio!* — gritou o assistente de direção de Jon. — *Estamos prontos pra rodar!*

Ficou tudo muito quieto.

Então, Jon:

— *Câmera! Ação!*

A porta do quarto se abriu e Jack Bledsoe entrou. Merda, era o jovem Chinaski! Era eu! Senti uma dor terna dentro de mim. Juventude, sua filha da puta, onde é que você foi parar?

Eu queria voltar a ser o jovem bêbado. Eu queria ser Jack Bledsoe. Mas eu era só o velho no canto, mamando uma cerveja.

Bledsoe foi em zigue-zague até a janela perto da mesa. Ergueu a persiana esfarrapada. Deu uns golpes de boxe contra o nada, um sorriso no rosto. Então se sentou à mesa, achou um lápis e um pedaço de papel. Ficou sentado um tempo, depois tirou a rolha de uma garrafa de vinho, deu um gole, acendeu um cigarro. Ele ligou o rádio e deu sorte de estar tocando Mozart.

Começou a escrever naquela folha de papel com o lápis enquanto a cena esmaecia...

Ele sabia. Sabia o que estava fazendo, quer significasse alguma coisa ou não, ele sabia o que estava fazendo.

Fui até Jack e apertei sua mão.

— Consegui? — perguntou ele.

— Conseguiu — falei...

* * *

No bar, as moscas de bar ainda mandavam ver e pareciam estar do mesmo jeito.

Sarah voltou para seus Cape Cods e eu segui pelo caminho do vodca 7. Ouvimos mais histórias muito, muito boas. Mas havia uma tristeza no ar porque depois que o filme fosse rodado, o bar e o hotel seriam demolidos para algum fim comercial. Alguns dos assíduos moravam no hotel havia décadas. Outros moravam em uma estação de trem abandonada próxima e medidas estavam sendo tomadas para removê-los de lá. Então era uma bebedeira pesada e cheia de tristeza.

Por fim Sarah disse:

— A gente tem que ir pra casa dar comida pros gatos.

A bebida podia esperar.

Hollywood podia esperar.

Os gatos não podiam esperar.

Eu estava de acordo.

Nos despedimos das moscas de bar e fomos para o carro. Eu não estava preocupado com a direção. Alguma coisa sobre ver o jovem Chinaski naquele velho quarto de hotel tinha me deixado sóbrio. Filho da puta. Eu tinha sido um puta touro quando jovem. Um fodido de primeira.

Sarah estava preocupada com o futuro das moscas de bar. Também não me agradava. Por outro lado, não conseguia imaginar aquele pessoal sentado na nossa sala, bebendo e contando suas histórias. Às vezes o charme diminui quando chega perto demais da realidade. E quantos irmãos dá para ter?

Segui dirigindo. Chegamos.

Os gatos estavam esperando.

Sarah se abaixou e limpou as tigelas e eu abri as latas.

Simplicidade, era disso que precisávamos.

Subimos, tomamos banho, trocamos de roupa, ficamos prontos para dormir.

— O que essa pobre dessa gente vai fazer? — perguntou Sara.

— Eu sei. Eu sei...

Então era hora de dormir. Fui dar uma última olhada lá em baixo, voltei a subir. Sara estava dormindo. Apaguei a luz. Dormimos. Depois de ver o filme sendo feito naquela tarde, agora estávamos de algum modo diferentes, nunca pensaríamos ou falaríamos exatamente do mesmo jeito. Agora sabíamos algo além, mas o que isso era parecia vago demais e talvez até um pouco desagradável.

29

Jon Pinchot tinha se livrado do gueto. Em seu contrato, constava que lhe forneceriam um apartamento a ser pago pela Firepower. Jon encontrou um apartamento perto do edifício da Firepower. Todas as noites, da cama, Jon podia ver o letreiro luminoso aceso no alto do prédio, Firepower, que lançava luz através de sua janela e no seu rosto enquanto ele dormia.

François Racine continuou no gueto. Ele começou uma horta, cultivando vegetais. Ele mexia com a roleta, cuidava da horta e alimentava as galinhas. Era um dos homens mais estranhos que já conheci.

— Não posso largar as minhas galinhas — disse ele. — Vou morrer nesta terra estranha aqui com as minhas galinhas, aqui entre os negros.

Eu ia para o hipódromo nos dias em que os cavalos corriam, e o filme continuava sendo rodado.

O telefone tocava todos os dias. Gente querendo entrevistar o roteirista. Eu nunca tinha me dado conta de que havia tantas revistas de cinema ou revistas interessadas em cinema. Era uma loucura: aquele grande interesse por um meio que, implacável e consistentemente, falhava, vez após outra, em produzir o que quer que fosse. As pessoas tinham ficado tão acostumadas a ver merda no cinema que não percebiam mais que *era* merda.

O hipódromo era outro desperdício de vida e esforço humanos. As pessoas chegavam aos guichês com seu dinheiro, que trocavam por pedaços de papel numerados. Quase todos os números não prestavam. Além do mais, o hipódromo e o Estado retinham dezoito por cento sobre cada dólar, que dividiam grosseiramente. Os maiores idiotas iam para a porra do cinema e do hipódromo. Eu era a porra de um idiota que ia ao hipódromo. Mas eu me saía melhor que a maioria porque depois de décadas indo ao hipódromo eu tinha aprendido um ou outro truquezinho. Para mim era um hobby e eu nunca pirava com meu dinheiro. Uma vez que se foi pobre por muito tempo, você adquire certo respeito pelo dinheiro. Você nunca mais quer ficar sem absolutamente nenhum. Isso serve para santos e tolos. Um dos meus êxitos na vida foi que, apesar de todas as loucuras que fiz, eu era perfeitamente normal: eu escolhia fazer essas coisas, elas não me escolhiam.

De qualquer modo, uma noite o telefone tocou. Era Jon Pinchot.

— Não sei o que fazer — disse ele.

— O Friedman cancelou o filme de novo?

— Não, não é isso... Eu não sei como esse cara conseguiu meu telefone...

— Que cara?

— Ele acabou de me ligar...

— O que ele falou?

— Ele disse: *"Seu filho da puta, você matou o meu irmão! Você matou o meu irmão! Agora eu tô indo te matar! Tô indo te matar hoje à noite!"*.

— Nossa...

— Ele tava soluçando, parecia fora de si, parecia bem real. Talvez seja. Nessa cidade, nunca se sabe...

— Você ligou pra polícia?

— Liguei.

— O que eles falaram?

— Disseram: "Liga pra gente quando ele chegar aí".

— Você pode ficar aqui...

— Não, obrigado, tá tudo certo... mas tenho certeza de que não vou dormir bem esta noite...

— Você tem uma arma?

— Não, amanhã vou arranjar uma, mas aí pode ser tarde demais.

— Vai pra um hotel...

— Não, ele pode estar de olho...

— O que eu posso fazer?

— Nada. Eu só queria que você soubesse e te agradecesse por escrever o roteiro.

— Tá tudo certo.

— Boa noite, Hank...

— Boa noite, Jon...

Ele desligou.

Eu sabia como ele se sentia. Uma vez um cara me ligou e disse que ia me matar porque eu tinha comido a mulher dele. Ele me chamou pelo meu sobrenome e disse que estava indo. Nunca chegou. Deve ter morrido em um acidente de trânsito.

Resolvi telefonar para François Racine para ver como ele andava.

Caiu na secretária eletrônica.

— *Não fale comigo, fale com esta máquina. Eu não quero falar. Fale com esta máquina. Eu não estou em lugar nenhum e você também não está em lugar nenhum. Fale com a máquina.*

O bipe soou.

— François, seu babaca...

— Ah, é você, Hank...

— É, querido...

— Aconteceu um incêndio... um incêndio... *incêndio...*

— O quê?

— Sim, começa quando eu compro uma tevê em preto e branco barata... Deixo ligada enquanto fui a algum lugar... Quero enganar eles... Fazer eles pensarem que tem alguém... Acho que enquanto eu estava fora a tevê pegou fogo ou explodiu... Quando volto de carro vejo toda aquela fumaça... O corpo de bombeiros não vem aqui... Este quarteirão inteiro pode estar em chamas e eles não vêm... Eu atravesso a fumaça... Tem chamas... Os negros estão lá dentro... Os assassinos e os ladrões... Estão com baldes de água correndo de um lado pro outro apagando o fogo... Eu sento e fico assistindo... Pego uma garrafa de vinho, abro, bebo... Os negros estão correndo pra todo lado... Logo o fogo se apaga... Tem brasas e muita fumaça. Tossimos. "Desculpa, cara", um dos negros diz. "A gente chegou tarde. A gente tava tendo uma reunião de gangues... alguém sentiu cheiro de fumaça..." "Obrigado", falei. Um deles tinha estava com uma garrafinha de gim, nós dividimos, então eles vão embora...

— Sinto muito, François... Nossa, não sei o que dizer... Ainda dá para morar lá?

— Tô sentado no meio da fumaça, tô sentado no meio da fumaça... Parece uma neblina, uma neblina... Então meu cabelo tá branco, sou um velho, tô sentado no meio da neblina... Tem neblina pra todo lado e meu cabelo tá branco...Eu sou um velho, tô sentado no meio da neblina... agora eu sou um garoto, tô sentado na neblina... eu escuto a voz da minha mãe... Ah, não! Ela tá gemendo! Tem alguém *fodendo* ela! Tem alguém terrível *fodendo* ela! Eu tenho que voltar pra França, tenho que ajudar a minha mãe, tenho que ajudar a França!

— François, você pode ficar aqui em casa... ou tenho certeza de que Jon tem espaço... Não é tão ruim quanto você pensa... Todas as nuvens de chuva passam...

— Não, não, às vezes tem uma nuvem de chuva que não passa nunca. Fica pra sempre!

— Bem, isso é a morte.

— Cada dia na vida é a morte! Vou voltar para a França! Voltar a atuar!

— François, mas e as galinhas? Você ama as galinhas, lembra?

— Que se fodam as galinhas! Os negros que fiquem com as galinhas! Que a carne negra e a carne branca se encarnem!

— Que as carnes se encarnem? — perguntei.

— Tô no meio da neblina. Teve um incêndio. Um incêndio. Sou um velho, meu cabelo está branco. Tô no meio da neblina... estou indo agora...

Francisco desligou.

Tentei ligar para ele de novo. Tudo o que consegui foi:

— *Não fale comigo, fale com esta máquina...*

Eu esperava que ele tivesse uma ou duas garrafas de um bom vinho tinto para conseguir passar a noite porque parecia que se tinha um homem precisava disso era o meu amigo François. A não ser que fosse o meu amigo, Jon. A não ser que fosse eu. Abri uma.

— Quer uma ou duas tacinhas? — perguntei a Sarah.

— Com certeza — respondeu ela. — Qual é a novidade?

Eu contei a ela.

30

O homem não foi matar Jon na primeira noite. Na segunda noite, Jon estava com uma arma e esperou. O homem não foi. Às vezes eles vão, às vezes não vão.

Enquanto isso, Francine Bowers tinha se recuperado de sua cirurgia.

— Cinquenta dólares por diária, mais hospedagem e alimentação, é tudo que posso oferecer a ela — disse Friedman a Jon.

Também houve alguma discussão sobre pagar o voo dela para a Califórnia, mas a Firepower por fim concordou.

Era para eu ter recebido um pagamento no primeiro dia de filmagem e Jon também, mas nenhum tinha sido feito. A Firepower pagaria Jon e então Jon me pagaria. Nenhum tinha acontecido. Eu não fazia ideia se as outras pessoas da equipe estavam sendo pagas.

Talvez tenha sido por isso que decidi ir à Festa do Distribuidor. Eu poderia perguntar a Friedman onde é que estava o meu dinheiro.

A festa foi numa sexta-feira à noite no Lemon Duck, um lugar amplo e escuro com um bar grande e muitas mesas.

Quando Sarah e eu chegamos, a maioria das mesas estava cheia. Aquelas pessoas eram distribuidores do mundo todo. Pareciam calmos e quase entediados. Estavam comendo ou pedindo seus pratos, sem muita conversa, sem muita bebida. Achamos uma mesa no canto.

Jon Pinchot entrou e nos viu na mesma hora. Ele veio até a mesa, sorrindo.

— Mas que surpresa encontrar vocês aqui. As festas dos distribuidores são horríveis... Aliás, estou com uma coisa aqui...

Ele estava com o roteiro ali na sua capa azul e o abriu.

— Agora, esta cena aqui, a gente precisa cortar um minuto e meio dela. Pode fazer isso?

— Claro. Mas escuta, você pode buscar uma bebida pra Sarah e pra mim?

— Claro...

— O Jon tem razão — disse Sarah —, essa festa não parece muito animada.

— Talvez a gente possa ajudar nisso — falei.

— Hank, a gente não precisa ser sempre os últimos a ir embora de uma festa.

— Mas de um jeito ou de outro, a gente é...

Comecei a riscar linhas. O meu pessoal falava demais. Todo mundo falava demais.

Jon voltou com as bebidas.

— Como está indo?

— O meu pessoal fala demais...

— E bebe demais...

— Não, não dá para eles beberem demais. Nunca tem o bastante...

Então houve aplausos.

— É o Friedman — comentou Sarah.

Lá vinha ele em um terno velho, sem gravata, com o botão de cima da camisa amassada faltando. Friedman tinha em mente outras coisas além de como se vestia. Mas estava com um sorriso fascinante e seus olhos encaravam direto as pessoas como se estivessem passando um raio X. Ele tinha vindo do inferno e ainda estava no inferno e colocaria você também no inferno se desse a menor chance disso a ele. Ia de mesa em mesa, soltando frases curtas e precisas.

Então ele veio até a nossa mesa. Fez algum comentário sobre como Sarah estava bonita.

— Olha — apontei para o roteiro na mesa —, esse filho da puta desse Pinchot está me fazendo *trabalhar* na festa!

— *Que bom*! — exclamou Friedman, então se virou e seguiu para outra mesa.

Terminei de fazer os cortes e entreguei o roteiro para Jon. Ele leu.

— Está bom — disse ele —, nada importante ficou de fora e acho que flui tão bem quanto antes.

— Talvez melhor.

Depois houve mais aplausos. Francine Bowers fazia sua entrada. Ela não era tão velha, mas era das antigas. Ficava muito ereta (ereta como a realeza), virando a cabeça lentamente para a direita e depois para a esquerda, sorrindo, depois não sorrindo, depois sorrindo de novo. Ela hesitou e ficou lá parada. Ficou parada como uma estátua por dez segundos, depois seguiu graciosamente para o salão. Isso lhe rendeu mais aplausos. Alguns flashes pipocaram. Então ela relaxou. Parou em algumas das mesas para uma ou duas palavras, depois seguiu em frente.

Porra, pensei, mas e o roteirista? O roteirista era o sangue, os ossos e os miolos (ou a falta deles) naquelas criaturas. O roteirista fazia o coração delas baterem, dava a elas palavras para falarem, as fazia viver ou morrer, o que quer que ele quisesse. E onde é que estava o roteirista? Quem já fotografou o roteirista? Quem aplaudiu? Mas ainda bem e sem porra de dúvida, ainda bem, o roteirista estava onde ele pertencia: em algum canto escuro, observando.

Então, pasmem! Francine Bowers se aproximou da nossa mesa. Ela sorriu para Sarah e Jon, depois falou comigo:

— Já escreveu aquela cena da perna pra mim?

— Francine, está aí. Você vai poder mostrá-las.

— Você vai ver. Eu tenho umas pernas ótimas!

— E como eu espero que sim.

Ela se inclinou sobre a mesa na minha direção, abriu seu sorriso lindo, seus olhos brilharam em cima daquelas famosas maçãs do rosto salientes.

— Não se preocupa.

Então ela se ergueu e foi para outra mesa.

— Tenho que falar uma coisa com o Friedman — disse Jon.

— Tá — falei —, pergunta pra ele sobre o dia de pagamento.

Sarah e eu continuamos sentados estudando o grupo. Sarah era boa em festas. Apontava pessoas para mim, me falava sobre elas. Eu via coisas que nunca teria notado. Eu considerava a maior parte da humanidade de um nível muito baixo e preferia nem mesmo tomar conhecimento dela. Então Sarah as tornava um pouco mais interessantes, o que eu estimava.

A noite ia avançando e, como sempre, Sarah e eu não pedimos comida. Comer dava um trabalhão e, depois de duas ou três bebidas, a comida ficava sem gosto. Por mais estranho que fosse, conforme o vinho ia ficando mais quente, parecia ficar melhor. Então, do nada, Jon Pinchot apareceu.

— Olha — ele apontou para uma mesa —, um dos advogados do Friedman está lá.

— Ótimo — falei —, estou indo lá. Por favor, venha também, Sarah...

Nós fomos até lá e nos sentamos. O advogado estava bem chumbado. Ao lado dele estava uma mulher muito alta e loira. Ela parecia muito ereta e rígida, como se estivesse congelada. Tinha um pescoço longo e seu pescoço se esticava e esticava, rijo. Doía de olhar para ela. Parecia mesmo congelada.

O advogado nos conhecia.

— Ah, Chinaski — disse ele — e Sarah...

— Olá — cumprimentou Sarah.

— Olá — falei.

— Esta é minha esposa, Helga...

Dissemos olá para Helga. Ela não respondeu. Estava congelada, sentada muito ereta na cadeira.

O advogado acenou pedindo mais bebida. Duas garrafas apareceram. As coisas pareciam boas. O advogado, Tommy Henderson, serviu as taças.

— Aposto que você não gosta de advogados — disse ele.

— Não como categoria, não.

— Bem, eu sou um advogado razoável, não sou um vigarista. Acha que só porque estou trabalhando pro Friedman quero ferrar todo mundo?

— Acho.

— Bem, não quero...

Tommy virou sua taça de vinho, serviu mais. Virei a minha.

— Calma, Hank — disse Sarah —, a gente vai voltar dirigindo.

— Se ficar muito mal, a gente volta de táxi. O advogado paga.

— Tá certo, eu pago...

— Bem, sendo assim... — Sarah virou sua taça na mesma hora.

A mulher alta e congelada ainda estava congelada. Mas sobretudo doía olhar para ela. Seu pescoço era tão comprido e estava tão esticado que as veias saltavam — longas e firmes veias doloridas. Era mesmo horrível.

— Minha esposa — disse o advogado — parou de beber.

— Ah, entendi... — falei.

— Que bom pra você — comentou Sarah —, é preciso coragem, especialmente com pessoas bebendo em volta.

— Eu não conseguiria fazer isso a pior coisa do mundo é ficar sóbrio junto da porra de um bando de bêbados idiotas.

— Eu acordei sozinha e pelada uma vez às cinco da manhã nas areias de Malibu. Aí para mim deu.

— Que bom pra você — falei —, tem que ter coragem pra cortar.

— Não deixe ninguém te convencer do contrário — disse Sarah.

O advogado, Tommy Henderson, serviu mais vinho para ele, para Sarah e para mim.

— O Chinaski não gosta de mim — contou ele à esposa, Helga. — Acha que eu sou um vigarista.

— Eu não o culpo — respondeu Helga.

— Ah, é? Ah, é? — disse o advogado. Ele virou quase a taça toda, então olhou para mim. Ele me encarou bem. — Você acha que eu sou um vigarista?

— Bem — falei —, provavelmente...

— Você acha que não vamos te pagar?

— É a impressão que me dá...

— Bem, escuta aqui, eu li a maioria dos seus livros, o que é que você acha disso? Acho você um ótimo escritor. Acho que você é quase tão bom quanto o Updike.

— Obrigado.

— E, escuta só, hoje de manhã eu mandei todos os cheques. Você e o seu pessoal vão receber o pagamento. Vocês terão seu dinheiro na próxima leva do correio.

— É verdade — disse Helga —, eu vi ele colocando os cheques no correio.

— Ótimo — falei —, sabe, é o mínimo...

— Claro, é o mínimo. Queremos ser justos. Estávamos com um problema de fluxo de caixa. Agora está resolvido.

— Vai ser um bom filme — falei.

— Eu sei. Eu li o roteiro — disse Tommy. — Agora, está melhor com a coisa toda?

— Sem um pingo de dúvida.

— Você ainda acha que eu sou um vigarista?

— Bem, não, não dá pra achar que sim.

— Um brinde a isso! — sugeriu Tommy.

Ele encheu as taças. Erguemos um brinde. Ou melhor, Tommy, Sarah e eu erguemos.

— Por um mundo honesto — falei.

Nós batemos as taças e bebemos.

Reparei que as veias do pescoço de Helga estavam mais salientes do que nunca. Mesmo assim, continuamos bebendo.

Jogamos conversa fora. Muito sobre como Helga era corajosa.

Fomos os últimos a ir embora. Ou seja, Helga, Tommy, Sarah e eu. Os dois garçons que ainda estavam lá nos olharam muito feio quando saímos. Mas Sarah e eu estávamos acostumados com isso. E Tommy provavelmente também. Helga foi conosco em direção à saída, ainda rígida e sofrendo. Bem, ela não estaria de ressaca de manhã. Então, seria a nossa vez.

31

Fomos ao outro set na Alvarado Street na segunda-feira, uma semana depois. Estacionamos a alguns quarteirões e fomos andando. À medida que nos aproximamos, fomos vendo que havia alguma atividade em torno do Rolls-Royce de Jack Bledsoe.

— Estão tirando umas fotos — disse Sarah.

Lá estava Jack Bledsoe em pé no capô do Rolls-Royce e com ele em pé também havia dois de seus amigos motoqueiros. Os flashes pipocavam, os motoqueiros riam, Bledsoe sorria e todos andavam em cima do capô com suas botas pesadas, fazendo poses diferentes para mais fotos.

— Acho que não é muito bom pro capô — disse Sarah.

Então eu vi Jon Pinchot. Ele veio na nossa direção. Havia um sorriso cansado em seu rosto.

— Mas o que é que tá acontecendo aqui, Jon?

— A gente tem que manter as crianças felizes.

Então um dos motoqueiros soltou um grito. Todos pularam do capô. As fotos foram finalizadas. Eles foram embora dali, rindo e conversando.

— Olha esses amassados no capô — disse Jon.

— Pra todo lado. Eles não repararam?

— Eles não estão nem aí. Eles só vivem, não querem saber.

— Coitado daquele carro lindo — disse Sarah.

(Mais tarde, custaria seis mil dólares para consertar os amassados do capô e repintá-lo.)

— Você falou com o advogado na festa, não foi, Hank?

— Falei.

— O que ele disse?

— Ele disse que os cheques tinham sido colocados no correio.

— Isso é verdade. Eu os recebi e depositei na minha conta.

Jon abriu a carteira. Tirou-os. Eram dois. Carimbado na frente de cada um estava: *Fundos insuficientes*.

— Eles usam um banco da Holanda. Voador.

— Não dá pra acreditar nisso — falei.

— Por quê? — perguntou Sarah. — Por que a Firepower tá fazendo isso?

— Não sei. Eu confrontei Friedman hoje de manhã. Ele afirmou que os cheques tinham fundo, que o contador depositou dinheiro na conta bancária errada e que, assim que o dinheiro fosse transferido de volta, os cheques seriam compensados. Eu disse pra ele: "Eles são de um banco holandês. Banco nenhum vai encostar neles estando marcados e carimbados como estão. Você tem que preencher novos cheques para mim". Friedman disse: "Não, não posso fazer isso sozinho. Tenho que esperar meu contador resolver isso".

— Não dá pra acreditar — falei.

— Eu disse para o Friedman: "Tudo bem, vamos chamar seu contador aqui". E ele disse: "Meu contador está no leito de morte da mãe dele em Chicago. Ela está morrendo de câncer". Então se recostou na cadeira e olhou pela janela.

"'Sr. Friedman', eu disse pra ele, 'isso não está certo.'"

— E o que foi que esse monstro disse? — perguntou Sarah.

— Ele me olhou com aqueles olhos azuis inocentes e disse: “Não se esquece, querido, que mais ninguém nessa cidade queria esse filme. Eles cuspiram em cima dele. Riram dele. A gente aceitou fazer, não se esquece disso. Coopere com a gente, querido, e vai ficar em águas tranquilas”.

— E o que você fez?

— Sarah, Hank, por favor, venham comigo agora — disse Jon. — Estamos nos preparando pra filmar a cena da banheira. Lembram?

— Sim, claro. Você vai continuar sem receber?

Seguimos para o set.

— A cena da banheira vai ser boa. Eu gosto dela — comentou Jon.

— É — falei —, é legal.

Jon continuou sua história.

— De qualquer modo, depois de falar com o Friedman, dei a volta no quarteirão. Dei duas voltas no quarteirão olhando para aquele prédio verde da Firepower. Então, por fim, enchi o saco. Voltei pro escritório do Friedman... Desculpa, Hank, por favor, fica atrás de mim enquanto estiver sentado nessa cadeira...

— Hein?

Tinha um fotógrafo esperando de pé. Jon sentou-se em uma cadeira.

— Você está atrás de mim?

— Estou.

— Agora dê um belo sorriso falso.

Eu dei.

O flash disparou.

— De novo — instruiu Jon.

O flash voltou a disparar.

— Ótimo. Pronto.

Jon se levantou.

— Venha comigo. A gente tá gravando lá em cima...

Começamos a subir a escada.

— O Friedman e o Fischman tiraram uma foto igual a essa na semana passada, o Friedman na cadeira, o Fischman em pé atrás dele, os dois sorrindo. A foto saiu como anúncio de página inteira na *Variety*. E debaixo dela, as palavras A FIREPOWER VAI GANHAR!

— Ah, é?

— Espera. Vamos parar aqui. Deixa eu contar o resto antes de a gente entrar no set.

— Tá certo.

Ficamos parados no alto da escada. A filmagem aconteceria no final do corredor.

— Voltei ao escritório dele. Disse pro Friedman que tinha visto o anúncio dele na *Variety*. Disse que você e eu íamos botar um anúncio na semana que vem. Você e eu na mesma pose. E abaixo também teria uma foto dos dois cheques sem fundo com a legenda A FIREPOWER VAI GANHAR, MAS COMO?. Eu disse a ele que a não ser que a gente recebesse dois *cheques com fundo* em quarenta e oito horas, esse anúncio ia sair.

Havia um homem extremamente alto parado no fim do corredor. Era o assistente de direção de Jon, Marsh Edwards.

— Estamos prontos para rodar, Jon. Tá tudo pronto.

— Espera... estou indo num minuto...

— Talvez você possa contar pra gente mais tarde? — perguntou Sarah.

— Não, eu quero terminar. Então eu disse pro Friedman: "Mas, se recebermos os *cheques com fundo* dentro de quarenta e oito horas, ainda podemos publicar o anúncio na *Variety*, sem os cheques holandeses, e a legenda vai dizer: FIREPOWER, NÓS TE AJUDAMOS A GANHAR!".

— O que ele falou? — perguntei.

— Ele não disse nada por um tempo. Depois disse: "Ok, vocês vão receber seus cheques".

— Mas aquelas fotos que você acabou de tirar da gente têm uns belos de uns sorrisos falsos. A gente não teria que tirar umas melhores para um anúncio "firepower, nós te ajudamos a ganhar"?!

— Se recebermos os cheques — disse Jon —, vamos esquecer o anúncio. Um anúncio desses custaria dois mil dólares.

Com isso seguimos pelo corredor para filmar a cena da banheira.

32

A cena da banheira era uma das simples. Francine se sentaria dentro da banheira e Jack Bledsoe se sentaria de costas para ela, no chão, enquanto Francine estava na água conversando sobre várias coisas, principalmente sobre um assassino que morava no prédio dela, então em liberdade condicional. Ele tinha se juntado com uma velha e batia nela constantemente. Dava para ouvir o assassino e a mulher dele berrando e xingando através das paredes.

Jon Pinchot me pediu para escrever como pessoas xingando pelas paredes soavam e eu entreguei a ele várias páginas de diálogo. Basicamente, essa tinha sido a parte mais prazerosa de escrever o roteiro.

Muitas vezes, nessas pensões e apartamentos baratos, não tinha nada para fazer quando você estava falido, passando fome e com a última garrafa. Não tinha nada para fazer a não ser ouvir aquelas discussões selvagens. Isso fazia você perceber que não era o único que estava mais do que desiludido com o mundo, não era o único que seguia em direção à loucura.

Não conseguimos assistir à cena da banheira porque não havia espaço suficiente, então Sarah e eu esperamos na sala de estar do apartamento com a cozinha ao lado. Na verdade, há mais de trinta anos, eu morei brevemente naquele exato prédio na Alvarado Street com a mulher sobre a qual tinha escrito o roteiro. Estranho e arrepiante de fato. "Tudo que vai, volta." De um jeito ou de outro. E depois de trinta anos o lugar estava praticamente igual. Só que as pessoas que eu conhecia estavam todas mortas. E a mulher tinha morrido três décadas atrás e lá estava eu sentado bebendo uma cerveja naquele exato prédio, cheio de câmeras e som e uma equipe. Bem, eu também ia morrer, e não demoraria. Vire uma por mim.

Eles estavam cozinhando na pequena cozinha e a geladeira estava cheia de cerveja. Fiz algumas viagens até lá. Sarah encontrou pessoas para conversar. Ela tinha sorte. Sempre que alguém falava comigo, eu tinha vontade de me jogar de uma janela ou sair correndo. As pessoas simplesmente não eram interessantes. Talvez não fosse para elas serem. Mas os animais, os pássaros e até os insetos eram. Eu não conseguia entender.

Jon Pinchot ainda estava um dia adiantado no cronograma de filmagem e fiquei feliz pra caramba por isso. Isso mantinha a Firepower longe da nossa cola. Os caras importantes não apareciam. Eles tinham seus espiões, claro. Dava para saber quem eles eram.

Alguns membros da equipe estavam com livros meus. Pediram autógrafos. Os livros que eles tinham eram curiosos. Quer dizer, eu não os considerava os meus melhores. (O meu melhor livro é sempre o último que eu escrevi.) Alguns estavam com um livro das minhas primeiras histórias de sacanagem, *Batendo punheta para o diabo*. Alguns tinham livros de poemas, *Mozart na figueira* e *Você deixaria esse homem olhar sozinho sua filha de quatro anos?*. E também, *A latrina do bar é a minha capela*.

O dia foi fluindo, pacífico, mas indiferente.

Mas que cena de banheira, pensei. *A Francine deve estar absolutamente limpa agora.*

Então Jon Pinchot entrou praticamente correndo na sala. Ele parecia transtornado. Até o zíper estava fechado só até a metade. Estava descabelado. Seus olhos pareciam selvagens e exauridos ao mesmo tempo.

— Porra! — disse ele. — Aí está você!

— Como é que tá indo?

Ele se inclinou e cochichou no meu ouvido.

— Horrível, enlouquecedor! A Francine está com medo de que seus peitos apareçam acima da água! Fica perguntando "Meus peitos estão aparecendo?".

— E o que tem um peitinho?

Jon se aproximou.

— Ela não é tão nova quanto gostaria de ser... E Hyans odeia a iluminação... Não engole a iluminação e está bebendo mais do que nunca...

Hyans era o cinegrafista. Ele tinha ganhado quase todos os prêmios e troféus do ramo, era um dos melhores cinegrafistas vivos, mas como a maioria das boas almas, ele gostava de uma bebida de quando em quando.

Jon continuou, cochichando freneticamente:

— E o Jack, ele não consegue acertar essa fala. A gente tem que cortar toda vez. Tem alguma coisa nessa fala que deixa ele incomodado e ele fica com um sorriso bobo na cara quando diz.

— Qual é a fala?

— A fala é: "Ele deve masturbar o oficial de condicional dele quando aparece por aqui".

— Tá certo, tente: "Ele deve bater uma punheta pro oficial de condicional quando ele vem".

— Muito bom, obrigado! *Essa vai ser a décima nona tomada!*

— Nossa — falei.

— Me deseje sorte...

— Boa sorte...

Então Jon já tinha saído da sala. Sara se aproximou.

— Qual é o problema?

— Décima nona tomada. A Francine está com medo de os peitos aparecerem, o Jack não consegue dizer a fala dele e o Hyans não gosta da iluminação.

— A Francine precisa de uma bebida — disse ela —, vai deixar ela mais relaxada.

— O Hyans não precisa de uma bebida.

— Eu sei. E o Jack vai conseguir dizer a fala quando a Francine ficar menos dura.

— Pode ser.

Na mesma hora, Francine entrou na sala. Ela parecia totalmente perdida, completamente fora de si. Estava de roupão, com uma toalha na cabeça.

— Vou falar pra ela — disse Sarah.

Ela foi até Francine e falou baixinho. Francine ouviu. Acenou brevemente com a cabeça, depois entrou no quarto à esquerda. Num instante, Sarah saiu da cozinha com uma xícara de café. Bem, tinha uísque, vodca, bourbon e gim naquela cozinha. A Sarah tinha misturado alguma coisa. A porta se abriu, se fechou e a xícara de café sumiu.

Sara veio até mim.

— Ela vai ficar bem agora.

Dois ou três minutos se passaram, então a porta do quarto se escancarou. Francine saiu, seguiu para o banheiro e para a câmera. Quando passou, seus olhos encontraram Sarah.

— Obrigada!

Bem, não tinha nada para fazer a não ser ficar sentado e se entregar a mais papo-furado.

Eu não conseguia deixar de olhar para o passado. Esse era o exato prédio do qual eu tinha sido expulso uma noite por ter três mulheres no meu quarto. Naquela época, não existiam coisas como Direitos dos Inquilino.

— Sr. Chinaski — tinha dito a dona da casa —, temos gente religiosa morando aqui, gente trabalhadora, gente com filhos. Nunca ouvi reclamações desse tipo dos outros inquilinos. E eu ouvi o senhor também, todas aquelas cantorias, todos aqueles xingamentos... coisas sendo quebradas... linguagem chula e risadas... Em todos os meus dias, eu nunca ouvi nada parecido com o que se passou no seu quarto ontem à noite!

— Tá certo, eu vou embora...

— Obrigada.

Eu devia estar louco. Barba sem fazer. Regata cheia de buracos de cigarro. Meu único desejo era ter mais do que uma garrafa na cômoda. Eu não servia para o mundo e o mundo não servia para mim e eu tinha encontrado algumas outras pessoas como eu, e a maioria era de mulheres, mulheres com que a maioria dos homens nunca ia querer estar no mesmo quarto, mas eu as adorava, elas me inspiravam, eu ficava afetado, falava palavrões, cabriolava de cueca dizendo pra elas como eu era grande, mas só *eu* acreditava nisso. Elas só gritavam:

— Vai se foder! Bota mais um pouco de bebida!

Aquelas mulheres do inferno, aquelas mulheres no inferno comigo.

Jon Pinchot entrou enérgico na sala.

— Funcionou! — exclamou ele. — Deu tudo certo! Mas que dia! Agora, amanhã começamos tudo de novo!

— Dê o crédito a Sarah — falei. — Ela sabe como fazer uma bebida mágica.

— O quê?

— Ela deixou a Francine soltinha com alguma coisa numa xícara de café.

Jon se virou para Sarah.

— Muito obrigado...

— Disponha — respondeu Sarah.

— Porra — disse Jon —, estou nesse ramo faz muito tempo e *dezenove* tomadas, nunca!

— Ouvi dizer — respondi — que o Chaplin às vezes fazia cem tomadas antes de conseguir acertar.

— Mas esse era o Chaplin — disse Jon. — Cem tomadas e todo o nosso orçamento teria sido usado.

E isso foi meio que tudo naquele dia. Só que Sarah disse:

— Pô, vamos pro Musso's.

O que nós fizemos. E nós pegamos uma mesa no Salão Antigo e pedimos umas bebidas enquanto olhávamos o cardápio.

— Lembra? — perguntei. — Lembra antigamente quando a gente vinha aqui olhar as pessoas nas mesas e tentar identificar os tipos, os tipos atores, os tipos produtores ou diretores, os tipos do pornô, os agentes, os impostores? E a gente pensava: "Olha só pra eles, falando sobre seus acordos de cinema de meia-tigela ou seus contratos ou seus últimos filmes". Mas que toupeiras, que desarranjados... melhor desviar o olhar quando o peixe-espada e o rodovalho chegarem.

— A gente achava que eles eram uns merdas — disse Sarah —, e agora somos nós.

— O que vai, volta...

— Certo! Acho que vou querer o rodovalho...

O garçom pairava acima de nós, apoiando o peso do corpo numa perna e depois na outra, de cara fechada, os pelos das sobrancelhas caindo sobre os olhos. O Musso's estava lá desde 1919 e tudo era um pé no saco para ele: nós, e mais todo mundo lá. Eu concordava. Decidi pelo peixe-espada. Com batata frita.

33

O filme estava sendo rodado em três locações. Salas diferentes, ruas e vielas diferentes, bares diferentes tinham que ser conciliados.

Havia uma cena noturna que implicaria um roubo de milho de um terreno baldio e uma perseguição policial.

Tinham plantado o milho e ele estava pronto para ser roubado.

A locação custou cinco mil dólares do orçamento. O terreno baldio era agora de propriedade de um Centro de Reabilitação para Alcoólatras. Pinchot procurou por toda parte uma locação mais barata, mas por fim teve que se contentar com aquela, que na verdade era *o mesmo* terreno baldio de onde minha mulher tinha roubado o milho três décadas atrás. O milho novo tinha sido plantado no exato local onde o milho antigo tinha sido plantado. Outras coisas não eram tão exatas. O prédio residencial ali perto onde a mulher morava, para onde me mudei com ela, agora tinha sido transformado num Asilo para Idosos.

O prédio grande ao lado do terreno baldio, agora usado como Centro de Reabilitação, na época era um salão de baile popular. Estava sempre cheio, sobretudo nas noites de sábado.

Todo o andar de baixo era um salão de baile, enorme, com grandes globos de luz girando devagar no teto enquanto a banda ao vivo tocava *dance music* até bem de madrugada, e muitos carros chiques, alguns com motoristas, esperavam do lado de fora.

Odiávamos aquele salão de baile e aquelas pessoas enquanto passávamos fome e brigávamos entre nós, com a polícia e com o proprietário, quando fomos mandados para a Cadeia de Lincoln Heights e soltos de lá sob fiança.

Agora aquele prédio estava cheio de bêbados reformados que liam a Bíblia, fumavam cigarros demais e jogavam bingo na sala que um dia fora o grandioso salão de baile.

O terreno baldio era a única coisa que não tinha mudado. Em todas essas décadas, ninguém nunca tinha construído uma estrutura de qualquer tipo lá.

Francine e Jack já haviam feito alguns ensaios e desaparecido em seus trailers e nós estávamos esperando pela ação. Eu estava entornando uma cerveja quando senti um tapinha no ombro. Era um sujeito bonito, barba bem-feita, olhos bonitos, sorriso bonito. Eu já tinha visto ele por aí, mas não o conhecia, não sabia sua função e não perguntei. Na verdade eu imaginava que seu verdadeiro trabalho era ser espião da Firepower.

— Por favor — disse ele —, não pode ter bebida aqui no set.

— Por que não?

— No contrato que assinamos com o pessoal daqui, diz que podemos filmar nas dependências, mas nenhuma bebida é permitida.

— Água?

— Você sabe o que eu quero dizer.

— Sei, esses ex-bêbados não suportam ver ninguém mais bebendo.

— Eles não acreditam nisso.

— Mas o filme inteiro é *sobre* beber.

— A gente teve muita dificuldade para conseguir essas instalações. Por favor, não estrague tudo.

— Tá bom, chapa. Mas é pelo Pinchot, não por você...

Ele saiu com sua prancheta, balangando a bundinha flácida que não tinha sido chutada com frequência suficiente.

Dei as costas para o prédio, tomei outro gole, botei a garrafa no bolso do casaco.

— Dá para eles verem você — disse Sarah.

— Tá querendo dizer que todos aqueles ex-bêbados estão pendurados nas janelas me assistindo beber essa cerveja?

— Não, mas tem um pessoal deles por aqui.

— Tá certo, eu me escondo quando for dar um gole na minha cerveja.

— Você está sendo tão mimado quanto umas dessas estrelas.

Sarah estava certa. Eu não tinha o direito de ser mimado. O protagonista estava ganhando setecentos e cinquenta vezes mais do que eu.

Então Jon Pinchot nos encontrou.

— Oi, Sarah... Oi, Hank...

Ele me disse que o Friedman tinha mesmo mandado os novos cheques, que o meu tinha sido preenchido diretamente para mim e que estava no correio. Nosso esquema tinha dado certo.

— Tenho que ir — disse Jon —, estamos quase prontos para filmar a cena do milharal. Fiquem para assistir e me contem o que acharam...

Por fim eles entraram em ação e Francine subiu correndo a ladeira até as fileiras de milho.

— Eu quero uns milhos! — gritou ela.

Eu me lembrei da Jane subindo aquele mesmo morro enquanto eu carregava um saco grande de garrafas. Só que quando ela gritou "Eu quero uns milhos!", era como se ela quisesse o mundo inteiro de volta, o mundo que ela de alguma forma tinha perdido ou o mundo que de alguma forma tinha passado batido por ela. Era para o milho ser a sua vitória, sua recompensa, sua vingança, sua canção.

Mas quando Francine gritou: "Eu quero uns milhos!", soou petulante, havia uma lamúria na voz, e não era a voz desesperada de uma bêbada. Ok, estava bom, mas não estava certo.

Então, quando Francine começou a arrancar as espigas, eu sabia que não era a mesma coisa, que nunca poderia ser a mesma coisa. Francine era atriz. Jane era uma bêbada louca. Certa e decididamente louca. Mas ninguém espera uma performance perfeita. Uma boa imitação serve.

Então Francine arrancou o milho, enfiou na bolsa, e Jack disse:

— Você está bêbada... Esse milho tá verde...

Então a viatura da polícia parou, com a luz vermelha piscando e o holofote intenso sobre eles, e Francine e Jack correram na direção da casa dela, do mesmo jeito que Jane e eu fizemos, e eles tinham acabado de chegar ao elevador quando os policiais gritaram pelo megafone:

— *Parem ou vamos atirar!*

Mas em vez de aqueles policiais saírem disparados do carro e correrem atrás de Jack e Francine, eles simplesmente ficaram sentados lá. A filmagem tinha acabado.

Sarah e eu levamos alguns minutos para encontrar Jon Pinchot.

Ele estava apenas parado, quieto.

— Jon, cara, era para os policiais saírem e perseguirem a porra dos dois!

— Eu sei. As portas do carro emperraram. Eles não conseguiram sair.

— O quê?

— Eu sei. É inacreditável. Vamos ter que consertar as portas do carro e filmar tudo de novo.

— A gente sente muito — disse Sarah.

Jon estava deprimido. Ele costumava rir quando as coisas davam errado.

— Eu procuro vocês depois que refilmarmos tudo.

Saímos, voltamos a atravessar a rua. Detestei ver Jon desanimado daquele jeito. Ele tinha garra naturalmente. Algumas pessoas não gostavam dele porque ele parecia ser cheio de bravata. Mas a maior parte era verdadeira. Todos fingíamos ser valentes. Eu também. Mas não gostei de ver Jon sem sua bravata.

Francine, Jack e muitos outros voltaram para seus trailers. Eu odiava as delongas entre as filmagens. Os filmes custam tanto dinheiro porque na maioria do tempo ninguém está fazendo nada além de esperar, esperar e esperar. Até que *isso* estivesse pronto e *aquilo* estivesse pronto e que a iluminação estivesse pronta e que a câmera estivesse pronta e que o cabeleireiro tivesse terminado de mijar e que o consultor tivesse sido consultado, nada acontecia. Era tudo uma punheta deliberada, salário pra isso e salário pra aquilo, e havia apenas um cara que tinha permissão para enfiar um plugue na parede, e o cara do som estava puto com o assistente de direção, e então os atores não estavam se sentindo bem porque era assim que os atores deviam se sentir e assim por diante. Era tudo um desperdício, desperdício, desperdício. Mesmo nesse filme de orçamento extremamente baixo, me dava vontade de gritar:

— Tá certo, parem com a porra dessa palhaçada! Não tem nada aqui que não possa ser feito em dez minutos e faz horas que vocês estão se arrastando!

Eu não tive coragem de dizer isso. Eu era só o escritor. Uma despesa menor.

Aí ganhei uma inflada no meu ego. Uma equipe de televisão tinha vindo da Itália e outra da Alemanha. As duas queriam me entrevistar. Quem dirigia as duas equipes eram mulheres.

— Ele prometeu primeiro pra gente — disse a mulher italiana.

— Mas você vai espremer tudo dele — disse a mulher alemã.

— Espero que sim — disse a mulher italiana.

Eu me sentei diante das luzes italianas. Estávamos gravando.

— O que você acha de filmes?

— Do cinema?

— Sim.

— Fico longe.

— O que você faz quando não está escrevendo?

— Cavalos. Aposto neles.

— Eles ajudam na sua escrita?

— É. Eles me ajudam a esquecer.

— Você está bêbado neste filme?

— Estou.

— Você acha que beber é um ato de bravura?

— Não, mas nenhuma outra coisa é também.

— O que significa o seu filme?

— Nada.

— Nada?

— Nada. Espreitar a rabeira da morte, talvez.

— Talvez?

— Talvez quer dizer não ter certeza.

— O que você vê quando olha para "a rabeira da morte"?

— A mesma coisa que você.

— Qual é a sua filosofia de vida?

— Pensar o menos possível.

— Mais alguma coisa?

— Quando você não conseguir pensar em mais nada para fazer, seja legal.

— Muito legal.

— Legal não é necessariamente bondoso.

— Tudo bem, sr. Chinaski. O que o senhor tem a dizer para o povo italiano?

— Não gritem tanto. E leiam Céline.

As luzes se apagaram com isso.

A entrevista alemã foi ainda menos interessante.

A mulher ficava querendo saber *quanto* eu bebia.

— Ele bebe, mas não tanto quanto antes — disse Sarah a ela.

— Eu preciso de outra bebida agora mesmo ou não vou mais falar nada.

Ela veio imediatamente. Estava num copo grande de papel branco e eu bebi tudo. Ah, estava boa. De repente, me pareceu bobo que quem quer que fosse quisesse saber o que eu pensava. A melhor parte de um escritor está no papel. A outra parte costumava ser um disparate.

A mulher alemã estava certa. A mulher italiana tinha espremido tudo de mim.

Agora eu era uma estrela mimada. E eu estava preocupado com a cena do milharal.

Eu precisava falar com Jon, dizer para ele deixar a Francine mais bêbada, mais louca, com um pé no inferno, uma mão arrancando milho do pé como se a morte estivesse chegando, com os prédios em volta com rostos saídos de sonhos, desprezando a tristeza de existência por todos nós: os ricos, os pobres, os bonitos e os feios, os talentosos e os inúteis.

— Você não gosta de cinema? — perguntou a mulher alemã.

— Não.

As luzes se apagaram. A entrevista tinha terminado.

E a cena do milharal foi refilmada. Talvez não exatamente do jeito que poderia ter sido, mas quase.

34

Às dez horas da manhã o telefone tocou. Era Jon Pinchot.

— O filme foi cancelado...

— Jon, eu já não acredito nessas histórias. É só o jeito deles de conseguir mais influência.

— Não, é verdade, o filme foi cancelado.

— Como é que eles podem ter feito isso? Investiram demais, iam ter um baita prejuízo no projeto...

— Hank, a Firepower simplesmente não tem mais dinheiro. Não foi só o nosso filme que foi cancelado, *todos* os filmes foram cancelados. Fui ao prédio deles hoje de manhã. Só os seguranças estão lá. Não tem *ninguém* no prédio! Andei pelo lugar todo gritando: "Olá! Olá! Tem alguém aqui?". Nenhuma resposta. O prédio todo está vazio.

— Mas, Jon, e a tal cláusula "Interpretar ou pagar" do Jack Bledsoe?

— Eles não podem fazer ele atuar *nem* pagar ele. Todo o pessoal da Firepower, inclusive nós, está sem mais qualquer renda. Algumas das pessoas estão trabalhando há duas semanas sem receber. Agora não tem mais dinheiro pra ninguém...

— O que você vai fazer?

— Não sei, Hank, parece o fim.

— Não faça nada precipitado, Jon. Talvez alguma outra empresa assuma o filme?

— Não vai assumir. Ninguém gostou do roteiro.

— Ah, é, verdade...

— O que você vai fazer?

— Eu? Estou indo pro hipódromo. Mas se você quiser vir aqui tomar umas bebidas hoje à noite, vou ficar feliz em te ver.

— Obrigado, Hank, mas tenho um encontro com um casal.

— Boa sorte.

— Boa sorte pra você também...

Dirigi para o norte pela rodovia do porto em direção ao Hollywood Park. Fazia mais de trinta anos que eu apostava nos cavalos. Tudo tinha começado depois da minha hemorragia quase fatal no L.A. County Hospital. Me disseram que se eu botasse mais uma bebida na boca estaria morto.

— O que é que eu vou fazer? — perguntei a Jane na época.

— Sobre o quê?

— O que é que eu vou usar para substituir a bebida?

— Bem, tem os cavalos.

— Cavalos? O que é que a gente faz?

— A gente aposta neles.

— Aposta neles? Parece idiota.

Nós fomos e eu ganhei à beça. Comecei a ir todos os dias. Então, devagar, fui começando a beber um pouco de novo. Depois bebi mais. E não morri. Então eu tinha a bebida *e* os cavalos. Eu estava fisgado. Naquela época não havia corridas aos domingos, então eu ia e voltava embalando o carro velho até Agua Caliente no domingo, às vezes ficando para as corridas de cães depois que terminavam as de cavalos e então ia para os bares de Caliente.

Nunca fui roubado ou avançaram sobre mim e fui tratado bastante bem pelos barman e fregueses mexicanos, ainda que às vezes eu fosse o único gringo. A viagem de carro de volta tarde da noite era boa e, quando eu chegava em casa, não ligava se Jane estava lá ou não. Eu tinha dito a ela que o México era simplesmente perigoso demais para uma mulher. Ela não costumava estar em casa quando eu chegava. Estava num lugar muito mais perigoso: a Alvarado Street. Mas desde que houvesse umas três ou quatro cervejas me esperando, estava tudo certo. Se ela as tivesse bebido e deixado a geladeira vazia, estaria em apuros *de verdade*.

Quanto aos cavalos, me tornei um verdadeiro estudioso do jogo. Eu tinha umas duas dúzias de esquemas. Todos funcionavam, só que não dava para aplicar todos de uma única vez porque eles se baseavam em fatores variáveis. Meus esquemas tinham apenas um fator comum: o público devia sempre perder. Você tinha que determinar qual era o jogo do público e então tentar fazer o contrário.

Um dos meus esquemas era baseado em números de indicadores e posições de largada. Existem certos números que o público reluta em jogar. Quando esses números alcançam uma determinada quantidade de apostas no quadro em relação à sua posição de largada, você tem um vencedor de alta probabilidade. Depois de muitos anos estudando gráficos de resultados de páreos no Canadá, nos Estados Unidos e no México, inventei uma jogada vitoriosa com base apenas nesses números de indicadores. (O número do indicador aponta a corrida que o cavalo fez pela última vez e em qual hipódromo.) O *Racing Form* costumava publicar livros de resultados grandes e grossos, de capa vermelha, por dez dólares. Eu ficava lendo horas, semanas. Todos os resultados têm um padrão. Se você conseguir encontrar o padrão, está no jogo. E pode mandar o seu chefe tomar no cu. Eu já tinha dito isso para vários chefes, só para arranjar outros. Sobretudo porque alterei ou traí meus próprios esquemas. A fraqueza da natureza humana é mais uma coisa que você deve derrotar no turfe.

Entrei no Hollywood Park e segui pela "via dos adesivos". Um treinador de cavalos que eu conhecia me deu um adesivo de "Proprietário/Treinador" para o estacionamento e também um passe para a sede do clube. Ele era um homem bom e a melhor coisa a respeito dele era que não era nem escritor nem ator.

Entrei na sede do clube, encontrei uma mesa e me dediquei aos meus números. Eu sempre fazia isso primeiro, depois pagava umas pratas pra ir para o Cary Grant Pavilion. Não tinha muita gente lá e dava para pensar melhor. Sobre Cary Grant, eles têm uma foto enorme dele pendurada no pavilhão. Ele está de óculos antigos e aquele sorriso. Tranquilo. Mas que baita apostador de cavalos ele era. Daqueles que apostam dois dólares. E quando perdia, corria em direção à pista gritando, balançando os braços e berrando: "*Você não pode fazer isso comigo!*". Se é para apostar só dois dólares, é melhor ficar em casa, pegar seu dinheiro e ficar trocando ele de um bolso para o outro.

Já a *minha* maior aposta foi uma vitória de vinte dólares. A ganância excessiva pode criar erros porque desembolsar valores muito altos afeta seus processos de raciocínio. Mais duas coisas. Nunca aposte no cavalo com a classificação de velocidade mais alta na sua última corrida e nunca aposte num que ganha no último minuto.

Meu dia lá estava bem agradável, mas como sempre eu me ressentia daquela espera de trinta minutos entre os páreos. Era grande demais. Dá para sentir sua vida sendo esmagada até virar uma pasta pela perda inútil de tempo. Quer dizer, você só fica sentado na sua cadeira ouvindo todas as vozes falando sobre quem deve ganhar e por quê. É mesmo uma loucura. Às vezes você acha que está num hospício. E de certa forma, você está. Cada um daqueles punheteiros acha que sabe mais do que os outros punheteiros e lá estavam eles todos juntos no mesmo lugar. E lá estava eu, sentado com eles.

Eu gostava da ação de verdade, de quando todos os seus cálculos saíam direito na linha de chegada e a vida tinha algum sentido, algum ritmo e significado. Mas a espera entre os páreos era mesmo um horror: ficar sentado com uma humanidade ranheta e cambembe que nunca aprenderia ou melhoraria, só ficaria pior com o tempo. Eu costumava ameaçar minha mulher, Sarah, dizendo que eu ficaria em casa o dia inteiro e escreveria dezenas e dezenas de poemas imortais.

Então dei um jeito de conseguir passar a tarde lá e voltei para casa, ganhador de pouco mais de cem dólares. Voltei de carro com a gente trabalhadora. Mas que bando eles eram. Putos, perversos e falidos. Com pressa para chegar em casa e foder, se desse, olhar para a tevê, conseguir dormir cedo para fazer tudo de novo no dia seguinte.

Parei na entrada da garagem e Sarah estava regando o jardim. Ela era uma baita jardineira. E ela aguentava os meus desvarios. Ela me alimentava com comida saudável, cortava o meu cabelo e as minhas unhas dos pés e costumava me manter ativo de várias maneiras.

Estacionei o carro e saí para o jardim, dei um beijo de oi nela.

— Você ganhou? — perguntou ela.

— Ganhei. Claro. Um pouco.

— Nenhum telefonema — disse ela.

— Que pena, isso tudo... — falei. — Sabe, depois de o Jon ter ameaçado de cortar o dedo e tudo mais. Eu sinto muito por ele, de verdade.

— Talvez você devesse ter chamado ele para vir aqui hoje à noite.

— Eu convidei, mas ele vai estar ocupado.

— S&M?

— Não sei. Um casal. Uma espécie de respiro pra ele.

— Você reparou nas rosas?

— Sim, estão lindas. Aquelas vermelhas, brancas e amarelas. Amarelo é minha cor preferida. Amarelo me dá vontade de comer.

Sarah foi com a mangueira até a torneira, fechou a água e entramos juntos em casa. A vida não era lá tão ruim, às vezes.

35

Então, de repente, o filme estava de pé novamente. Como a maioria das notícias, essa veio por telefone via Jon.

— Pois é — disse ele —, a gente começa a produção de novo amanhã.

— Não dá pra entender. Achei que o filme tinha ido pro saco.

— A Firepower vendeu alguns ativos. Uma filmoteca e uns hotéis que eles tinham na Europa. Além disso, eles conseguiram arranjar um grande empréstimo com um grupo italiano. Dizem que esse dinheiro italiano é meio sujo, mas... é dinheiro. De qualquer maneira, queria que você e Sarah fossem viessem pras filmagens amanhã.

— Não sei...

— É amanhã à noite.

— Ok, tá bom... Quando e onde?

Sarah e eu nos sentamos no reservado. Era sexta-feira à noite e havia um clima bom no ar. Estávamos lá sentados quando Rick Talbot* entrou e se sentou com a gente. Lá estava ele no nosso

* Possível referência ao crítico de cinema Roger Ebert. [*N.E.*]

reservado. Ele só queria um café. Eu o tinha visto muitas vezes na tevê fazendo crítica de filmes com a sua contraparte, Kirby Hudson. Eles eram muito bons no que faziam e costumavam se emocionar. Faziam avaliações interessantes e divertidas, e, ainda que outras pessoas tenham tentado copiar o formato, eram muito superiores a seus concorrentes.

Rick Talbot tinha uma aparência muito mais jovem do que na tevê. Parecia ser mais retraído também, quase tímido.

— Nós te assistimos bastante na tevê — disse Sarah.

— Obrigado...

— Escuta — falei —, o que mais te incomoda no Kirby Hudson?

— O dedo dele... Quando ele aponta o dedo.

Então Francine Bowers entrou. Ela escorregou para dentro da cabine. Nós a cumprimentamos. Ela conhecia Rick Talbot. Francine estava com um bloquinho de notas.

— Escuta, Hank, eu quero saber um pouco mais sobre a Jane. É índia*, certo?

— Meio índia, meio irlandesa.

— Por que ela bebia?

— Era um lugar para se esconder e também uma forma de suicídio lento.

— Você alguma vez a levou a um lugar além de bares?

— Eu levei ela pra um jogo de beisebol uma vez. Pro Wrigley Field, na época em que os L.A. Angels jogavam na Liga da Costa do Pacífico.

— O que aconteceu?

— Nós dois ficamos bem bêbados. Ela ficou brava comigo e saiu correndo do campo. Eu fiquei horas no carro procurando ela. Quando voltei para o quarto, ela estava lá, desmaiada na cama.

---

* Atualmente o termo caiu em desuso e é considerado pejorativo. [*N.E.*]

— Como é que ela falava? Ela gritava?

— Ela ficava sossegada por horas. Aí de repente, perdia a cabeça e começava a gritar, xingar e jogar coisas. No começo eu não reagia. Aí ela vinha para cima de mim. Eu ia pra lá e pra cá, pra lá e pra cá, gritando e xingando de volta. Isso seguia por uns vinte minutos, então a gente se acalmava, bebia um pouco mais e começava de novo. A gente estava sempre sendo despejado. Fomos expulsos de tantos lugares que não conseguíamos lembrar de todos. Uma vez, procurando um novo apartamento, batemos numa porta. Ela se abriu e lá estava uma proprietária que tinha acabado de se livrar de nós. Ela viu a gente, ficou pálida, gritou e bateu a porta...

— A Jane morreu? — perguntou Rick Talbot.

— Faz muito tempo. Todo mundo já morreu. Todo mundo com quem eu bebia.

— E o que faz *você* continuar?

— Eu gosto de escrever à máquina. Me dá uma adrenalina.

— E eu coloquei ele pra tomar vitaminas e pra fazer uma dieta com baixo teor de gordura, sem carne vermelha — Sarah disse a ela.

— Você ainda bebe? — perguntou Rick.

— Sobretudo quando eu datilografo ou quando recebo pessoas. Não fico feliz em meio às pessoas e depois que eu bebo o suficiente é como se elas desaparecessem.

— Me conta mais sobre a Jane — pediu Francine.

— Bem, ela dormia com um terço debaixo do travesseiro...

— Ela ia à igreja?

— Em épocas estranhas ela ia ao que chamava de "missa AAS". Acho que começava às oito e meia da manhã e durava mais ou menos uma hora. Ela odiava a missa das dez da manhã, que costumava durar mais de duas horas.

— Ela se confessava?

— Eu não perguntava...

— Você pode me contar alguma coisa que explique o caráter dela?

— Apenas que apesar de todas as coisas aparentemente terríveis que ela fazia, os xingamentos, a loucura, o amor pela bebida, ela sempre fazia as coisas com certo estilo. Eu gosto de pensar que aprendi sobre estilo com ela...

— Quero te agradecer por isso, acho que pode ajudar.

— De nada.

Então Francine e seu bloquinho de notas foram embora.

— Acho que nunca me diverti tanto num set — disse Rick Talbot.

— Como assim, Rick? — perguntou Sarah.

— É um clima no ar. Às vezes, com filmes de baixo orçamento, você sente aquele clima, aquele clima de carnaval. Como aqui. Mas aqui estou sentindo mais do que nunca...

Ele estava falando a verdade. Os olhos brilhavam, ele sorria com alegria genuína.

Pedi outra rodada de bebidas.

— Só café pra mim — disse ele.

A nova rodada chegou e Rick disse:

— Olha lá! O Sesteenov!

— Quem? — perguntei.

— Ele fez aquele filme maravilhoso sobre os Cemitérios de Animais! Ei, Sesteenov!

Sesteenov se aproximou.

— Senta, por favor — convidei.

Sesteenov deslizou para a cabine.

— Quer beber alguma coisa? — ofereci.

— Ah, não...

— Olha lá — disse Rick Talbot —, o Illiantovitch!

Eu conhecia o Illiantovitch. Ele tinha feito alguns filmes sombrios que eram uma loucura, o tema principal era como sempre a violência na vida superada pela coragem das pessoas. Mas ele fazia isso bem, rugindo escuridão afora.

Ele era um homem muito alto, de pescoço torto e olhos desvairados. Os olhos desvairados ficavam te encarando, te encarando. Era um pouco constrangedor.

Deslizamos para o lado no assento para deixá-lo entrar. A cabine estava cheia.

— Quer uma bebida? — perguntei.

— Uma vodca dupla — disse ele.

Gostei daquilo, acenei para o barman.

— Uma vodca dupla — disse ao barman enquanto o encarava com seus olhos desvairados.

O barman saiu apressado para cumprir seu serviço.

— Esta é uma baita de uma noite — comentou Rick.

Eu adorava a falta de sofisticação de Rick. Exigia coragem, quando você estava por cima, dizer que gostava do que fazia, que estava se divertindo fazendo aquilo.

Illiantovitch pegou sua vodca dupla e mandou para dentro.

Rick Talbot fazia perguntas para todo mundo, inclusive para Sarah. Não havia nenhum clima de competição ou inveja naquela cabine. Eu estava me sentindo totalmente confortável.

Então Jon Pinchot chegou. Ele veio até a cabine e fez uma pequena reverência, sorrindo.

— Vamos começar a filmar em breve, espero. Eu venho buscar todo mundo...

— Obrigado, Jon...

Então ele se afastou.

— Ele é um bom diretor — disse Rick Talbot —, mas queria saber por que você o escolheu.

— Foi ele que me escolheu...

— Jura?

— Juro... E posso contar uma história sobre ele que vai explicar por que ele é um bom diretor e por que eu gosto dele. Mas cá entre nós...

— Conta — disse Rick.

— Cá entre nós?

— Claro...

Eu me inclinei para a frente na cabine e contei a história sobre Jon e a motosserra e o mindinho.

— Isso aconteceu mesmo? — perguntou Rick.

— Aconteceu. Cá entre nós.

— Claro...

(Eu sabia: nada fica cá entre nós depois que você conta.)

Enquanto isso, Illiantovitch tinha terminado duas vodcas duplas e estava sentado olhando para outra. Ele seguia me encarando. Então sacou a carteira e tirou um cartão de visita engordurado. Me entregou. Os quatro cantos estavam todos gastos e o cartão estava mole e preto de sujeira. Tinha desistido de ser um cartão de visita. Illiantovitch parecia um gênio encardido. Eu o admirava por isso. Ele não era sobrecarregado pela pretensão. Apanhou a vodca dupla e mandou goela abaixo.

Então olhou para mim, intensamente. Encarei de volta. Mas seus olhos escuros eram demais para mim. Tive que desviar o olhar. Fiz sinal para o barman encher meu copo. Então voltei a olhar para Illiantovitch.

— Você é o melhor — falei. — Não tem nada como você.

— Não, nem tanto — disse ele —, *você* é o melhor! Eu te dou meu cartão! No cartão está a hora da *exibição do meu novo filme! Você precisa estar lá!*

— Sem problemas, querido — falei, e peguei minha carteira e coloquei o cartão cuidadosamente lá dentro.

— Essa noite está como o diabo gosta — disse Rick Talbot.

Houve mais um pouco de conversa fiada, então Jon Pinchot entrou.

— Estamos praticamente prontos para filmar. Por favor, vamos lá pra fora agora pra que a gente possa encontrar lugares pra vocês?

Todos nos levantamos para ir atrás de Jon, exceto Illiantovitch. Ele afundou na cabine.

— Que se foda! Vou tomar mais vodcas duplas! Vão vocês!

Aquele desgraçado tinha aprendido uma ou duas coisas comigo. Ele acenou para o barman, pegou um cigarro torto, enfiou-o entre os lábios, acendeu o isqueiro e queimou um pedaço do nariz.

Aquele desgraçado.

Saímos andando noite adentro.

36

Estavam preparados para filmar no beco. Haveria uma briga no beco entre o barman e a mosca de bar. Estava frio lá fora. Quase tudo estava pronto. Haveria dublês na cena da briga tanto para o barman quanto para Jack Bledsoe. Os closes mostrariam os rostos de Bledsoe e do barman, mas as cenas da briga de fato seriam com os dublês.

Bledsoe me viu.

— Ei, Hank, vem aqui!

Eu fui.

— Mostra pra eles como você luta.

Eu circulei, disparando uns *jabs* de esquerda de leve, e de vez em quando avançava lançando esquerdas e direitas. Então parei. Expliquei aquelas brigas de antigamente.

— Não pareciam mesmo muito boas. No começo, ficavam circulando muito. Circulando e circulando. E então a multidão tomava a gente e alguém avançava. Acho que apesar da bebida as interações eram muito duras e brutais. Então a gente recuava, avaliava a situação e avançava de novo, os punhos indo e vindo. No fim virava uma questão de ter mais colhões que o outro cara. Só um podia vencer. E uma luta nunca terminava até que um estivesse inconsciente. Era um belo espetáculo e era de graça...

Estava chegando a hora da filmagem. Saímos do beco e nos posicionamos fora do caminho. Bem nesse momento, Harry Friedman entrou com uma gata de Hollywood usando peruca, cílios postiços e maquiagem pesada. Os lábios tinham passado por um procedimento e estavam com o dobro do tamanho normal, assim como os seios. Passeando por ali também estava o grande diretor, Manz Loeb*, que tinha dirigido filmes como *O homem rato* e *Cê-dê-efe*. Junto com ele estava a famosa atriz Rosalind Bonelli. Então a gente teve que ir lá e ser apresentados. Loeb e Bonelli sorriram gentis e foram educados, mas tive a péssima sensação de que eles se sentiam superiores a nós. Mas estava tudo certo porque eu me sentia superior a eles. Era simplesmente assim que as coisas funcionavam.

Então voltamos aos nossos postos privilegiados e a grande luta começou. Parecia bem brutal, desde o início. Só que nas nossas lutas, a brutalidade aparecia perto do fim quando o adversário estava indefeso (geralmente eu) e o outro cara não desistia.

Mais uma coisa sobre essas lutas. Se você não pertencesse ao "Clube" dos Barmans e perdesse, ficava largado lá fora com as latas de lixo e os ratos. Havia lembranças complementares. Uma manhã fui acordado por uma buzina estridente e faróis de um caminhão projetados em cima de mim. Era o caminhão de lixo.

— *Ei, cara, sai da porra do caminho! A gente quase te atropelou!*

— Ah, nossa, desculpa...

* Provável referência ao diretor David Lynch. Já Rosalind Bonelli é possivelmente a atriz Isabella Rosellini. [*N.E.*]

Ficar de pé então, tonto, enjoado, sovado, pendendo para o sonho suicida com aqueles homens negros simpáticos e sadios só interessados em não atrasar para o horário e tirar o lixo de lá.

Ou era a cabeça de uma mulher negra saindo de uma janela.

— *Ei, branquelo escroto, some da minha porta dos fundos!*

— Sim, dona, desculpa, dona...

E o pior, ao voltar a si, entre as latas de lixo, doendo muito para se mexer, mas sabendo que vai ter que fazer isso, o pior de tudo era o pensamento, aposto que a minha carteira já era de novo...

Você joga um jogo. Tenta sentir a pressão da carteira na sua bunda sem levar a mão. Parece vazio lá atrás. Você realmente não quer levar a mão, mas leva. E a carteira *nunca* está lá. Então dá um jeito de se levantar e vasculha todos os bolsos: nada de carteira, sempre. Eu ficava cada vez mais desiludido com a humanidade.

De qualquer modo, a cena da luta acabou e Jon Pinchot veio e perguntou:

— E então?

— Não está exatamente certo.

— Por quê?

— Bem, nas nossas lutas, os gladiadores estavam mais para palhaços, eles atuavam para o público. Um cara acertava e quase fazia o outro cara voar, virava para a multidão e dizia: "Ei, gostaram desse?".

— Eles faziam drama?

— Faziam...

Jon foi até os dublês e falou com eles. Eles ouviram. O bom e velho Jon, provavelmente um dos primeiros diretores a ouvir o roteirista em primeira mão. Eu me senti honrado. Quase nunca tive sorte na vida, agora parecia estar tendo. Eu podia viver com pouco daquilo.

Eles filmaram a cena da luta de novo.

Eu assisti e devo dizer que fui ficando fraco ao assistir aquele velho sonho. Eu queria ser um deles, mandando ver de novo. Idiota ou não, me deu vontade de socar o muro do beco. Nascido para morrer.

Então tinha acabado. Jon se aproximou.

— E aí? — perguntou ele.

— Gostei...

— Eu também — disse ele.

Então era isso.

Sarah e eu voltamos para o reservado no bar.

Illiantovitch tinha ido embora. Provavelmente a vodca do bar havia acabado.

Sarah e eu pedimos e Rick partiu para outro café.

— Esta é uma das melhores noites que já tive — disse Rick.

— Escuta, Rick, você tem que estar de brincadeira comigo. Onde é que você tem passado as suas noites?

Ele apenas sorriu para a xícara de café. Era um homem maravilhoso e inocente.

Então Francine Bowers voltou com seu bloquinho.

— Como a Jane morreu?

— Bem, eu estava com outra pessoa na época. A gente estava separado fazia dois anos e eu fui visitá-la pouco antes do Natal. Ela era camareira num hotel e muito popular. Todo mundo no hotel tinha dado uma garrafa de vinho pra ela. E lá no quarto ela tinha uma prateleirazinha de madeira que ficava na parede logo abaixo do teto e nessa prateleira devia ter umas dezoito ou dezenove garrafas.

"'Se você beber todas essas bebidas, e você vai beber, isso vai te matar! Essa gente não entende isso?', perguntei a ela.

"Jane só olhou para mim.

"'Vou sumir com todas essas malditas garrafas daqui. Essa gente está tentando te matar!'

"Mais uma vez, ela só olhou para mim. Fiquei com ela naquela noite e eu mesmo bebi três das garrafas, o que reduziu a coisa a quinze ou dezesseis. De manhã, quando saí, falei pra ela: 'Por favor, não beba todas...' .Voltei uma semana e meia depois. A porta dela estava aberta. Tinha uma mancha de sangue grande na cama. Nenhuma garrafa no quarto. Eu a encontrei no L.A. County Hospital. Ela estava em coma alcoólico. Fiquei com ela um bom tempo, só olhando pra ela, molhando seus lábios com água, tirando o cabelo dos olhos dela. As enfermeiras nos deixaram sozinhos. Então, de repente, ela abriu os olhos e falou: 'Eu sabia que seria você'. Três horas depois ela estava morta."

— Ela nunca teve chance de verdade — disse Francine Bowers.

— Ela não queria uma. Ela era a única pessoa que já conheci que tinha o mesmo desprezo pela raça humana que eu.

Francine fechou o bloquinho.

— Tenho certeza de que tudo isso vai me ajudar...

Então ela se foi.

E Rick disse:

— Me perdoa, mas fiquei estudando você a noite toda e você não parece ser um homem perverso.

— Nem você, Rick — falei.

37

Estávamos lá uns dias mais tarde para algumas tomadas à luz do dia e logo depois do almoço Jon Pinchot nos encontrou. Ainda não tínhamos entrado no bar.

— Espera — disse Jon —, o fotógrafo Corbell Veeker vai chegar a qualquer momento. Ele quer tirar umas fotos suas, do Jack e da Francine. Esse cara é conhecido no mundo inteiro. É famoso pelas fotos de mulheres, ele as enche de glamour de verdade...

Então ficamos pelo beco atrás do bar. Havia uma mistura de sombra e luz do sol. Eu esperava que fosse demorar, mas Corbell Veeker chegou em cinco minutos. Ele tinha uns cinquenta e cinco anos, a cara inchada, uma pança. Estava de cachecol e boina. Havia dois garotos com ele, ambos carregando equipamentos. Os garotos pareciam assustados e obedientes.

Foram feitas as apresentações.

Então Corbell apresentou seus assistentes.

— Esse é David...

— Este é o William...

Os dois sorriram muito de leve.

Então Francine chegou.

— Ah, ah, ah! — disse Corbell Veeker enquanto corria e a beijava.

Então ele recuou.

— Ora, ora, ora... Ah! Ah! — Ele balançava os braços. — É isso! Sim!

Havia um velho sofá quebrado que abandonaram atrás do bar. Ele chamou sua atenção.

— Você — ele olhou para mim —, você senta no sofá...

Fui e me sentei no sofá.

— Agora, Francine, senta no colo dele...

Francine usava um vestido vermelho vivo com uma fenda. Estava de sapatos vermelhos, meias vermelhas e pérolas brancas. Ela sentou no meu colo. Olhei em volta e dei uma piscada para Sarah.

— É isso! Sim!

— Minha bunda dura te incomoda? — perguntou Francine.

— Não, está tudo certo. Não se preocupa.

— Câmera número *quatro*! — gritou Corbell Veeker.

David saiu correndo com a câmera número quatro e Corbell pendurou-a no pescoço, caiu com um joelho no chão... Houve um clique e um flash...

— *Bom! Sim! Sim*!

Outro clique, outro flash...

— *Sim! Sim*!

Clique, flash...

— *Francine, mostra mais a perna! Isso! Sim! Sim*!

Clique e flash, clique e flash...

Ele estava fotografando furiosamente, com paixão...

— *Filme! Filme*! — gritou.

William saiu correndo com uma nova leva de filme, inseriu-a na câmera e colocou o filme usado numa caixa especial.

Corbell se ajoelhou, concentrado, disse:

— *Merda, não é essa a câmera que eu quero! Câmera número seis, por favor! Agora! Agora!*

David saiu correndo com a câmera número seis, pendurou-a em Corbell Veeker e levou a câmera número quatro.

— *Mais perna, Francine! Está bonito! Eu te amo, Francine! Você é a última grande estrela de Hollywood!*

Clique, flash... Clique, flash... de novo... e de novo... e de novo.

Então Jack Bledsoe chegou.

— *Jack, vai pro sofá também! Um de cada lado! Sim! Sim!*

Clique, flash...Clique, flash...

— *Filme! Filme!* — gritou Corbell.

As fotos seriam para uma revista feminina bacana de grande tiragem.

— *Tudo bem, vocês dois fora do sofá! Quero a Francine sozinha!*

Ele a fez se deitar, o cotovelo apoiado no braço do sofá, um braço ao longo das costas, segurando um cigarro comprido. Francine adorou.

Clique, clique, flash, flash...

A última grande estrela de Hollywood.

Os garotos vieram correndo com novos filmes, novas câmeras... Acho que imaginaram que era melhor do que trabalhar em um posto de gasolina.

Então Corbell reparou na cerca de arame.

— *A cerca de arame!* — gritou ele.

Ele fez Francine se inclinar provocativa na cerca de arame com Jack Bledsoe de um lado e eu do outro.

— *Ótimo, Ótimo!*

Ele adorou a ideia da cerca de arame e tirou mais e mais fotos. A cerca de arame o excitava. Talvez fosse o cenário atrás da cerca de arame.

Flash, clique, flash, clique...

E então, de repente, tinha acabado.

— Muito obrigado a todos...

Ele beijou Francine de novo. Seus garotos estavam ocupados guardando coisas, juntando coisas, numerando coisas. William estava com um caderno e anotava tudo: número da fotografia, horário, tema, câmera e filme usado.

Então todo mundo simplesmente foi embora, e Sarah e eu entramos no bar. As moscas de bar de costume estavam lá. Eles agora eram estrelas de cinema e tinham adquirido certa dignidade. Tinham ficado mais calados, como se pensassem em coisas importantes. Eu gostava mais do jeito antigo deles. O filme estava praticamente no fim e eu estava meio triste por ter perdido tantos dias de filmagem, mas se você é um apostador de cavalos, tem de abrir mão de todo o resto.

Sarah e eu estávamos indo com calma. Eu pedi uma cerveja e ela, um vinho tinto.

— Você acha que vai fazer outro roteiro um dia? — perguntou ela.

— Duvido. Você simplesmente tem que fazer muitas concessões. E sempre tem que pensar através do ponto de vista da câmera. O público vai entender? E quase qualquer coisa aborrece ou insulta o público do cinema, enquanto as pessoas que leem romances e contos adoram ser aborrecidas e insultadas.

— E nisso você é bom...

Nesse momento, Jon Pinchot entrou no bar. Sentou à minha esquerda e sorriu para nós.

— Filho de uma puta — disse ele.

— O que foi? — perguntou Sarah.

— O filme foi cancelado de novo? — indaguei.

— Não, não foi isso... É outra coisa...

— Como o quê?

— Jack Bledsoe se recusou a assinar uma autorização para as fotos que acabaram de ser tiradas...

— O quê?

— Pois é, um dos garotos do Corbell Veeker foi no trailer dele com os documentos e Jack se recusou a assinar a autorização para as fotos. Aí o Corbell foi até lá. Mesma coisa.

— Mas por quê? — questionei. — Por que ele se deixou fotografar e depois se recusou a assinar a autorização?

— Não sei. Mas ainda podemos seguir com as suas fotos e as da Francine. Vocês vão assistir à próxima gravação?

— Claro...

— Venho buscar vocês...

— Obrigado...

Sarah e eu ficamos pensando naquilo. Imagino que ela estava pensando naquilo. Sei que eu estava.

Simplesmente decidi que os atores eram diferentes da gente. Eles tinham suas próprias razões para as coisas. Sabe, quando você passa muitas horas, muitos anos fingindo ser uma pessoa que não é, bem, isso pode te afetar de algum jeito. Já é difícil o bastante tentar ser apenas você mesmo. Imagine tentar muito ser alguém que não é. E depois ser *ainda outra* pessoa que você não é. E então mais outra. No começo, sabe, pode ser empolgante. Mas depois de um tempo, depois de ser dezenas de outras pessoas, talvez seja difícil lembrar de quem você era mesmo, sobretudo se tivesse que inventar suas próprias falas.

Imaginei que Jack Bledsoe tinha se perdido e decidido que eles estavam fotografando outra pessoa e não ele, aí tudo o que ele pôde fazer depois foi se recusar a assinar a autorização. Fazia sentido para mim. Resolvi explicar para Sarah.

Fiquei olhando ela pousar o vinho e acender um cigarro.

Então pensei, bem, talvez eu explique isso outra hora, e dei uma bela de uma golada na minha cerveja, me perguntando se eles iam usar alguma daquelas fotos da Francine sentada no meu colo com a beleza da sua bunda durinha naquela revista feminina bacana...

38

Então, de repente, os trinta e dois dias de filmagem tinham terminado e era hora da festa de encerramento.

No primeiro andar havia um bar comprido, algumas mesas e uma pista de dança espaçosa. Uma escadaria levava a um andar de cima. Basicamente estavam a equipe de filmagem e o elenco, ainda que nem todo mundo estivesse lá e houvesse outras pessoas que eu não sabia quem eram. Não havia banda ao vivo e a maior parte da música que saía dos alto-falantes era disco, mas as bebidas no bar eram de verdade. Sarah e eu nos esprememos para entrar. Havia duas mulheres servindo no bar. Tomei uma vodca e Sarah, um vinho tinto.

Uma das mulheres que serviam me reconheceu e levou um dos meus livros. Eu autografei.

Estava lotado e quente lá dentro, uma noite de verão, sem ar-condicionado.

— Vamos pegar outro drinque e ir lá pra cima — sugeri a Sarah. — Está muito quente aqui embaixo.

— Ok — disse ela.

Subimos a escadaria. Estava mais fresco lá em cima e não havia tanta gente. Algumas poucas pessoas estavam dançando. Como festa, parecia faltar um foco, mas a maioria das festas era assim. Comecei a ficar deprimido. Terminei a minha bebida.

— Vou pegar outra bebida — falei para Sarah. — Quer uma?

— Não, pode ir...

Fui descendo a escada, mas antes que chegasse ao bar um sujeito gordo e roliço, com muito cabelo, de óculos escuros, agarrou minha mão e começou a balançá-la.

— Chinaski, já li tudo o que você escreveu, tudo!

— É mesmo? — perguntei.

Ele continuou balançando minha mão.

— Fiquei bêbado com você uma noite no Barney's Beanery! Lembra de mim?

— Não.

— Está dizendo que não lembra de ter bebido comigo no Barney's Beanery?

— Não.

Ele ergueu os óculos e colocou no alto da cabeça.

— Agora você se lembra de mim?

— Não — falei, puxei a mão e segui em direção ao bar. — Vodca dupla — pedi à garçonete.

Ela trouxe para mim.

— Eu tenho uma namorada que se chama Lola — disse a garçonete. — Você conhece uma Lola?

— Não.

— Ela disse que foi casada com você dois anos.

— Não é verdade — falei.

Saí do bar e fui seguindo para a escada. Lá estava outro sujeito pesado, sem um fio de cabelo na cabeça, mas com uma barba comprida.

— Chinaski — disse ele.

— Sim?

— Andre Wells... Fiz uma pequena ponta no filme... Eu também sou escritor... Tenho um romance terminado e pronto pra sair. Queria que você lesse. Posso te mandar um exemplar?

— Tá certo... — Passei o número da minha caixa postal.

— Mas você não tem um endereço?

— Claro que tenho, mas mande para a caixa.

Fui para a escada. Bebi metade da minha vodca subindo. Sarah estava conversando com uma figurante. Então eu vi Jon Pinchot. Ele estava de pé sozinho com sua bebida. Fui até lá.

— Hank — disse ele —, que surpresa te ver aqui...

— E que surpresa a Firepower ter dado dinheiro para isso...

— Eles estão cobrando...

— Ah... Bem, o que acontece agora?

— Estamos na sala de edição agora, trabalhando nela... Depois, vamos mixar a música... Por que você não vai lá ver como é?

— Quando?

— Quando quiser. Estamos trabalhando de doze a catorze horas todos os dias.

— Tá certo... Escuta, o que aconteceu com a Popppy?

— Quem?

— Aquele que investiu os dez mil quando você estava morando na praia.

— Ah, ela está no Brasil agora. A gente vai cuidar dela.

Terminei minha bebida.

— Você não vai descer e dançar? — perguntei a Jon.

— Ah, não, isso é bobagem...

Então alguém gritou o nome de Jon.

— Dá licença — disse ele —, e não se esqueça de aparecer na sala de edição!

— Claro.

Então Jon saiu cruzando a sala.

* * *

Fui até o gradil e olhei para o bar lá embaixo. Enquanto eu conversava com Jon, Jack Bledsoe e seus chapas motoqueiros tinham chegado. Seus chapas se encostaram no balcão, de costas para o bar, de frente para a multidão. Cada um segurava uma garrafa de cerveja, a não ser Jack, que estava com um 7-Up. Eles usavam jaquetas de couro, lenços, calças de couro, botas.

Fui até Sarah.

— Vou descer e falar com Jack Bledsoe e a turma dele... Quer vir?

— Claro...

Descemos e Jack nos apresentou a cada um de seus amigos.

— Esse é Harry 21...

— Oi, cara...

— Esse é o Chicote...

— Opa...

— Esse é o Verme da Noite...

— Ei, ei!

— Esse é o Carrocinha...

— Demais!

— Aqui é o Eddie de Três Bolas...

— Porra...

— Esse é o Peidorrada...

— Prazer...

— E o Tormento das Pererecas...

— Tá...

E era isso. Todos davam a impressão de serem sujeitos bons, mas pareciam um pouco afetados, encostados no bar, segurando suas garrafas de cerveja.

— Jack — falei —, você fez um baita trabalho de interpretação.

— E como! — disse Sarah.

— Obrigado... — Ele abriu seu lindo sorriso.

— Bem — falei —, a gente vai voltar lá pra cima, está muito quente aqui... Por que não sobe?

Fiz um gesto para a mulher do bar servir mais bebidas.

— Você vai escrever outro roteiro? — perguntou Jack.

— Acho que não... Muita perda de privacidade... Eu gosto só de ficar sentado encarando as paredes...

— Se você escrever, me mostra.

— Claro. Escuta, por que seus caras estão de costas pro bar assim? Estão atrás de garotas?

— Não, já estão cheios demais de garotas. Estão só relaxando...

— Tá certo, até mais, Jack...

— Siga com o bom trabalho — disse Sarah.

Voltamos para cima. Logo Jack e seu bando foram embora.

Não foi lá uma boa noite. Fiquei subindo e descendo a escada atrás de bebida. Depois de três horas, quase todo mundo tinha ido embora. Sarah e eu estávamos debruçados no gradil. Então vi Jon. Eu tinha reparado nele dançando mais cedo. Acenei.

— Ei, o que aconteceu com a Francine? Ela não veio pra festa de encerramento.

— Não, não tem muita imprensa aqui hoje à noite...

— Entendi.

— Tenho que ir agora — disse Jon. — Tenho que acordar cedo para ir para a sala de edição.

— Tá certo...

Então Jon foi embora.

Estava vazio lá embaixo e mais fresco, então descemos para o bar. Sarah e eu éramos os últimos. Agora havia apenas uma mulher atendendo.

— Vamos tomar uma saideira — falei para ela.

— Eu devia cobrar pelas bebidas agora — disse ela.

— Por quê?

— A Firepower só alugou o lugar até a meia-noite... É 00h10... Vou deixar passar umas bebidas mesmo assim porque gosto muito do que você escreve, mas por favor, não conta pra ninguém.

— Minha querida, ninguém jamais saberá.

Ela serviu as bebidas. A turma que ia mais tarde para a discoteca estava começando a chegar. Era hora de ir embora. Ah, se era. Nossos cinco gatos estavam nos esperando. De algum modo, estava triste pela filmagem ter terminado. Havia algo explorativo naquilo. Havia certa aposta. Terminamos nossas bebidas e saímos. O carro ainda estava lá na rua. Ajudei Sarah a entrar, dei a volta e entrei. Colocamos o cinto de segurança. Liguei o carro e logo estávamos na rodovia do porto indo para o sul. Estávamos seguindo de volta para a normalidade cotidiana e de um jeito eu gostava disso e de outro não.

Sarah acendeu um cigarro.

— Vamos dar comida pros gatos e depois vamos dormir.

— E quem sabe uma bebida? — sugeri.

— Tá certo — disse Sara.

Sarah e eu nos dávamos bem, às vezes.

39

Uns dias depois, fomos para a sala de mixagem. Jon Pinchot e a editora de filmes Kay Bronstein estavam ocupados com a coisa.

Jon puxou algumas cadeiras para nós.

— Vou mostrar pra você sem cortes. Ainda está muito bruto, sabe. Ainda tem muito trabalho a ser feito...

— A gente imagina — disse Sarah.

— Queremos fazer justiça ao seu filme — comentou Kay. — Eu gosto muito dele, de verdade!

— Obrigado — falei.

— Agora estamos mixando a música — explicou Jon. — O Friedman e o Fischman estão em Londres trabalhando num novo acordo. Ligam umas quatro ou cinco vezes por dia gritando: "*Parem a mixagem! Parem a mixagem!*". Eu finjo que não estou entendendo. Selecionamos umas músicas ótimas, mas vai custar bastante para conseguir os direitos. O Friedman e o Fischman querem que eu use música de fundo pré-gravada, que não custa nada, mas que é *horrível*. Acabaria com o filme! Então estou mixando a música boa com a trilha sonora para que eles não possam tirar depois...

— Você já fez um filme nessas condições? — perguntei.

— Não. Não tem ninguém igual a esses dois caras. Mas eu adoro eles!

— Você adora eles?

— Sim, eles são iguais a crianças. Têm coração. Mesmo quando estão tentando te degolar, há certa afeição neles. Prefiro lidar com eles do que com os advogados corporativos que tocam a maior parte dos negócios em Hollywood.

Jon apagou as luzes e nós assistimos. Estava passando em uma tela pequena, como um aparelho de tevê. Os créditos rodaram. Então apareceu o meu nome. Eu fazia parte de Hollywood, mesmo que apenas por um breve instante. Eu era culpado.

A coisa avançava bem. Não vi nada de errado com ele enquanto seguia.

— Estou gostando, estou gostando — falei.

— Temos uma coisa aqui — disse Jon.

Depois apareceu a cena em que Jack e Francine acabavam de se conhecer. Eles estão sentados na ponta do balcão. Jack levou uns drinques para Francine. Francine os virou. Jack está sentado com meia garrafa de cerveja. Com a mão direita ele empurra a cerveja para longe de vista, diz: "Pronto...". "Pronto o quê?", pergunta Francine. Jack continua explicando que não tem mais dinheiro, está falido, não pode comprar mais bebidas...

— *Não, não!* — gritei. — *Ah, santo Deus, não!*

Jon parou o filme.

— O que foi?

— Os alcoólatras que virem isso vão rir e mofar da gente!

— Qual é o problema?

— Alguém que bebe *nunca* empurraria meia garrafa de cerveja para longe e diria: "Pronto". Ele termina a garrafa até o último gole e diz: "Pronto...".

— O Hank tem razão — disse Sarah —, reparei que também...

— Fiz cinco tomadas dessa cena e achei que essa era a melhor...

— Jon, eu fiquei *ofendido* quando vi ele empurrar aquela garrafa, doeu, foi como levar na cara!

— Acho que tenho uma tomada em que tem só um restinho na garrafa de cerveja...

— Mesmo um restinho é demais, mas use essa, por favor, se você tiver — falei.

Era isso que podia acontecer quando você tinha um diretor que não era alcoólatra e um ator que odiava beber e os dois trabalhavam no mesmo filme. E um escritor alcoólatra que preferia estar no hipódromo do que no set.

Assistimos ao restante do filme.

Jon acendeu as luzes.

— Você gostou? Quer dizer, isso está muito bruto, sabe...

— A música e o trabalho de câmera estão ótimos — disse Sarah.

— Querida, que tal o roteiro? — perguntei.

— Chinaski está tão bom como sempre foi — disse ela.

— Obrigado — falei.

— Todo o elenco e a equipe estavam sempre com você em mente — disse Kay —, mesmo quando você não estava lá.

— Ah — falei.

— Mas, Hank, o que você achou? — perguntou Jon.

— Eu gostei da atuação do Jack. Achei que a Francine precisava de um pouco mais de óleo nas juntas.

— A Francine estava muito boa — observou Jon. — O filme ganha mesmo vida quando ela está diante das câmeras.

— Talvez. De qualquer forma, estou feliz de fazer parte desse filme e do grande retorno dela...

Então, para comemorar como estávamos nos sentindo bem, trancamos a sala de edição, entramos no elevador, saímos na rua, entramos no meu carro e fomos comer. Não no Musso's dessa vez, mas em algum lugar mais perto, um restaurante a uns oito quarteirões a oeste. Era curioso, pensei, o jeito como as coisas eram feitas. Era só um dia de cada vez, dia após dia e então lá estava. De certa forma, era como se eu ainda não tivesse escrito o roteiro. Você não escreveu, alguns críticos podem dizer, enquanto não abraçar o ruim e o óbvio em sua escrita. Mas qual era a diferença entre um crítico de cinema e um frequentador de cinema comum? Resposta: o crítico não tem que pagar.

— Para aqui — pediu Jon —, é este o lugar!

E eu parei.

40

Voltei para o hipódromo. Às vezes eu me perguntava o que é que eu estava fazendo lá. E às vezes eu sabia. Para começar, me permitia ver um grande número de pessoas no seu pior, e isso me mantinha em contato com a realidade daquilo em que consistia a humanidade. A cobiça, o medo, a raiva estavam todos lá.

Existem certos indivíduos característicos em cada hipódromo em todos os lugares, todos os dias. Eu provavelmente era visto como um desses personagens e não gostava nada disso. Teria preferido ser invisível. Não dou a mínima para ficar de conversa com os outros apostadores. Não quero discutir cavalos com eles. Não encaro os outros apostadores com nenhum tipo de camaradagem. Estamos na verdade jogando uns contra os outros. A pista nunca tem um dia de perda. A pista fica com a sua parte, o estado fica com a sua parte e essa parte segue ficando maior, o que significa que, para um apostador ganhar de forma consistente, ele ou ela deve ter uma margem de aposta decidida, um método superior, uma percepção lógica. O apostador médio joga diariamente dupla, exata, trifeta, pick seis ou pick nove. Eles acabam com um punhado de papelão inútil. Eles apostam na vitória, apostam na posição, apostam no espetáculo. Mas existe apenas uma aposta, e essa aposta é *ganhar*. Isso tira a pressão. A simplicidade é sempre o segredo, para uma verdade profunda, para fazer as coisas, escrever, pintar. A vida é profunda em sua simplicidade. Acho que o hipódromo me mantém ciente disso.

Mas, em outro sentido, a pista de corrida é uma doença, um tapa buraco, uma fuga, um substituto para outra coisa que deveria ser enfrentada. E, no entanto, todos nós precisamos escapar. As horas são compridas e devem ser preenchidas de algum jeito até a nossa morte. E simplesmente não existe glória e entusiasmo suficientes para todos. As coisas logo ficam sem graça e mortais. Despertamos de manhã, colocamos os pés para fora dos lençóis, encostamos no chão e pensamos, ah, merda, e agora?

Às vezes, eu ficava doente com a necessidade de ir para o hipódromo. Jogava nos puros-sangues durante o dia e à noite me pegava jogando nos cavalos menores mas velozes ou nas corridas de trote, dependendo da que estivesse acontecendo. E lá à noite eu via algumas das mesmas pessoas que eu tinha visto durante o dia. Elas estavam apostando à noite também. A doença extrema.

Então eu voltei para o hipódromo e esqueci completamente do filme, dos atores, da equipe e da sala de edição. O páreo mantinha minha vida simples, ainda que talvez "estúpida" seja uma palavra melhor para isso.

À noite, eu costumava assistir a um pouco de tevê com Sarah, depois subia e brincava com o poema. O poema era o que não deixava minha cabeça estourar. O poema era o que eu precisava. Realmente precisava.

Eu estava de volta a essa rotina havia duas ou três semanas quando o bom e velho telefone tocou. Era Jon Pinchot.

— O filme está terminado. Vamos fazer uma sessão privada na Firepower. Sem imprensa. Sem críticos. Espero que você possa ir.

— Claro. Me fala a hora e o lugar.

Anotei.

Era uma noite de sexta-feira. Eu sabia bem como chegar ao edifício da Firepower. Sarah estava fumando e matutando sobre alguma coisa. Enquanto dirigia, algumas coisas também começaram a passar pela minha cabeça. Me lembrei de algo que Jon Pinchot tinha me dito. Bem antes de encontrar alguém para produzir o roteiro, ele rodava a cidade todas as noites explorando os bares, procurando o bar exato, as moscas de bar certas. Ele deu a si mesmo um nome: "Bobby". E ia de bar em bar, noite após noite. Disse que quase virou alcoólatra. E em todos aqueles bares, ele disse, nunca conheceu uma mulher com quem tinha sentido vontade de ir para casa. Às vezes ele pulava uma noite de folga e vinha para nossa casa com todas aquelas fotos dos bares a que tinha ido e as colocava na mesa de centro na minha frente. Eu apontava os melhores e ele dizia:

— Pois é, vou me concentrar nesses....

Ele sempre teve fé de que o roteiro ia virar um filme.

A sala de projeção não ficava na Firepower, mas num terreno atrás dela.

Fomos de carro. Havia um segurança lá.

— Exibição da Firepower de *A dança de Jim Beam* — falei para ele.

— Entra, vire à direita... — disse ele.

Pronto. Nós éramos figurões. Entrei de carro, virei à direita e estacionei.

Era um terreno cheio de estúdios particulares. Eu não fazia ideia de por que a Firepower não tinha sua própria sala de exibição. O prédio deles era enorme. Mas provavelmente tinham uma boa razão para fazer o que tinham feito.

Saímos e começamos a procurar a sala de exibição. Não havia sinalização. Parecíamos ser os únicos por lá. Mas estávamos no horário. Seguimos caminhando. Então vi dois tipos de estúdio de cinema, magros, encostados numa porta entreaberta. Todos no ramo pareciam quase iguais — quero dizer, as equipes, os consultores e assim por diante, todos tinham entre vinte e seis e trinta e oito anos, eram magros e estavam sempre conversando uns com os outros sobre alguma coisa interessante.

— Desculpa — perguntei —, mas essa aqui é a sala de exibição de *A dança de Jim Beam*?

Os dois pararam e nos encararam como se tivéssemos interrompido algo importante. Então um deles respondeu:

— Não.

Não sei o que vai acontecer com esses camaradas depois que chegarem aos trinta e nove. Talvez seja sobre isso que eles estivessem falando.

Seguimos andando atrás da sala de projeção.

Então, parado perto de um carro com o motor ligado, estava alguém familiar. Era Jon Pinchot junto do coprodutor Lance Edwards.

— Jon, pelo amor de Deus, onde é que fica a sala de projeção?

— Pois é — disse Sarah —, onde?

— Ah — falou Jon —, eles mudaram de lugar. Tentei ligar para vocês, mas já tinham saído...

— Bem, onde é, querido?

— É, querido — disse Sarah.

— Eu estava procurando vocês... Escuta, o Lance Edwards tá indo pra lá de carro agora. Tudo bem se a gente for com você, Lance?

Lance assentiu como se estivesse puto. Achei que éramos nós que deveríamos estar putos. Em Hollywood, essas coisas às vezes se confundem.

Jon foi na frente com Lance e Sarah e eu fui atrás. Eles alegaram que Lance era acanhado e era por isso que não estava conversando. Tive a sensação de que ele simplesmente não estava nem aí. Uma das entrevistadoras da tevê, a mulher da Itália, tinha me dito:

— Eu trabalhava para aquele filho da puta! Nunca conheci um filho da puta tão pão-duro! Não paga nada. Nem usa o próprio material de papelaria. Usava os envelopes que as pessoas tinham mandado para ele. Ele me fazia riscar os nomes e endereços e escrever novos nomes e voltávamos a enviar o mesmo envelope. Ele arrancava os selos que não eram carimbados na correspondência recebida e os usava de novo. Um dia eu estava trabalhando e senti a mão dele na minha perna. "Você perdeu alguma coisa?", perguntei. "O que você quer dizer?", questionou ele. "Quero dizer, você perdeu alguma coisa aí na minha perna? O que você tá procurando? Se não perdeu nada, tira a porra da mão da minha perna!" Ele me demitiu, sem aviso prévio.

O carro continuava rodando. Parecia um trajeto bem longo.

— Ei, Lance — falei —, você vai levar a gente de volta pro nosso carro?

Ele balançou a cabeça como se estivesse puto. É claro que ele estava puto: despesa com gasolina.

Por fim chegamos, saímos e fomos para a sala de projeção. Estava cheia. Todo mundo estava lá. Pareciam confortáveis e à vontade. Muitas das pessoas seguravam latas douradas de cerveja.

— Filho da puta! — falei em voz alta.

— O que foi? — perguntou Jon.

— Toda essa gente está com cerveja! A gente não tem NADA pra beber!

— Espera! Espera! — disse Jon.

Ele correu.

Pobre Jon.

Sarah e eu estávamos sendo tratados como cidadãos de segunda classe. Mas então, de novo, o que dava para esperar quando o protagonista tinha ganhado setecentos e cinquenta vezes mais que o roteirista? O público nunca se lembrava de quem tinha escrito o roteiro, só de quem estragava tudo ou de quem fazia funcionar — o diretor ou os atores ou quem quer que fosse. Sarah e eu éramos apenas uns pobretões.

Jon voltou com duas latas de cerveja para nós bem na hora que as luzes se apagaram e o filme começou. *A dança de Jim Beam.*

Tomei um gole de cerveja em homenagem aos alcoólatras do mundo.

E enquanto o filme começava, me lembrei (como as pessoas fazem nos filmes) daquela manhã no bar quando eu era jovem, quando não me sentia nem bem nem mal, só um tanto entorpecido, e o barman me disse:

— Quer saber, rapaz?

— O quê?

— Vamos colocar um cano de gás bem aqui no bar, bem aí onde você fica sentado o tempo inteiro e vamos fechá-lo.

— Um cano de gás?

— É. E aí, quando você sentir vontade de acabar com tudo, você pode abri-lo e dar umas baforadas e ir embora...

— Eu acho isso legal pra caramba da sua parte, Jim — falei.

41

Lá estava. O filme estava rodando. Eu estava apanhando do barman no beco. Como já expliquei, eu tinha mãos pequenas, o que é uma desvantagem terrível numa briga. Esse barman em particular tinha mãos enormes. Para piorar as coisas, eu aguentava muito bem um soco, o que me permitia tomar muito mais porrada. Eu tinha um pouco de sorte do meu lado: não tinha muito medo. As lutas com o barman eram um jeito de fazer o tempo passar. Afinal, simplesmente não dá para ficar sentado na banqueta do bar o dia inteiro e a noite inteira. E não sentia muita dor na hora da briga. A dor chegava na manhã seguinte e não era tão ruim se você tivesse conseguido voltar para o seu quarto.

E brigando duas ou três vezes por semana eu estava ficando melhor. Ou o barman estava ficando pior.

Mas aquilo tinha sido mais de quatro décadas antes. Agora eu estava sentado em uma sala de projeção em Hollywood.

Sem necessidade de relembrar o filme aqui. Talvez seja melhor contar uma parte que ficou de fora. Mais adiante no filme uma mulher quer cuidar de mim. Ela acha que eu sou um gênio e quer me proteger das ruas. No filme eu só fico na casa da mulher uma noite. Mas na vida real fiquei umas seis semanas.

A mulher, Tully, morava numa casa espaçosa em Hollywood Hills. Ela dividia com outra mulher, Nadine. Tanto Tully quanto Nadine eram executivas poderosas. Elas estavam no ramo do entretenimento: música, mercado editorial, qualquer coisa. Pareciam conhecer todo mundo e davam duas ou três festas por semana, com muitos tipos de Nova York. Eu não gostava das festas da Tully e me divertia ficando totalmente bêbado e insultando o máximo de pessoas que podia.

E um sujeito um pouco mais novo do que eu morava com a Nadine. Ele era compositor ou diretor ou algo assim, temporariamente desempregado. Eu não gostei dele de cara. Ficava sempre me deparando com ele pela casa ou no pátio de manhã, quando nós dois estávamos de ressaca. Ele estava sempre com um maldito cachecol.

Uma manhã, por volta das onze horas, estávamos no pátio mandando umas cervejas para dentro, tentando nos recuperar da ressaca. O nome dele era Rich. Ele olhou para mim.

— Precisa de outra cerveja?

— Claro... Obrigado...

Ele foi até a cozinha, voltou, me entregou a cerveja e se sentou. Rich deu um belo gole. Então suspirou fundo.

— Não sei quanto tempo mais vou conseguir enganar ela...

— O quê?

— Quero dizer, eu não tenho nenhum talento de nenhum tipo. É tudo lorota.

— Lindo — falei —, isso é muito lindo. Eu admiro você.

— Obrigado. E você? — perguntou ele.

— Eu escrevo. Mas esse não é o problema.

— Qual é?

— Meu pau tá esfolado de tanto foder. Nunca chega pra ela.

— Eu tenho que chupar a Nadine toda noite.

— Nossa...

— Hank, a gente é só um par de homens sustentados.

— Rich, essas mulheres liberadas têm os nossos bagos na palma da mão.

— Acho que a gente deve partir pra vodca agora — disse ele.

— Certo — falei.

Naquela noite, quando nossas mulheres chegaram, nenhum de nós conseguiu cumprir com as obrigações.

Rich durou mais uma semana, e sumiu.

Depois disso, muitas vezes eu trombava com Nadine andando pelada pela casa, geralmente quando Tully não estava.

— Mas o que é que você tá fazendo? — perguntei por fim.

— Essa casa é minha e se eu andar com a bunda pra fora, isso é problema meu.

— Que isso, Nadine, o que houve, de verdade? Você quer um pouco de peru?

— Nem se você fosse o último homem na Terra.

— Se eu fosse o último homem na Terra, você teria que entrar na fila.

— Fique feliz por eu não contar pra Tully, só isso.

— Bem, para de andar por aí com a buceta balangando, só isso.

— Seu cavalo!

Ela subiu a escada correndo, plop, plop, plop. Uma bundona. Uma porta bateu em algum lugar. Eu não fui atrás. Uma mercadoria absolutamente superestimada.

Naquela noite, quando Tully chegou em casa, ela me mandou para Catalina por uma semana. Acho que sabia que Nadine estava no cio.

Isso não estava no filme. Você não pode colocar tudo num filme.

* * *

E então, de volta à sala de projeção, o filme terminou. Houve aplausos. Todos circulamos apertando as mãos uns dos outros, nos abraçando. Nós éramos todos ótimos, porra, se éramos.

Então Harry Friedman me achou. Nos abraçamos, depois trocamos um aperto de mãos.

— Harry — falei —, foi um sucesso.

— Pois é, pois é, um ótimo roteiro! Escuta, ouvi dizer que você fez um romance sobre prostitutas!

— É.

— Quero que você escreva um roteiro para mim baseado nele. Quero fazer o filme!

— Claro, Harry, claro...

Então ele viu Francine Bowers e avançou na direção dela.

— Francine, boneca querida, você estava magnífica!

Aos poucos as coisas foram se acalmando e a sala estava quase vazia. Sarah e eu saímos.

Lance Edwards e seu carro tinham sumido. Tivemos que fazer uma longa caminhada para voltar ao nosso carro. Não foi ruim. A noite estava fresca e clara. O filme estava pronto e logo entraria em cartaz. Os críticos iam ter sua opinião. Eu sabia que filmes demais eram feitos, um depois do outro depois do outro. O público via tantos filmes que já não sabia o que era um filme e os críticos estavam na mesma.

Então estávamos no carro voltando.

— Eu gostei — disse Sarah —, só que tinha umas partes...

— Eu sei. Não é um filme imortal, mas é um bom filme.

— É sim...

Então estávamos na rodovia.

— Vou ficar feliz quando vir os gatos —, disse Sarah.

— Eu também...

— Você vai escrever outro roteiro?

— Espero que não...

— Harry Friedman quer que a gente vá pra Cannes, Hank.

— O quê? E deixar os gatos?

— Ele disse para levar os gatos.

— Sem chance!

— Foi o que eu disse a ele.

Tinha sido uma boa noite e haveria outras. Passei para a faixa expressa e mandei ver.

42

Cannes era uma outra questão. Recebi um telefonema de lá de Pinchot.

— A gente não espera ganhar, mas espera poder chegar perto.

— Acho que o Jack Bledsoe pode ganhar melhor ator.

— Tem uns rumores de que os franceses vão dar a Palme d'Or a um dos deles.

Na Firepower, o departamento de publicidade não parava de mandar várias revistas do ramo para me entrevistar sobre o filme. Como eu tinha quebrado umas janelas de catedrais na minha época, as revistas acharam que eu era algo ou alguém que deveriam atrair, alguém para fazer tagarelar de tão bêbado, alguém que podia ser persuadido a dizer algo estupidamente útil. E elas conseguiram numa noite estúpida. Falei alguma coisa negativa sobre um ator de quem eu gostava muito como pessoa e como ator. Foi uma coisa pequena, descrevia apenas um pequeno segmento dessa pessoa. Mas, como a mulher dele me disse ao telefone: "Pode até ser verdade, mas você não precisava dizer". Ela estava certa, mas de outro modo ela estava errada. Devemos ser livres para falar livremente, sobretudo quando nos fazem uma pergunta direta. Mas tem a questão do tato. E então tem a questão de tato demais.

Inferno, eu tinha sido atacado sem parar ao longo dos anos, mas de alguma forma achava isso revigorante. Nunca acreditei que meus críticos fossem qualquer coisa além de idiotas. Se o mundo durar até o próximo século, eu ainda vou estar lá e os velhos críticos vão estar mortos e esquecidos e vão ser substituídos por novos críticos, novos idiotas.

Então, senti muito por magoar o ator, mas talvez os atores sejam só mais sensíveis que os escritores. Espero que sim.

E eu parei de dar entrevistas.

Na verdade, eu dizia para qualquer um que pedisse que cobrava mil dólares por hora. Eles logo perdiam o interesse.

Então Jon Pinchot estava no telefone novamente de Cannes.

— Estamos com problemas...

— Como o quê?

— Jack Bledsoe não quer sair do quarto de hotel pra ser entrevistado...

— Dá pra entender.

— Não, espera... É por ele não querer falar com ninguém que não fez uma boa crítica do seu último filme. O problema é naquele que ele não recebeu muitas críticas boas. Os repórteres estavam todos esperando no lobby e Jack disse: "Não, nada de entrevistas, vocês não me entendem". Um cara levantou a mão e disse: "Jack, falei bem do seu último filme!". Jack respondeu: "Tá certo, então vou dar uma entrevista pra *você*". Aí eles marcaram tudo. Em tal café, em tal horário. O único problema é que o Jack não apareceu.

— Jon, acho que esses atores são mais sensíveis do que os escritores ou os diretores...

— Sensíveis? Bem, dá pra chamar assim...

— Como está a Francine?

— Bem. Bem. Ela fala com todo mundo. Usa esses vestidos de verão. Fala bem de todos nós. Ela sabe que fez um grande retorno. Ela acha que é a última das últimas das grandes. Circula como uma deusa. É um baita espetáculo.

— Sei. Como está o Friedman?

— Ah, ele está ótimo! Ele está pra todo lado, falando e suando, balançando os braços. Todos os poderosos aqui odeiam ele. Ao mesmo tempo, o temem por causa da tenacidade e da energia dele. Ele perturba o sono deles. Eles falam sobre ele enquanto bebem. Querem arrancar o rabo dele fora com seus raios mortais.

— Sem chance. Mais alguma coisa?

— Só o Jack. Se pelo menos a gente conseguisse tirar ele do quarto de hotel. Finalmente conseguimos que ele concordasse em aparecer num dos programas de tevê mais populares da França. Ele concordou. Depois não apareceu.

— Mas então por que ele se deu ao trabalho de ir pra Cannes?

— Porra, e eu sei lá...

O tempo passou como de costume. O hipódromo ainda estava lá. Além disso, reli alguns James Thurber. No seu auge, ele era engraçado que era uma loucura. É uma pena que ele tenha um ponto de vista de classe média alta. Teria dado um baita de um mineiro de carvão.

Também arrematei um punhado de poemas. O poema tem certo valor, acredite. Ele não deixa você ficar louco de tudo.

Pois é.

E então, não. O filme não ganhou nada em Cannes.

E Sarah começou a plantar novas flores e vegetais no jardim.

E nossos cinco gatos nos observavam com seus dez belos olhos.

43

Depois de Cannes ainda havia mais trabalho a fazer na sala de edição. Pinchot estava empenhado nisso.

Eu fiz uma pequena ponta no filme. Interpretei uma mosca de bar em uma cena. Foi breve, mas poderia ter sido mais longo. Eles cortaram a maior parte. Explico. Estou lá sentado com outros dois camaradas, estamos no bar, não sentados juntos, mas separados. É a cena em que o Jack conhece a Francine. Nós três, como moscas de bar, devemos simplesmente ficar sentados lá como moscas de bar. Mas uma vez que a câmera estava sobre nós, não consegui evitar. Tomei uma golada de cerveja, fiz um bochecho e, em seguida, voltei-a pelo gargalo da garrafa de cerveja a uns bons quinze centímetros. Um truque excelente. Nem uma gota caiu no balcão. Não sei o que me levou a fazer isso. Eu nunca tinha feito isso antes. Mas essa parte acabou indo parar no chão da sala de edição.

— Olha, Jon — falei —, por que é que você não coloca essa parte de volta?

— Não dá. Todo mundo ficaria perguntando: "Mas quem é que é esse cara?".

Quando você é figurante, simplesmente não improvisa.

De qualquer modo, chegou a hora em que não havia mais o que fazer no filme. A data do lançamento foi marcada.

Nessa noite específica, mais ou menos uma semana antes do lançamento, Jon estava na nossa casa e estávamos de bobeira.

— Bem, você vai escrever outro roteiro pra gente? Estou pronto quando você estiver.

— Não, Jon, eu tenho medo de Hollywood. Já chega. Ou com certeza espero que já chegue.

— O que você vai fazer agora?

— Um romance, acho.

— Sobre o quê?

— Você nunca fala sobre ele primeiro.

— Por que não?

— Faz o ar sair dos pneus.

— O Hank está sempre vendo como está a pressão dos pneus dele — disse Sarah. — Ele leva esse medidorzinho pra cima e pra baixo com ele. Pra testar os romances dele.

— Ela tem razão... Escuta, Jon, o filme vai ter uma première?

— Uma première? Ora, não...

— Nada de première? — perguntou Sara. — Que ridículo!

— Jon — falei —, quero uma première!

— *Você* quer uma première? Não acredito! Por quê?

— Por quê? Pra rir. Pra falar besteira. Quero uma limusine branca com motorista, um estoque do melhor vinho, uma tevê colorida, telefone no carro, charutos...

— Pode apostar — disse Sarah —, e a Francine vai adorar!

— Bem — falou Jon —, vou ver o que eu posso fazer.

— Diz pro Friedman que é pra publicidade — sugeriu Sarah. — Diz que vai ajudar nos lucros.

— Vou mexer meus pauzinhos...

— E, Jon — lembrei —, não esquece da limusine branca.

* * *

De alguma forma, Jon conseguiu. A noite da première chegou. Sarah estava no andar de cima se arrumando quando a limusine branca chegou na entrada. As criancinhas da vizinhança tinham visto e já estavam se juntando no jardim ao lado. Saí e indiquei o caminho para a limusine pela entrada.

— Hank, você é famoso? — perguntou uma das crianças.

— Famoso? Ah, sou, sou...

— Hank, a gente pode ir junto?

— Vocês não iam gostar.

— A gente ia, sim!

O motorista desligou o motor e saiu.

Trocamos um aperto de mãos.

— Eu sou o Frank — disse ele.

— Eu sou o Hank — falei.

— Você é o escritor?

— Sou. Você leu minhas coisas?

— Não.

— Bem, eu também não vi você dirigir.

— Ah, viu, sim, senhor. Acabou de me ver dirigindo na entrada da garagem.

— Ah, é verdade, não é? Escuta, minha mulher ainda está se vestindo. Não vai demorar.

— O que o senhor escreve?

— O que quer dizer?

— Quero dizer exatamente o que eu disse, senhor. O que o senhor escreve?

O camarada estava começando a me deixar meio puto. Eu não estava acostumado com motoristas.

— Bem, eu escrevo poemas, contos, romances...

— E escreveu um roteiro, senhor.

— Ah. Isso. É.

— Sobre o que senhor escreve?

— Sobre o quê?

— Sim, *sobre o quê*...

— Ah, haha, eu escrevo sobre a vida, sabe. Só a vida, sabe.

— A minha mãe — disse uma das crianças, esticando a cabeça por sobre a cerca — falou que ele escreve coisas *sujas*!

O motorista olhou para mim.

— Por favor, diga para a sua esposa que é uma viagem comprida. Não devemos nos atrasar.

— Quem disse?

— O sr. Friedman.

Entrei em casa e gritei escada acima.

— Sarah, a limusine tá aqui, corre...

— Ele está adiantado...

— Eu sei. Mas é noite de sexta-feira e é uma viagem comprida.

— Vou descer num minuto. Não se preocupa. A gente vai conseguir chegar.

Abri uma lata de cerveja e liguei a tevê. Estava passando uma luta na ESPN. Eles estavam batendo com força mesmo. Os lutadores tinham melhor condicionamento agora do que na minha juventude. Fiquei admirado com a energia que eles eram capazes de empregar e ainda continuar seguindo e seguindo. Os meses de empenho na estrada e na academia que os lutadores tinham que enfrentar pareciam quase intoleráveis. E então, aqueles últimos dois ou três dias intensos antes de uma grande luta. O condicionamento era a chave. Talento e coragem eram um imperativo, mas sem condicionamento eram anulados.

Eu gostava de assistir às lutas. De alguma forma, me lembrava escrever. Você precisava da mesma coisa, talento, coragem e condicionamento. Só que o condicionamento era mental, espiritual. Você nunca era um escritor. Você tinha que *se tornar* escritor cada vez que se sentava diante da máquina. Não era tão difícil uma vez que você se sentava em frente à máquina. O que era difícil às vezes era encontrar aquela cadeira e sentar nela. Às vezes você não conseguia se sentar nela. Como todas as outras pessoas no mundo, para você, as coisas atravancavam o caminho: pequenos problemas, grandes problemas, afrontas e pancadas sem parar. Você tinha que estar em condição de enfrentar o que estava tentando te matar. Essa era a mensagem que eu tirava assistindo às lutas, ou vendo os cavalos correrem, ou pelo modo como os atletas continuavam superando o azar, quedas na pista e pequenos horrores pessoais fora dela. Eu escrevia sobre a vida, haha. Mas o que realmente me surpreendia era a imensa coragem de algumas das pessoas que *viviam* aquela vida. Isso me fazia continuar.

Sarah desceu a escada. Ela estava ótima.

— Vamos!

Desliguei a tevê. Então estávamos porta afora.

Apresentei Sarah ao motorista.

— Sarah! Sarah! Sarah! — gritaram as crianças. As crianças gostavam da Sarah.

— A gente pode ir com vocês, Sarah?

— Vocês vão ter que pedir pra mãe de vocês. — Ela riu.

Mães? Ninguém nunca pedia para os pais?

O motorista abriu a porta de trás para nós. A limusine deu a ré devagar com as crianças seguindo ao longo da cerca. Droga, eu logo estaria morto e um dia mais ou menos a metade delas estaria sentada diante de processadores de texto escrevendo umas merdas inimaginavelmente ruins.

Descemos a ladeira íngreme e tirei a rolha da primeira garrafa de vinho. Servi duas taçonas cheias.

— Saúde — falei para Sarah, batendo nossas taças.

— Tim-tim e saúde — disse ela.

Liguei a tevê. Não pegava ESPN. Desliguei.

— Você sabe chegar lá? — perguntou Sarah ao motorista.

— Ah, sei...

Sara olhou para mim.

— Você já imaginou alguma vez que iria de limusine para a estreia de um filme que você escreveu?

— Nunca. Estou feliz por ter saído daquele banco do parque.

— Eu gosto de limusines. Você não gosta de andar nelas?

— Elas planam. Estamos num planador para o inferno. Aqui, deixa eu te servir mais.

— Vinho ótimo...

— Ah, pois é...

Seguimos a rodovia do porto para o norte e depois cortamos para a rodovia San Diego para o norte. Eu odiava a rodovia San Diego. Sempre engarrafava. Então reparei numa chuvinha fina começando a cair.

— Pronto — falei —, está começando a chover.

Todos os carros iam parar. Os motoristas da Califórnia não sabiam dirigir na chuva. Eles dirigiam rápido demais ou devagar demais. A maioria dirigia devagar demais.

— A gente vai chegar atrasado — disse Sarah.

— Acho que sim, garota.

Então o céu realmente começou a desabar. O terror tomava conta dos outros motoristas na rodovia. Eles olhavam atentamente através dos limpadores de para-brisa com seus minúsculos olhos sem alma. Aqueles putos deviam estar felizes por terem limpadores de para-brisa. Uma vez tive um carro velho que não tinha. Quer saber de dificuldade para dirigir? Tente isso. Quando chovia, eu levava comigo uma batata cortada. Eu parava o carro, limpava o para-brisa com a batata e seguia em frente. Você tinha que saber como fazer: só passar bem de leve.

Mas esses motoristas, agora, nos carros deles, estavam agindo como se estivessem praticamente no leito de morte. Dava para sentir o pânico deles no aguaceiro. Pânico idiota. Pânico inútil. Pânico desperdiçado. Se quiser usar seu pânico um dia, guarde para alguma coisa de verdade.

— Bem, querida, a gente tem bastante vinho.

Servi um pouco mais.

Mas eu tinha que dar um pouco de crédito ao motorista. Ele era um profissional. Parecia saber qual faixa seguiria mais lenta e qual avançaria em breve e ele guiou aquela limusine tão grande com suavidade de uma faixa para a outra, tirando o melhor do fluxo. Quase o perdoei por não ser um dos meus leitores. Eu adorava profissionais que eram capazes de fazer o que deviam ser capazes de fazer. Eram raros. Havia tantos profissionais ineficientes: médicos, advogados, presidentes, encanadores, *quarterbacks*, dentistas, policiais, pilotos de avião etc.

— Acho que a gente vai conseguir — disse a ele.

— Talvez — admitiu.

— Quem é o seu escritor favorito? — perguntei.

— Shakespeare.

— Se a gente conseguir, eu te perdoo.

— Se a gente conseguir, eu me perdoo.

Eu simplesmente não conseguia manter uma conversa com aquele filho da puta. Ele sempre me abafava.

Sarah e eu apenas bicávamos nosso vinho.

E então estávamos lá. O motorista parou e abriu a porta. Saímos.

Era na ponta de um grande shopping center. O teatro ficava lá no fundo em algum lugar.

— Obrigado, Frank — falei.

— De nada. Vou estacionar agora. Encontro vocês quando saírem.

— Como vai conseguir nos encontrar?

— Eu encontro...

Então ele estava no banco do motorista e a limusine branca tinha ido para o trânsito. Ainda estava caindo uma chuva.

Olhei e havia uns quatro ou cinco homens com guarda-chuvas esperando por nós. Era a parte aberta do shopping e um pouco da chuva entrava. Os homens com os guarda-chuvas avançaram apressados em nossa direção, parecendo bastante preocupados com a possibilidade de nos molharmos.

Eu ri.

— Que ridículo!

— Gostei! — Sarah riu.

Corremos uns em direção aos outros. Então passamos para dentro do shopping. Havia câmeras disparando os flashes. Pra valer. Eu tinha deixado o banco do parque para trás.

44

Eu disse a um dos homens enquanto seguíamos:

— Mas que droga, a gente deixou a garrafa de vinho no carro! Vamos precisar de umas garrafas de vinho pro filme!

— Vou buscar para você, sr. Chinaski — disse o homem.

Eu não fazia ideia de quem ele era. Ele se separou do grupo.

— E não esquece de um saca-rolhas! — gritei para ele.

Nós avançamos shopping adentro. Bem longe à nossa esquerda, dava para ver os flashes pipocando. Então vi Francine Bowers. Ela estava fazendo poses, olhando primeiro para este lado e depois para aquele. Ela era majestosa. A melhor das últimas.

Nós seguimos os homens. Então havia uma câmera de tevê. Mais flashes. Reconheci a mulher como uma das entrevistadoras de um canal de entretenimento.

— Henry Chinaski — ela me cumprimentou.

— Como vai? — fiz uma reverência.

Então, antes que ela pudesse fazer qualquer pergunta, eu disse:

— A gente está preocupado. Deixamos o nosso vinho na limusine. O motorista provavelmente está bebendo neste momento. A gente precisa de mais vinho.

— Como roteirista, você gostou de como o filme ficou?

— O diretor lidou com dois atores difíceis, os protagonistas, sem qualquer problema. Usamos moscas de bar de verdade, nenhuma delas conseguiu aparecer aqui hoje à noite. A cinematografia é ótima e o roteiro está bem escrito.

— É a história da sua vida?

— Alguns dias num período de dez anos...

— Obrigado, sr. Chinaski, por falar conosco...

— Sem problema...

Então Jon Pinchot estava lá.

— Olá, Sarah, olá, Hank... Venham comigo...

Havia um grupinho com gravadores de fita cassete. Alguns flashes dispararam. Eu não sabia quem eles eram. Começaram a fazer perguntas.

— Você acha que a bebida deve ser glorificada?

— Não mais do que qualquer outra coisa...

— Beber não é uma doença?

— Respirar é uma doença.

— Você não acha bêbados desagradáveis?

— Acho, a maioria é. E também a maioria dos abstêmios.

— Mas quem se interessaria pela vida de um bêbado?

— Outro bêbado.

— Você considera a bebedeira socialmente aceitável?

— Em Beverly Hills, sim. Na sarjeta, não.

— Você "se vendeu para Hollywood"?

— Acho que não.

— Por que você escreveu este filme?

— Quando escrevo uma coisa, nunca penso no porquê.

— Quem é o seu ator favorito?

— Não tenho nenhum.

— Atriz.

— Mesma resposta.

Jon Pinchot puxou minha manga.

— É melhor a gente ir. Acho que o filme já vai começar...

Sarah e eu fomos atrás deles. Fomos apressados. Então estávamos no teatro. Todo mundo parecia estar lá dentro.

Então ouvimos a voz atrás de nós:

— *Esperem!*

Era o homem que tinha ido atrás do vinho. Ele estava com um saco grande de papel. Ele correu e o lançou em meus braços.

— Você é um dos grandes homens desse mundo! — falei.

Ele simplesmente se virou e seguiu apressado.

— Quem é esse cara? — perguntei a Jon. — Ele trabalha pra Firepower?

— Não sei...

— Vamos — disse Sarah —, é melhor a gente entrar.

Entramos atrás de Jon no saguão. As portas já estavam fechadas. Jon as empurrou para abrir. Estava escuro e nós o seguimos pelo corredor. O filme já tinha começado.

— Merda — falei —, eles não podiam ter esperado a gente? Nós somos os roteiristas!

— Venham comigo — disse Jon. — Guardei dois lugares para vocês.

Nós o seguimos até a primeira fila, corredor lateral. Havia dois assentos encostados na parede.

— Vejo vocês mais tarde — despediu-se Jon.

Havia duas garotas sentadas no mesmo corredor que a gente. Uma delas disse para a outra:

— Não sei o que a gente está fazendo aqui. Eu odeio de verdade o Henry Chinaski. Ele é um ser humano repugnante!

Procurei uma das garrafas de vinho e um abridor no escuro. A tela foi do escuro para o claro.

— O Henry Chinaski — continuou a garota — odeia mulheres, odeia crianças, ele é um puto de um velho medonho e amargo, não entendo o que as pessoas enxergam nele!

A outra garota me viu na luz da tela e deu um cutucão nas costelas da amiga com o cotovelo.

— Shhhh... acho que é ele ali!

Abri uma garrafa para Sarah e outra para mim. Nós as erguemos bem altas. Então Sarah disse:

— Vou dar uma coça nessas vadias!

— Não — falei —, meus inimigos são a fonte de metade da minha renda. Eles me odeiam tanto que vira um caso de amor subliminar.

Estávamos num lugar horrível para ver o filme. De onde estávamos sentados, todos os corpos eram compridos, alongados e magros, e as cabeças eram as piores. Grandes e disformes, testas compridas e, no entanto, por maiores que fossem as testas, parecia quase não haver olhos, bocas ou queixos nas cabeças. Além disso, o som estava alto demais e bastante distorcido. O diálogo soava como:

— *Whooo, woooo, wuld waft ta kristol, yo to yo....*

A première do meu primeiro e único filme e eu não conseguia entender nada.

Mais tarde, descobri que havia outro cinema ao lado exibindo nosso filme exatamente ao mesmo tempo que estava com lotação apenas pela metade.

— Jon não planejou isso muito bem — comentou Sarah.

— Bem, vamos ver no videocassete um dia — falei para ela.

— É — disse ela.

E levantamos nossas garrafas em uníssono.

As garotas nos observavam com total fascínio e engulho.

As cabeças enormes com testas grandes continuaram se movendo na tela.

E as cabeças falavam alto umas com as outras.

— *Flam flam wool wo, taka brak vo so...*

— *Ya dol ya, tek ta tam, ya vo do...*

— *Preebers...*

— *Braka dam...*

— Eles foderam com o meu diálogo, Sarah.

— Ah... pois é...

Mas era melhor quando as testas grandes e altas iam atrás das bebidas bem altas e finas, a bebida enchia metade da tela, e então a bebida ia para algum lugar, debaixo da testa, e então acabava, e então havia apenas copos vazios ondulantes, mudando de forma, se esticando e contraindo, os copos vazios brilhando do Hades. Que ressaca aquelas testas teriam.

Finalmente, Sarah e eu paramos de assistir à tela e apenas nos dedicamos a nossas garrafas de vinho.

E, com o tempo, o filme acabou.

Houve alguns aplausos e então esperamos que o público saísse. Esperamos um bom bocado. Então nos levantamos e saímos.

Havia mais flashes no saguão. Apertos de mão. Desviamos.

Precisávamos dos banheiros.

— Vejo você junto do vaso de plantas em frente ao banheiro feminino — falei para Sarah.

Cheguei ao banheiro masculino. No mictório ao meu lado estava um bêbado cambaleante. Ele olhou para mim.

— Ei, você é Henry Chinaski, não é?

— Não, eu sou o irmão dele, o Donny.

O bêbado cambaleou um pouco mais, mijando.

— Chinaski nunca escreveu nada sobre irmão nenhum.

— Ele me odeia, é por isso.

— Por quê?

— Porque eu já acabei com a raça dele umas sessenta ou setenta vezes.

O bêbado não sabia o que pensar sobre isso. Apenas continuou mijando e cambaleando. Eu fui, lavei as mãos, saí de lá.

Esperei junto ao vaso de plantas. O motorista saiu de trás dele.

— Fui instruído a levá-lo para a festa de comemoração.

— Ótimo — falei —, assim que a Sarah...

E lá estava a Sarah.

— Sabe, querida, a maioria dos motoristas espera do lado de fora, mas o nosso, o Frank, entrou e nos encontrou. Mas ele tirou a boina para não ficar parecendo um motorista.

— A noite está estranha — disse ela.

Seguimos Frank pelo shopping. Ele estava uns dois passos à frente.

— Você não bebeu o nosso vinho, bebeu, Frank?

— Não, senhor...

— Frank, a primeira regra de um motorista não é nunca sair de sua limusine? E se alguém roubasse a limusine, por exemplo?

— Senhor, ninguém jamais roubaria aquele lixo.

— Tem razão.

Assim que saímos do shopping, Frank colocou a boina de volta. A limusine estava estacionada bem no meio-fio.

Ele abriu a porta para nos acomodarmos no banco de trás e fomos embora.

45

A festa de pós-première foi no Copperfield's na La Brea Avenue. Frank parou na frente, nos deixou e nós seguimos em direção à entrada para mais flashes. Tive a impressão de que não sabiam quem estavam fotografando. Desde que tivesse saído de uma limusine, estava qualificado.

Fomos reconhecidos na porta e nos deixaram entrar para uma multidão de pessoas, apinhadas, todas segurando taças de vinho tinto. Elas estavam em grupos de três ou quatro ou mais, conversando ou não. Não havia ar-condicionado e, ainda que fizesse frio do lado de fora, estava quente lá dentro, muito quente. Era simplesmente gente demais sugando o oxigênio.

Sarah e eu pegamos nosso vinho e ficamos lá, tentando fazer descer. O vinho era muito abrasivo. Não tem nada pior do que vinho tinto barato, a não ser vinho branco barato que deixaram esquentar.

— Quem é toda essa gente, Sarah? O que eles querem aqui?

— Alguns são do ramo, alguns estão praticamente no ramo e alguns só estão aqui porque não conseguem pensar em outro lugar para estar.

— O que eles estão fazendo?

— Alguns estão tentando conseguir contatos, outros estão tentando manter contatos. Alguns vão a todas os eventos como este que conseguem. Também tem um punhado de gente da imprensa.

O clima no ar não estava bom. Estava sem alegria. Aqueles eram os sobreviventes, os ligeiros, os tubarões, os mesquinhos. As almas perdidas jogavam conversa fora e estava quente, quente, quente.

Então um homem em um terno caro se aproximou.

— Vocês não são o sr. e a sra. Chinaski?

— Sim — falei.

— Vocês não devem ficar aqui embaixo. Devem ficar lá em cima. Venham comigo.

Nós fomos com ele.

Nós fomos com ele por uma escada para o segundo andar. Não estava tão lotado. O homem de terno caro se virou de frente para nós.

— Vocês não devem beber o vinho que estão servindo aqui. Vou arranjar uma garrafa para vocês.

— Obrigado. Traga duas.

— Claro. Já volto...

— Hank, mas o que é tudo isso?

— Aceite. Não vai acontecer nunca mais.

Olhei para a multidão. Me passou a mesma sensação que tive da multidão lá embaixo.

— Me pergunto quem é esse cara — falei.

Então ele voltou com duas garrafas de um bom vinho e um saca-rolhas, além de taças de vinho limpas.

— Muito obrigado — agradeci.

— De nada — respondeu ele. — Eu lia sua coluna no *L.A. Free Press*.

— Você não parece tão velho.

— Não sou. Meu pai era hippie. Eu lia o jornal depois que ele terminava.

— Posso perguntar seu nome?

— Carl Wilson. Sou o dono desse lugar.

— Ah, entendi. Bem, obrigado mais uma vez pelo vinho bom.

— De nada. Me avise se precisarem de mais.

— Claro.

Então ele se foi. Abri uma garrafa e servi duas taças. Nós provamos. Vinho bom de verdade.

— Agora — disse a Sarah —, quem é essa gente aqui em cima? Em que eles são diferentes dos que estão lá embaixo?

— São iguais. Só têm mais influência, mais sorte. Dinheiro, política, família. Os que são do ramo levam a família e os amigos. Habilidade e talento são secundários. Eu sei que parece que estou fazendo discurso, mas é assim que as coisas são.

— Faz sentido. Mesmo os ditos melhores filmes me parecem muito ruins.

— Você prefere assistir a uma corrida de cavalos.

— Claro...

Então Jon Pinchot se aproximou.

— Meu Deus! Essa gente! É como se eu tivesse sido coberto de merda! — Eu ri.

Então Francine Bowers apareceu. Ela estava extasiada. Tinha feito seu retorno.

— Você estava ótima, Francine — falei.

— Pois é — disse Jon.

— Você se soltou — comentou Sarah.

— Demais, talvez?

— De jeito nenhum — falei.

— Ei — disse Francine —, que vinho é esse que vocês estão bebendo? Parece dos bons.

— Toma um pouco. — Virei a garrafa em sua taça.

— Pra mim também — disse Jon.

— Como é que você consegue as coisas boas? — perguntou Francine.

— O pai do proprietário era hippie. Os dois liam o *L.A. Free Press*. Eu escrevia uma coluna, "Notas de um homem neandertal".*

Então ficamos todos lá sem dizer nada. Não havia mais nada a dizer. O filme estava terminado.

— Cadê o Jack Bledsoe? — perguntei.

— Ah — disse Jon —, ele não vem pra essas coisas.

— Bem, eu venho — disse Francine.

— Nós também — admitiu Sarah.

Então outro grupo fez alguns acenos.

— Uma revista quer entrevistar você, Francine. A *Movie Mirror*.

— Claro — disse Francine. — Com licença — ela disse para nós.

— Sem problemas.

Ela foi até lá, imponente e orgulhosa. Eu fiquei satisfeito por ela. Eu ficava bem por qualquer pessoa que voltava depois de ser ostracizada.

— Vai lá com ela, Jon — disse Sarah. — Ela vai ficar mais à vontade...

— Devo ir também, Sarah?

— Não, Hank, você só vai tentar monopolizar a entrevista. E, não esquece, você agora cobra mil dólares.

* A coluna do autor no *Los Angeles Free Press* se chamava "Notes of a Dirty Old Man" [Notas de um velho sujo, em tradução livre]. [*N.E.*]

— É verdade...

— Tudo bem — disse Jon —, vou lá.

Então ele foi para lá.

Um jovem se aproximou com um gravador.

— Eu sou do *Herald Examiner*. Faço a coluna "Talk and Tell". Você gostou do resultado do filme?

— Você tem mil dólares? — perguntou Sarah.

— Sarah, isso é apenas um lero-lero, está tudo bem.

— Bem, você gostou do resultado do filme?

— É um filme melhor do que a média. Muito depois que os filmes do Oscar deste ano forem esquecidos, *A dança de Jim Beam* vai aparecer de vez em quando nos cinemas de arte. E vai passar na tevê de tempos em tempos, se o mundo durar.

— Você acha mesmo isso?

— Acho. E à medida que for visto várias vezes, significados especiais que ninguém pretendeu vão ser encontrados nas falas e nas cenas. Superestimar e subestimar é a regra na nossa sociedade.

— Moscas de bar falam desse jeito?

— Algumas delas falam até que alguém as mate.

— Você parece estimar bastante esse filme.

— Não é tão bom. É que os outros são muito ruins.

— Que filme você considera o melhor que já viu?

— *Eraserhead*.

— *Eraserhead*?

— É.

— E qual é o seguinte na sua lista?

— *Quem tem medo de Virginia Woolf?*

Então Carl Wilson estava de volta.

— Chinaski, tem um cara lá embaixo dizendo que te conhece. Ele quer subir. Um tal de John Galt.

— Deixa ele subir, por favor.

— Bem, obrigado, Chinaski — disse o homem do *Herald Examiner*.

— De nada.

Tirei a rolha da segunda garrafa e servi mais um pouco para nós. Sarah aguentava beber extraordinariamente bem. Só ficava tagarela quando estávamos a sós. E tagarelava coisas sensatas, na maior parte das vezes.

Então, lá estava ele, John Galt. O grande John Galt. Ele se aproximou.

— Hank e eu nunca trocamos um aperto de mão. — Ele sorriu. — Olá, Sarah — disse ele —, esse cara está sob controle?

— Está, John.

Droga, pensei, conheço tantos caras chamados John.

Os nomes bíblicos tinham durado. John, Mark, Peter, Paul.

O grande John Galt estava com a cara boa. Seus olhos tinham ficado mais amáveis. A bondade por fim chegava aos melhores. Havia menos egoísmo. Menos medo. Menos artimanhas competitivas.

— Você está com a cara boa, querido — falei para John.

— Você está melhor agora do que há vinte e cinco anos — disse ele.

— A bebida melhorou, John.

— São as vitaminas e os alimentos saudáveis — disse Sarah. — Nada de carne vermelha, nada de sal, nada de açúcar.

— Se isso vazar, as vendas dos meus livros vão despencar, John.

— Seus troços sempre vão vender, Hank. Dá para uma criança ler.

O grande John Galt. Caramba, que salva-vidas ele tinha sido. Quando trabalhava para os correios, eu ia para casa dele em vez de comer, dormir ou fazer todas as outras coisas. O grande John estava sempre lá. Uma mulher o sustentava. As mulheres sempre sustentaram o grande John. "Hank, quando eu trabalho, não fico feliz. Eu quero ser feliz", dizia ele.

Sempre havia uma grande tigela de anfetaminas na mesa de centro entre nós. Costumava estar cheia até a boca de comprimidos e cápsulas. "Toma algumas."

Eu mergulhava e as comia como doces. "John, essa merda vai acabar com o seu cérebro." "Cada homem é de um jeito, Hank, o que acaba com um não afeta o outro."

Noites maravilhosas de disparates. Eu levava minha própria cerveja e tomava as pílulas. John era o homem mais culto que eu já tinha conhecido, sem ser pedante. Mas ele era estranho. Talvez fosse a anfetamina.

Às vezes, às três ou quatro da manhã, ele sentia vontade de pilhar latas de lixo e quintais. Eu ia com ele. "Eu quero *isso*." "Porra, John, é só uma bota esquerda velha que alguém jogou fora." "Eu quero."

A casa dele inteira estava cheia de lixo. Pilhas para todo lado. Quando você queria sentar no sofá, tinha que empurrar um monte de lixo para um lado. E as paredes estavam cobertas de palavras de ordem e manchetes de jornais estranhas. Todas as coisas destoavam. Como as últimas palavras do último maníaco da Terra. No porão da casa dele havia milhares de livros empilhados, e eles estavam inchados e molhados e apodrecidos pela umidade. Ele tinha lido todos eles e se saído muito bem. Tudo o que ele precisava para sobreviver era uma ninharia e era melhor não se meter em um jogo de xadrez com ele, ou numa luta mortal. Ele era uma maravilha. Imagino que naquela época eu tinha uma boa dose de autocomiseração e ele me alertou sobre isso. Mas principalmente, aquela época e aquelas horas eram *divertidas*. Eu me nutria do grande John Galt quando não havia mais nada por perto. Ele também era escritor. E depois eu dei sorte com a palavra e ele não. John era capaz de escrever um poema muito poderoso, mas no meio-tempo havia espaços em que parecia vazio. Ele me explicou: "Eu não quero ser famoso, só quero me sentir bem". Era um dos melhores leitores de poesia, dele mesmo ou de qualquer outra pessoa, que já ouvi. Era um belo homem. E mais tarde, depois da minha sorte, quando eu mencionava o grande John Galt de vez em quando, obtinha a mesma reação: "Não entendo o que o Chinaski vê naquele velho garganta". Aqueles que tinham aceitado a minha pessoa e o meu trabalho não aceitavam ele e o trabalho dele, e eu me perguntei se por acaso minha escrita era feita para os idiotas. O que eu não conseguia evitar. Um pássaro voa, uma cobra rasteja, eu troco as fitas da máquina de escrever.

De qualquer modo, era bom ver John Galt de novo. Ele estava com uma nova mulher.

— Esta é Lisa — disse ele. — Ela também escreve poesia.

Lisa entrou na hora na conversa e começou a falar. Ela falava até não poder mais, e John simplesmente ficou lá parado. Talvez não fosse a melhor noite dela, mas estava parecendo uma feminista dos velhos tempos. O que não tinha problema, para elas, a não ser que tendem a consumir todo o oxigênio e já estava quente demais lá dentro para ainda ficarmos sem ar fresco. Ela não parava de falar um minuto, contando tudo para nós. John e ela costumavam ler juntos. Eu já tinha ouvido falar de Babs Danish? "Não", eu disse a ela. Bem, Babs Danish era *negra* e era *mulher* e quando lia em voz alta usava brincos grandes e era muito fervorosa e os brincos iam para cima e para baixo e seu irmão Tip cuidava do pano de fundo musical para suas leituras. Eu devia ouvi-la.

— O Hank não vai a saraus — disse Sarah —, mas eu já ouvi a Babs Danish e gosto bastante dela.

— O John, eu e a Babs vamos ler no Beyond Baroque na próxima quarta-feira à noite, quer vir?

— É bem possível que eu vá — respondeu Sarah. E possivelmente iria.

Então dei uma boa olhada para John Galt. Ele parecia gentil e bom, mas vi uma dor profunda em seus olhos que eu nunca tinha visto antes. Para um homem que tinha desejado ser feliz, ele parecia um homem que perdera dois peões nos primeiros movimentos de uma partida de xadrez sem ganhar vantagem.

Então o homem do *Herald Examiner* estava de volta.

— Sr. Chinaski — chamou ele —, queria fazer mais uma pergunta.

Eu o apresentei a John Galt e Lisa.

— John Galt — eu disse — é o maior poeta não descoberto dos Estados Unidos. Esse homem me ajudou a seguir em frente quando todo o resto me dizia para parar. Eu quero que você entreviste o John Galt.

— Bem, sr. Galt?

— Hank e eu nos conhecemos há uns vinte anos mais ou menos...

Sarah e eu fomos saindo.

— Parece que com a Lisa John está todo prosa — falei.

— Talvez seja bom pra ele.

— Talvez.

Mais pessoas tinham subido. Parecia que ninguém tinha ido embora. O que havia ali? Contatos? Oportunidades? Valia a pena? Não era melhor não estar no show business? Não, não. Quem quer ser jardineiro ou taxista? Quem quer ser contador?

Não éramos todos artistas? Nossas mentes não eram melhores que isso? Melhor sofrer desse jeito do que de outro. Pelo menos a aparência era melhor.

Nossa segunda garrafa estava quase vazia.

Então Jon Pinchot voltou.

— Jack Bledsoe está aqui. Ele quer falar com você.

— Onde ele está?

— Está ali, junto da porta.

E como era de se esperar, lá estava Jack Bledsoe, encostado na porta com seu sorriso famoso e delicado.

Sarah e eu fomos até lá. Estendi a mão e Jack e eu nos cumprimentamos.

Pensei em John Gait dizendo "Hank e eu nunca trocamos um aperto de mão".

— Belo espetáculo, Jack, ótima atuação. Estou muito feliz por você estar a bordo.

— Eu consegui passar?

— Acho que conseguiu.

— Eu não queria pesar a mão na sua voz lá ou no seu desleixo...

— Você não fez isso.

— Eu só queria passar e te dar um olá.

Isso me abalou. Eu não sabia como reagir.

— Bem, querido, porra, podemos ficar bêbados juntos a qualquer momento.

— Eu não bebo.

— Ah, é... Bem, obrigado, Jack, estou feliz que você veio. Mas que tal uma saideira mesmo assim?

— Não, estou indo...

Então ele se virou e desceu a escada.

Estava sozinho. Sem guarda-costas, sem motoqueiros. Rapaz legal, sorriso legal.

Adeus, Jack Bledsoe.

Chupinhei outra garrafa de Carl Wilson, e Sarah e eu ficamos por ali com as outras pessoas, mas na verdade não estava acontecendo nada. Só pessoas espalhadas por ali. Talvez elas estivessem esperando eu ficar bêbado e desvairado e abusivo, como às vezes acontecia em festas. Mas eu duvidava. Elas eram simplesmente embotadas por dentro. Não podiam fazer nada a não ser permanecer dentro daqueles eus que não estavam exatamente lá. Não era penoso demais. Era um lugar suave para se estar.

Da minha parte, minha principal perspectiva de vida era evitar o máximo de pessoas possível. Quanto menos pessoas eu via, melhor eu me sentia. Eu conheci um outro homem, uma vez, que compartilhava minha filosofia, Sam, o Homem do Puteiro. Ele morava no pátio atrás do meu em East Hollywood. Ele tomava antidepressivos.

— Hank — ele me disse —, quando eu tava na prisão, tava sempre com problemas. O diretor ficava me mandando pra solitária. Mas eu *gostava* da solitária. O diretor vinha e levantava a portinhola e olhava lá dentro, e uma vez ele me perguntou: "*Já deu? Está pronto pra sair daí?*". Peguei um naco da minha merda e joguei e acertei bem na cara dele. Ele fechou a portinhola e me largou lá embaixo. Eu simplesmente fiquei lá. Quando o diretor voltou, não levantou a portinhola inteira. "*Bem, e agora já deu?*" "*Nem de longe*", gritei de volta. Por fim o diretor me tirou de lá. "*Ele gosta demais*", ele disse para os guardas. "*Levanta o rabo dele daí!*"

Sam era um baita cara, mas então começou a jogar. Ele não conseguia pagar o aluguel, estava sempre em Gardena, dormia nas latrinas de lá e voltava a jogar assim que acordava. Sam acabou sendo expulso do apartamento. Eu o encontrei num quartinho no distrito coreano. Ele estava sentado num canto.

— Hank, eu só consigo beber leite, só que ele volta na mesma hora. Mas os médicos dizem que não tem nada de errado comigo.

Duas semanas depois ele estava morto. Esse homem que compartilhava minha filosofia sobre as pessoas.

— Escuta — falei para Sarah —, não tem nada acontecendo aqui. Está tudo morto. Vamos embora.

— A gente pode tomar toda a bebida grátis que a gente quiser...

— Não vale a pena.

— Mas a noite é uma criança, talvez aconteça alguma coisa.

— A não ser que eu faça acontecer e não estou a fim.

— Vamos esperar só um pouquinho...

Eu sabia o que ela queria dizer. Para nós, era o fim de Hollywood. No geral, ela ligava mais para aquele mundo do que eu. Não muito, mas um pouco. Ela tinha começado a estudar para ser atriz.

Ainda assim, eram apenas pessoas paradas, só isso. As mulheres não eram bonitas e os homens não eram interessantes. Era mais entediante do que o tédio. O entediamento doía de verdade.

— Eu vou explodir se a gente não sair daqui — falei para Sarah.

— Tá certo — disse ela —, vamos embora.

O bom e velho Frank estava lá embaixo com a limusine.

— Vocês estão indo embora antes de acabar — disse ele.

— Hum-hum — falei.

Frank abriu a porta de trás para nós e achamos uma nova garrafa de vinho na limusine. Tiramos a rolha enquanto nosso homem de confiança pegava a rodovia do porto ao sul.

— Ei, Frank, quer uma bebida?

— Pode pôr a mão no fogo que quero, cara!

Ele apertou um botão e a pequena divisória de vidro baixou. Eu passei a garrafa.

Frank dirigia a limusine e deu um gole na garrafa de vinho. Não sei, mas de alguma forma aquilo tudo parecia muito estranho e engraçado, e Sarah e eu começamos a rir.

Finalmente, a noite tinha ganhado vida.

46

Depois disso, não aconteceu muita coisa. O filme estreou em três ou quatro cinemas da cidade. As pessoas começaram a me perturbar no hipódromo.

— Foi você que escreveu aquele filme?

— Foi.

— Achei que você fosse um apostador de cavalos.

— Eu sou. Agora, se você me dá licença...

Algumas pessoas tinham um jeito bacana de abordar. Outras eram um terror. Elas viam você e seus olhos se arregalavam e então elas avançavam correndo na sua direção. Aprendi a reconhecer esse olhar e, quando o via, me esgueirava por algum corredor lateral, dava uma guinada rápida. Tenho certeza de que fugi de muita gente que não tinha intenção alguma de me incomodar. Eu sabia que no devido tempo as coisas voltariam ao normal e que eu seria de novo só mais um velho no hipódromo, como todos os outros velhos.

As críticas de *A dança de Jim Beam* foram tanto boas como ruins. O *New York Times* fez uma crítica maravilhosa, mas *Jim Beam* irritou a mulher da *New Yorker*. Rick Talbot disse que era um dos dez melhores filmes do ano.

Então vieram uns momentos estranhos. Uma noite, eu estava no andar de cima e Sarah gritou:

— Estão resenhando *A dança de Jim Beam*!

Eram Wexler e Selby numa estação de tevê a cabo. Quando cheguei, eles estavam mostrando a cena em que Jack Bledsoe está jogando as roupas de Francine Bowers pela janela do sexto andar. Então a cena terminou.

Selby balançou a cabeça e afastou o filme com os pulsos moles.

— *Horrível! Terrível!* Este deve ser *o pior* filme do ano! Aqui temos esse... *vagabundo*... com as calças arriadas nos tornozelos! Ele é imundo, indiferente... odioso! Tudo o que ele quer fazer é dar uma surra no barman! De tempos em tempos ele escreve poemas nuns pedaços de papel rasgado! Mas a gente vê principalmente esse canalha... entornando garrafas de vinho ou implorando bebidas no bar! Numa cena do bar, vemos duas mulheres *morrendo* de brigar por ele. É impossível! *Ninguém, ninguém* jamais ligaria pra esse homem! Quem ligaria pra ele? Avaliamos os filmes de um a dez aqui. Será que tem um jeito de dar menos um pra ele?

Como era de se esperar, apareceu o menos um na tela.

Então Wexler começou.

— Eu concordo com a sua perspectiva, mas dou um dois. Acho que teve uma cena engraçada, em que ele toma banho na banheira com o cachorro.

— Ah, não — disse Selby —, aquilo foi idiota...

Depois de um mês, o filme ainda estava passando em três ou quatro cinemas. Então estreou em um cinema perto de San Pedro e decidimos ir assistir. Afinal de contas, nunca tínhamos assistido numa tela grande, a não ser na première com as enormes cabeças alongadas.

Dirigimos até um shopping pequeno e estacionamos onde conseguíamos ver o cinema. E no letreiro estavam as palavras: *A dança de Jim Beam*. Foi uma emoção, ver aquilo.

A maioria dos filmes que vi foi quando criança, todos filmes bastante horríveis. Fred Astaire e Ginger Rogers. Jeanette McDonald e Nelson Eddy. Bob Hope. Tyrone Power. Os Três Patetas. Cary Grant. Esses filmes sacudiam e chacoalhavam seu cérebro, deixavam você sem esperança ou energia. Eu me sentava naquelas salas de cinema, enjoado de corpo e alma.

Sentamos no estacionamento e esperamos o fim da sessão da tarde.

— Talvez não tenha ninguém lá dentro — falei. — Talvez não vá sair ninguém.

— Eles estão lá dentro, Hank...

Nós esperamos. Então o filme acabou e eles começaram a sair.

— Tem três — disse Sarah.

— Cinco — falei.

— Sete.

— Oito.

— Onze.

Eu me senti melhor. Eles continuavam saindo. Desisti de contar.

Então estavam todos fora de lá. Logo seria hora da sessão do início da noite.

— Você acha que mais alguém faz isso, Sarah?

— O quê?

— Ficar sentado olhando para ver quanta gente está entrando e saindo do seu filme?

— Tenho certeza de que não somos os primeiros.

Passou mais tempo.

— Onde estão as pessoas? — perguntei. — Talvez não venha ninguém!

— Elas vão vir.

Bem nessa hora, de fato, carros de modelos antigos começaram a estacionar, a circular, a procurar lugares para estacionar. Um cara saiu com uma garrafa de vinho num saco de papel.

— Os bêbados estão vindo para conferir se fizemos certo. — Eu ri.

— E eles vão confirmar — disse minha querida mulher.

— Como historiador da bebida, não tem ninguém igual a mim.

— É porque nenhum dos outros viveu tanto quanto você. Qual é o seu segredo?

— Nunca sair da cama antes do meio-dia.

Parecia um bom público entrando. Seguimos até o cinema. Fiquei parado na bilheteria.

— Duas — eu disse à garota —, uma para idoso.

Então o sujeito pegou nossas entradas, rasgou-as e passamos. Os trailers eram apresentados a todos volume. Conseguimos dois lugares no começo da fileira, mas bem atrás, e esperamos. Parecia ter pelo menos cem pessoas lá dentro.

Então, no último momento, dois jovens, um homem e uma mulher, de uns vinte e poucos anos, altos e esbeltos, sentaram na nossa frente.

Os trailers terminaram e lá estava *A dança de Jim Beam*. Os créditos apareceram. E o filme começou. Eu já tinha visto em vídeo umas três ou quatro vezes e tinha decorado bem. Ah, era a história da minha vida. Quem mais poderia enfiá-la goela abaixo nos outros desse jeito? Mas, na verdade, não era para ser tão autocentrado assim. Eu só queria mostrar as vidas estranhas e desesperadas que alguns bêbados levam, e eu era o bêbado que conhecia melhor.

Eu tinha sido precedido por uns belos de uns bebedores. Eugene O'Neill, Faulkner, Hemingway, Jack London. A bebida soltava as teclas da máquina de escrever, dava a elas alguma faísca e algum risco.

O filme seguia.

— Você acha que alguém sabe que você está aqui? — perguntou Sarah.

— Não, eu pareço demais com qualquer outra pessoa.

— Isso te incomoda?

— É, não gosto de parecer com mais ninguém.

O homem alto e esbelto na nossa frente se virou e disse:

— Por favor, quero assistir ao filme.

— Desculpa — falei.

O filme seguia. Então aconteceu uma indecência repentina e a garota na nossa frente estremeceu e disse:

— Ah, não.

— Está tudo certo, Darlene — falou seu companheiro alto.

Darlene superou, e depois houve uma cena simples em que uma mulher no bar está se gabando de como ninguém fazia um boquete como ela na cidade. A mulher disse: "Ninguém nessa cidade mama porra que nem eu!".

Darlene tapou o rosto e disse:

— Não acredito....

— Está tudo certo, querida — comentou seu companheiro.

Darlene continuou seu ato de tapar o rosto durante todo o filme, mas nem Darlene nem seu namorado foram embora.

Então o filme acabou e as pessoas começaram devagar a deixar seus lugares. Nós esperamos. Bem, eu já tinha visto filmes muito piores, sobretudo nos anos trinta.

Sarah e eu nos levantamos e seguimos no corredor para a saída. Fomos para o carro, ficamos ali sentados vendo todo mundo ir embora. Abri as janelas e demos uma fumada.

Então um carro velho passou bem devagar na nossa frente. Tinha só um homem nele. Ele nos viu e começou a acenar. Tinha um sorriso louco no rosto. Acenei de volta, então ele se foi.

— Ele te reconheceu — disse Sarah.

— É, foi engraçado.

— Pois é.

Voltamos para casa como depois de qualquer outro filme.

Chegando lá, abri uma garrafa de um bom vinho tinto. O sangue dos deuses.

O jornal estava passando na tevê. O jornal estava ruim.

Sentamos, bebemos e vimos tevê televisão até Johnny Carson aparecer. Lá estava ele, perfeitamente vestido. Sua mão continuava disparando até o nó da gravata, ele estava inconscientemente preocupado com a aparência. Johnny começou seu monólogo e dava para ouvir em paralelo a exuberante risada falsa de Ed. Pagava bem.

— O que você vai fazer agora? — perguntou Sarah.

— Sobre o quê?

— Tô dizendo, o filme acabou de vez.

— Ah, sim.

— O que você vai fazer?

— Tem os cavalos.

— Além dos cavalos.

— Ah, droga, vou escrever um romance sobre escrever o roteiro e fazer o filme.

— Certo, acho que você pode fazer isso.

— Eu posso, acho.

— Que nome você vai dar?

— *Hollywood.*

— *Hollywood?*

— É...

E aqui está.

Nota da tradutora

A obra de Bukowski é coalhada de expressões problemáticas e de ideias ofensivas. É incômodo, como tradutora, lançar mão de termos equivalentes, mas acredito que atenuar o tom desses termos problemáticos descaracterizaria as personagens, que são de fato odiosas e desagradáveis em vários sentidos. Obviamente, a intenção não é perpetrar essas visões, mas preservar a integridade do texto, que já está amplamente contextualizado pelos aparatos.

Érika Nogueira Vieira é tradutora de inglês e francês e atua no mercado editorial desde 2011.

Nota da tradutora

Era uma vez um open bar em Hollywood

Se você chegou até aqui sem precisar de nenhum remedinho ou receita para amenizar a ressaca, parabéns! O desafio é encontrar um parágrafo abstêmio neste livro. Henry Chinaski — o anti-herói de Charles Bukowski — e Sarah, sua companheira de vida e de copo, partem, vorazes, pra cima dos garçons em qualquer festinha promocional, sorvendo tudo o que leva álcool na fórmula e, ao mesmo tempo em que se embriagam de vinho, poesia ou virtude — como diria um outro Charles, o Baudelaire —, são também sugados por alguns figurões da indústria do cinema para promover o roteiro de um filme que ninguém tem certeza exatamente se vai ou não ser feito.

O filme em questão é *Barfly* ou *Condenados ao vício* (1987), com Mickey Rourke — em um bom trabalho como bêbado valentão que passa uma parte do tempo arrumando briga com o dono do bar e na outra parte reclamando de hemorroidas —, e Faye Dunaway com uma interpretação comovente que a levou a ser indicada ao Globo de Ouro de Melhor Atriz. A direção ficou a cargo de Barbet Schroeder, a quem o livro é dedicado. De origem suíça e ligado ao movimento do cinema independente, Schroeder chegou a realizar alguns sucessos comerciais no início dos anos

1990: *Mulher solteira procura*, estrelado por Jennifer Jason-Leigh, e *O reverso da Fortuna*, com Jeremy Irons e Glenn Close. Indicado a Melhor Filme no Festival de Cannes, *Barfly* não levou nada, mas ganhou ares de "cult movie", classificação dada na época para filmes de baixo orçamento que caíam nas graças da crítica e dos cinéfilos de plantão.

Antes de convencer Bukowski a escrever o roteiro de *Barfly*, a relação de amizade/interesse profissional entre o diretor e seu objeto de estudo foi consagrada anos antes. Em 1983, Schroeder filmou o escritor em uma série de entrevistas para a TV: *The Charles Bukowski Tapes*, uma espécie de "Retrato do Artista Enquanto Bebum". Em um monólogo de quatro horas de duração, Buko discorre muito honestamente e bem à vontade na sala de casa ou em uma poltrona no quintal, sempre com uma cerveja na mão, sobre seus demônios internos, a luta contra o alcoolismo e, fazendo jus ao status de guru de jovens escritores, destila suas frases lapidares como "Toda vez que eu penso sobre os seres humanos, menos quero pensar sobre eles".

Dois anos depois da estreia de *Barfly* nos cinemas, o velho Buko decide ficcionalizar os bastidores da produção e o processo de escrita do roteiro — para o qual recebeu vinte mil dólares — e lança *Hollywood*, seu penúltimo romance (o último é *Pulp*, de 1994). Talvez seja por esta razão que o clima de saideira que paira sobre *Hollywood*, e na companhia de Chinaski e Sarah, uma saidera interminável, é bem verdadeiro. Pleno de momentos que ora parecem tirados de uma paródia da *Revista MAD*, com nomes inventados como Jon-Luc Modard, Wenner Zergog, Mac Derouak ou Frances Ford Lopalla, para não citar diretamente pessoas reais, ora com momentos de puro suco da ironia Bukowskiana como nessa conversa com jornalistas:

— *Beber não é uma doença?*

— *Respirar é uma doença.*

— *Você não acha bêbados desagradáveis?*

— *Acho, a maioria é. E também a maioria dos abstêmios.*

— *Mas quem se interessaria pela vida de um bêbado?*

— *Outro bêbado.*

— *Você considera a bebedeira socialmente aceitável?*

— *Em Beverly Hills, sim. Na sarjeta, não.*

— *Você "se vendeu para Hollywood"?*

— *Acho que não.*

ou descrevendo a vida nas sombras dos roteiristas:

> *Porra, pensei, mas e o roteirista? O roteirista era o sangue, os ossos e os miolos (ou a falta deles) naquelas criaturas. O roteirista fazia o coração delas baterem, dava a elas palavras para falarem, as fazia viver ou morrer, o que quer que ele quisesse. E onde é que estava o roteirista? Quem já fotografou o roteirista? Quem aplaudiu? Mas ainda bem e sem porra de dúvida, ainda bem, o roteirista estava onde ele pertencia: em algum canto escuro, observando.*

Posso estar enganado, mas acredito que nunca nenhum outro escritor descreveu de maneira tão direta e honesta o trabalho muitas vezes não reconhecido de um roteirista. Enquanto membro da classe, me sinto autorizado a dizer que o mais comum, na maioria das vezes, é atuar no sigilo. É da natureza do roteirista ser introvertido e reservado enquanto elabora o mapa, a planta-baixa do filme. Se não for um nome da estirpe de Charles Bukowski, quem vai se importar com quem deu início aos trabalhos? Depois de um filme pronto, o caminho natural da maioria dos roteiros é a lixeira.

Ao longo da trama, descobrimos que essa relação meio conturbada com a indústria do audiovisual é o menor dos problemas para Chinaski que, entre um gole e outro, tira de letra, afinal, "escrever um roteiro me parecia uma coisa idiota". O trabalho estressante fica para os produtores, correndo atrás de grana ou de uma nova locação. Pouco importa para Chinaski se o filme vai agradar ou não. O que ele mais deseja na vida é ser pago e desfrutar as tardes no hipódromo, um lugar onde "a cobiça, o medo e a raiva estavam todos lá (...) e a única aposta certa é ganhar".

Um dia no turfe e suas relações efêmeras têm mais valor para Chinaski do que as máscaras sociais nos jantares regados, nas artimanhas e transações entre produção e direção voltadas para o lançamento do filme e minimizar os cortes no orçamento. Bukowski descreve o tédio das filmagens onde "na maioria do tempo ninguém está fazendo nada além de esperar, esperar e esperar". Revela também a desconexão entre o sonho vendido por Hollywood e a realidade vivida pelos personagens. Como na sequência em que a mais nova locação do filme é situada em um gueto de Venice. Onde, de acordo com o produtor, "todo mundo é negro. As ruas são pura guerra e destruição. É uma beleza!".

O compromisso de Chinaski e sua luta são com a literatura. Para isso, ele se engaja em quatro frentes: o conto, o poema, o romance e — inédito em sua vida — o roteiro. "Escrever era como uma doença, uma droga, uma compulsão pesada, só que eu não gostava de pensar em mim mesmo como um escritor." Curioso ele tratar como adição o ato de escrever e não o álcool que ele consome em doses além de cavalares.

Porém, diferente de muitas outras desventuras do protagonista narradas em livros anteriores como *Factótum* (1975), *Mulheres* (1978) e *Misto-quente* (1982), dessa vez a rotina de Chinaski, mais velho, um tanto cansado, menos verborrágico e agora confinado a uma única locação, distante da vida fragmentada da rotina dos bares e mulheres. O que mais importa é voltar para casa, cuidar dos cinco gatos e, obviamente, abrir mais uma garrafa de vinho antes de dormir. É tocante o momento em que Chinaski/Bukowski se identifica com a energia jovial do protagonista do filme Mickey Rourke/Jack Bledsoe: "Era eu! Senti uma dor terna dentro de mim! Juventude, sua filha da puta, onde é que você foi parar?".

Hollywood é, com o perdão do trocadilho etílico, um legítimo Bukowski Blue Label, envelhecido em tonéis de Céline, Faulkner, John Fante e Hemingway. Em um último paralelo, assisti a uma entrevista antiga e resgatada pela internet de Zé Celso Martinez Corrêa para o programa *Roda Viva*. Ele clama com todas as letras que o povo precisa do ócio e que ele trabalha para o ócio. Gosto de imaginar que em algum lugar fora desse plano, ele e Buko erguem um brinde à arte e à vida. Sem moderação.

Haroldo Mourão é escritor, roteirista e estudioso de cinema.

Hollywood ao avesso

Ah, droga, vou escrever um romance sobre escrever o roteiro e fazer o filme.
— Certo, acho que você pode fazer isso.
— Eu posso, acho.
— Que nome você vai dar?
— Hollywood.
— Hollywood?
— É...
E aqui está.

Hollywood é uma obra de ficção inspirada em fatos e está atrelada à primeira experiência de Charles Bukowski (1920-1994) como roteirista para o longa-metragem *Barfly* — ou *Mosca de bar*, em tradução literal —, dirigido por Barbet Schroeder, a quem, por sinal, o livro é dedicado. Com a adoção de pseudônimos e títulos fictícios, temos aqui uma confluência entre autobiografia, ou uma "semi autobiografia", e produção literária, algo determinante em toda obra Bukowskiana. Este livro, *um romance sobre escrever o roteiro e fazer o filme*, traz um universo "por trás das cenas" e que não vai para os écrans: tramas, intrigas, diálogos — por vezes polêmicos — protagonizados pelo escritor Henry Chinaski, notório alter ego de Charles Bukowski, e sua vida errante entre balcões de bares decadentes, festas suntuosas, turfes e sets de filmagem.

Imigrante alemão radicado nos Estados Unidos, Bukowski era assumidamente um *outsider*. Antes de sua obra literária obter notoriedade, ele trabalhou nos correios, em subempregos e já sofria com o alcoolismo. Quando convidado para escrever seu primeiro roteiro — *um ato ridículo* —, a sua vida "maldita" entre balcões de bar, brigas e turfes seria a principal fonte de inspiração.

Em *Hollywood* podemos vislumbrar como o autor desprezava o glamour, traquejos e afetações que caracterizavam cineastas, produtores, atores e atrizes do mainstream hollywoodiano. Seus personagens, atitudes, aparências e uma pretensa superioridade/genialidade são ironizados ao longo da obra, tal como podemos constatar no primeiro encontro entre Chinaski e Jon Pinchot (o diretor do filme): "Era do tipo que tem estampado na cara que é um gênio. Eu parecia um lavador de pratos, então esses sujeitos sempre me deixavam meio puto".

Nas páginas de *Hollywood*, acompanhamos atrasos no processo de criação do roteiro encomendado ao protagonista, conflitos e distratos com financiadores e produtores e, finalmente, os bastidores dos sets de filmagem do filme *A dança de Jim Beam* (ou *Barfly*, se assumirmos a fonte de inspiração). O cenário é a homônima cidade que, sob o olhar de Bukowski/Chinaski, surge desglamourizada, povoada por personagens com egos inflados, buscando se firmar às dificuldades em se produzir filmes nessa considerada como a mais bem sucedida indústria cinematográfica do mundo.

Quando perguntado sobre enredo do roteiro, Chinaski afirmou:

> — *É sobre um bêbado. Ele simplesmente fica sentado numa banqueta de bar dia e noite.*
>
> — *Você acha que as pessoas vão querer saber de um homem assim?*

> *— Escuta, Jon, se eu fosse me preocupar com o que as pessoas vão querer saber, eu nunca ia escrever nada.*

O alter ego e, consequentemente, Bukowski, eram avessos ao entorno da indústria norte-americana e também à sua produção fílmica. Contudo, ao adentrar o universo cinematográfico como roteirista, circulando em determinados locais, deslocando-se em limosines, desfrutando de bons vinhos em concorridas pré-estreias, ele passa a integrar um sistema que tanto desprezava, tal como expresso num diálogo entre Chinaski e Sarah:

> *— Lembra? — perguntei. — Lembra antigamente, quando a gente vinha aqui olhar as pessoas nas mesas e tentar identificar os tipos; os tipos atores, os tipos produtores ou diretores, os tipos do pornô, os agentes, os impostores? E a gente pensava: "Olha só pra eles, falando sobre seus acordos de cinema de meia-tigela ou seus contratos ou seus últimos filmes". Mas que toupeiras, que desarranjados... melhor desviar o olhar quando o peixe-espada e o rodovalho chegarem.*
>
> *— A gente achava que eles eram uns merdas — disse Sarah —, e agora somos nós.*

Bukowski é considerado um escritor marginal. Detentor de um estilo realista e franco, protagonizado por seres ordinários empobrecidos, embebedados, desesperançosos, "fora dos padrões", em constante luta pela sobrevivência, vivendo à margem da sociedade e sem espaço garantido no mundo ideal propagado pela indústria do entretenimento. Seu legado literário revela que o "sonho americano" é reservado aos selecionados. Em poucas palavras, *Hollywood* é sobre Bukowski e sua experiência em *Barfly*; qualquer semelhança não é mera coincidência.

— Você não gosta de cinema? — perguntou a mulher alemã.

— Não.

As luzes se apagaram. A entrevista tinha terminado.

Ana Carolina de Moura Delfim Maciel é historiadora, documentarista e professora permanente do Programa de Pós-Graduação em Multimeios do Instituto de Artes Unicamp.

Este livro foi impresso pela vozes, em 2023,
para a HarperCollins Brasil. O papel do miolo é
avena 80g/m², e o da capa é cartão 250g/m².